读者文摘 大全集

DUZHE WENZHAI
DAQUANJI
MINGJIA DIANCANG BAN

（名家典藏版）

杨 晖 主编

北京工业大学出版社

图书在版编目（CIP）数据

读者文摘大全集：名家典藏版/杨晖主编. —北京：北京工业大学出版社，2017.9
（2021.5重印）

ISBN 978-7-5639-5603-6

Ⅰ.①读…　Ⅱ.①杨…　Ⅲ.①中国文学—现代文学—作品综合集—民国　Ⅳ.①
I216.1

中国版本图书馆 CIP 数据核字（2017）第 157141 号

读者文摘大全集·名家典藏版

主　　编：杨　晖
责任编辑：王　喆
封面设计：新纪元工作室
出版发行：北京工业大学出版社
　　　　　（北京市朝阳区平乐园 100 号　邮编：100124）
　　　　　010－67391722（传真）　　bgdcbs@sina.com
出 版 人：郝　勇
经销单位：全国各地新华书店
承印单位：天津海德伟业印务有限公司
开　　本：787 毫米×1092 毫米　1/16
印　　张：16
字　　数：406 千字
版　　次：2017 年 9 月第 1 版
印　　次：2021 年 5 月第 2 次印刷
标准书号：ISBN 978-7-5639-5603-6
定　　价：48.00 元

在人生的旅途中，最糟糕的境遇往往不是贫困，不是厄运，而是精神和心境处于一种无知无觉的疲惫状态，即：感动过你的一切不能再感动你，吸引过你的一切不能再吸引你，甚至激怒过你的一切不能再激怒你。这时，你就需要寻找另一片风景。

畅销全球《读者文摘》杂志的创始人华莱士曾说过："只有人性的东西才能征服人心，即使在一个物欲横流的社会里，人们还是会敬畏些什么，那就是看似简单朴素的真、善、美。是真、善、美在拯救和平衡人的内心。"

生命，需要鼓舞与希望；心灵，需要温暖与滋润。幸福并非单纯来自于物质的充盈，它是一种用奉献牺牲所获取的愉悦和满足感。

本书所选文章多出自名家之手，这些文章曾经影响了千千万万人们的心灵。用心去看去领悟，或许某些故事会给你以智慧的启迪，有的会让你感动落泪，有的会有特别的感受，有的则会让你会心一笑。你会感受本书如同春风轻轻吹拂，帮你从平淡的生活中找到一份舒畅甜美的心境。阅读本书，将会使你活得激情满怀，爱得深沉博大；会使你更加自信地去追逐内心的憧憬与梦想。当感到痛苦、惶惑和失落时，它将给你以慰藉；在遭到打击、挫折时，它将给你以力量和智慧。

毫无疑问，本书会成为你的终生益友！

目录

第一辑　时光流逝，四季感悟

第二辑　对人生诸事的议论

第三辑　那些人，那些事

第四辑　朋友之情，交往旧闻

第五辑　游历天下的乐趣

第六辑　亲历海外的所见所闻

第一辑／时光流逝,四季感悟

春　雨

梁遇春

　　整天的春雨，接着是整天的春阴，这真是世上最愉快的事情了。我向来厌恶晴朗的日子，尤其是骄阳的春天；在这个悲惨的地球上忽然来了这么一个欣欢的气象，简直像无聊赖的主人宴饮生客时拿出来的那副古怪笑脸，完全显出宇宙里的白痴成分。在所谓大好的春光之下，人们都到公园大街或者名胜地方去招摇过市，像猩猩那样嘻嘻笑着，真是得意忘形，弄得成为四不像了。可是阴霾四布或者急雨滂沱的时候，就是最沾沾自喜的财主也会感到苦闷，因此也略带了一些人的气味。不像好天气时候那样望着阳光，盛气凌人地大踏步走着，颇有上帝在上、我得其所的意思。至于懂得人世的哀怨的人们，黯淡的日子可说是他们唯一光荣的时光。穹苍替他们流泪，乌云替他们皱眉，他们觉到四围都是同情的空气，仿佛一个堕落的女子躺在母亲怀中，看见慈母一滴滴的热泪溅到自己的身上，真是润遍了枯萎的心田。斗室中默坐着，忆念十载相违的密友、已经走去的情人，想起生平种种的坎坷、一身经历的苦楚，倾听窗外檐前凄清的滴沥，仰观波涛浪涌、似无止期的雨云，这时一切的荆棘都化作洁净的白莲花了，好比中古时代那班圣者被残杀后所显的神迹。"最难风雨故人来"，阴森森的天气使我们更感到人世温情的可爱，替从苦雨凄风中来的朋友倒上一杯热茶时候，我们很有放下屠刀、立地成佛的心境。"风雨如晦，鸡鸣不已"，人类真是只有从悲哀里滚出来才能得到解脱，千锤百炼，腰间才有这一把明晃晃的钢刀。

　　"今日把似君，谁为不平事。""山雨欲来风满楼"，这很可以象征我们孑立人间、尝尽辛酸、远望来日大难的气概，真好像思乡的客子拍着阑干，看到郭外的牛羊，想起故里的田园，怀念着宿草新坟里当年的竹马之交，泪眼里仿佛模糊辨出龙钟的父老蹒跚走着，或者只瞧见几根靠在破壁上的拐杖的影子。所谓生活恐怕就在于怎么样当这么一个临风的征人罢。无论是风雨横来，无论是澄江一练，始终好像惦记着一个花一般的家乡，那可说就是生平理想的结晶、蕴在心头的诗情，也就是明哲保身的最后壁垒了；可是同时还能够认清眼底的江山，把住自己的步骤，不管这个异地的人们是多么残酷，不管这个他乡的水土是多么不惯，却能够清瘦地站着，戛戛然好似狂风中的老树。能够忍受，却没有麻木，能够多情，却不流于感伤，仿佛楼前春雨，悄悄下着，遮住耀目的阳光，却滋润了百草千花。檐前的燕子躲在巢中，对着如丝如梦的细雨呢喃，仿佛向我道出此中的消息。

可是春雨有时也凶猛得可以，风驰电掣，从高山倾泻下来似的，万紫千红，都付诸流水，看起来好像是煞风景的，也许是别有怀抱罢。生平性急，一二知交常常焦急万分地苦口劝我，可是暗室扪心，自信绝不是追逐事功的人，不过对于纷纷扰扰的劳生却常感到厌倦，所谓性急，无非是疲累的反响罢。有时我却极有耐心，好像废殿上的玻璃瓦，一任他风吹雨打、霜蚀日晒，总是那样子痴痴地望着空旷的青天。我又好像能够在没字碑面前坐下，慢慢地去冥想这块石板的深意，简直是个蒲团已碎、呆然趺坐着的老僧，想赶快将世事了结，可以抽身到紫竹林中去逍遥，跟把世事撇在一边，大隐隐于市，就站在热闹场中来仰观天上的白云，这两种心境原来是不相矛盾的。我虽然还没有，而且绝不会跳出人海的波澜，但是拳拳之意自己也略知一二，大概摆动于焦躁与倦怠之间，总以无可奈何天为中心罢。所以我虽然爱朦胧茸茸的细雨，我也爱大刀阔斧的急雨，纷至沓来，洗去阳光，同时也洗去云雾，使我们想起也许此后永无风恬日美的光阴了，也许老是一阵一阵的暴雨，将人世哀乐的踪迹都漂到大海里去，白浪一翻，什么渣滓也看不出了。焦躁同倦怠的心境在此都得到涅槃的妙悟，整个世界就像客人走后，撤下筵席，洗得顶干净，排在厨房架子上的杯盘。当个主妇的创造主看着大概也会微笑罢，觉得一天的工作总算告终了。最少我常常臆想这个还了本来面目的大地。

可是最妙的境界恐怕是尺牍里面那句滥调，所谓"春雨缠绵"罢。一连下了十几天的梅雨，好像再也不会晴了，可是时时刻刻都有晴朗的可能。有时天上现出一大片的澄蓝，雨脚也慢慢收束了，忽然间又重新点滴凄清起来，那种捉摸不到、万分别扭的神情真可以做这个哑谜一般的人生的象征。记得十几年前每当连日春雨的时候，常常剪纸作和尚形状，把它倒贴在水缸旁边，意思是叫老天不要再下雨了，虽然看到院子里雨脚下一粒一粒新生的水泡，我总觉得无限的欣欢，尤其当急急走过檐前，脖子上溅几滴雨水的时候。可是那时我对于春雨的情趣是不知不觉之间领略到的，并没有凝神去寻找，等到知道怎么样去欣赏恬适的雨声时候，我却老在干燥的此地做客，单是夏天回去，看看无聊的骤雨，过一过雨瘾罢了。因此"小楼一夜听春雨"的快乐当面错过，从我指尖上滑走了。盛年时候好梦无多，到现在彩云已散，一片白茫茫，生活不着边际，如堕五里雾中，对于春雨的怅惘只好算作其中的一小节罢，可是仿佛这一点很可以代表我整个的悲哀情绪。但是我始终喜欢冥想春雨，也许因为我对于自己的愁绪很有顾惜爱抚的意思；我常常把陶诗改过来，向自己说道："衣沾不足惜，但愿恨无违。"我爱缠绵春雨，大概也因为自己有这种的心境罢。

春天历来是文人墨客歌颂赞美的对象，然而在梁遇春这里，"春"却充满了感伤，他对"春"的描写总是包含了一种"盛景易亡"的忧虑，"雨"充满了悲剧美，"凝"满了"恨"，这种对"春雨""含泪的微笑"的肯定，展示了作者对宇宙和人生独有的看法。

窗外的春光

庐隐

几天不曾见太阳的影子，沉闷包围了她的心。今早从梦中醒来，睁开眼，一线耀眼的阳光已映射在她红色的壁上，连忙披衣起来，走到窗前，把洒着花影的素幔拉开。前几天种的素心兰，已经开了几朵，淡绿色的瓣儿，衬了一颗朱红色的花心，风致真特别，即所谓"冰洁花丛艳小莲，红心一缕更嫣然"了。同时一股沁人心脾的幽香，喷鼻醒脑，平板的周遭，立刻涌起波动，春神的薄翼，似乎已扇动了全世界凝滞的灵魂。

说不出是喜悦，还是惆怅，但是一颗心灵涨得满满的，——莫非是满园春色关不住，——不，这连她自己都不能相信；然而仅仅是为了一些过去的眷恋，而使这颗心不能安定吧！本来人生如梦，在她过去的生活中，有多少梦影已经模糊了。就是从前曾使她惆怅过，甚至于流泪的那种情绪，现在也差不多消逝净尽。就是不曾消逝的而在她心头的意义上，也已经变了色调，那就是说从前以为严重了不得的事，现在看来，也许仅仅只是一些幼稚的可笑罢了!

兰花的清香,又是一阵浓厚地吹袭过来。几只蜜蜂嗡嗡地在花旁兜着圈子,她深切地意识到,窗外已充满了春光;同时二十年前的一个梦影,从那深埋的心底复活了:

一个仅仅十几岁的孩子,因为脾气古怪,不被家人们了解,于是把她送到一所囚牢似的教会学校去寄宿。那学校的校长是美国人,——一个五十岁的老处女,对于孩子们管得异常严厉,整月整年不许孩子走出那所建筑庄严的楼房外去。四围的环境又是异样的枯燥,院子是一片沙土地;在角落里时可以发现被孩子们踏陷的深坑,坑里纵横着人体的骨骼,没有树也没有花,所以也永远听不见鸟儿的歌曲。

春风有时也许可怜孩子们的寂寞吧,在那洒过春雨的土地上,吹出一些青草来——有一种名叫"辣辣棍棍"的,那草根有些甜辣的味儿,孩子们常常伏在地上,寻找这种草根,放在口里细细地嚼咀,这可算是春给他们特别的恩惠了!

那个孤零的孩子,处在这种阴森冷漠的环境里,更是倔强。没有朋友,在她那小小的心灵中,虽然还不曾认识什么是世界,也不会给这个世界一个估价,不过她总觉得自己所处的这个世界,是有些乏味。她追求另一个世界,在一个春风吹得最起劲的时候,她的心也燃烧着更热烈的希冀,但是这所囚牢似的学校,那一对黑漆的大门仍然严严地关着,就连从门缝看看外面的世界,也只是一个梦想。于是在下课后,她独自跑到地窖里去,那是一个更森严可怕的地方,四围是石板做的墙,房顶也是冷冰冰的大石板,走进去便有一股冷气袭上来,可是在她的心里,总觉得比那死气沉沉的校舍,多少有些神秘性吧。最能引诱她的当然还是那几扇矮小的窗子,因为窗子外就是一座花园。这一天她忽然看见窗前一丛蝴蝶兰和金钟罩已经盛开了,这算给了她一个大诱惑。自从发现了这窗外的春光后,这个孤零的孩子,在她的生命中也开了一朵光明的花。她每天像一只猫儿般,只要有工夫,便蜷伏在那地窖的窗子上,默然地幻想着窗外神秘的世界。

她没有哲学家那种富有根据的想象,也没有科学家那种理智的头脑,她小小的心,只是被一种天所赋予的热情紧咬着。她觉得自己所坐着的这个地窖,就是所谓人间吧——一切都是冷硬淡漠,而那窗子外的世界却不一样了。那里一切都是美丽的、和谐的、自由的吧!她欣羡着那外面的神秘世界,于是那小小的灵魂,每每跟着春风一同飞翔了。她觉得自己变成一只蝴蝶,在那盛开着美丽的花丛中翱翔着,有时她觉得自己是一只小鸟,直扑天空,伏在柔软的白云间甜睡着。她整日支着颐,不动不响地尽量陶醉,直到夕阳逃到山背后、大地垂下黑幕时,她才快快地离开那灵魂的休憩地,回到陌生的校舍里去。

她每日照例地到地窖里来，——一直过完了整个的春天。忽然她看见蝴蝶兰残了，金钟罩也倒了头，只剩下一丛深碧的叶子，苍茂地在熏风里撼动着，那时她竟莫名其妙地流下眼泪来。这孩子真古怪得可以，十几岁的孩子前途正远大着呢，这春老花残、绿肥红瘦，怎能惹起她那么深切的悲感呢？但是孩子从小就是这样古怪，因此她被家人所摒弃，同时也被社会所摒弃。在她的童年里，便只能在梦境里寻求安慰和快乐，一直到她否认现实世界的一切，她终成了一个疏狂孤介的人。在她三十年的岁月里，只有这些片段的梦境，维系着她的生命。

阳光渐渐的已移到那素心兰上，这目前的窗外春光，撩拨起她童年的眷恋。她深深地叹息了："唉，多么缺陷的现实的世界呵！在这春神努力的创造美丽的刹那间，你也想遮饰起你的丑恶吗？人类假使连这些梦影般的安慰也没有，我真不知道人们怎能延续他们的生命哟！"

但愿这窗外的春光永驻人间吧！她这样虔诚地默祝着，素心兰像是解意般地向她点着头。

阅读札记

在作者笔下，窗外的春光是现实中的春光，是眼前所见窗外的阳光，以及素心兰等撩起思绪的春光；又是回忆中的春光，童年时在教会学校地窖中她所见到并给心灵以安慰的窗外的美丽世界；还是寄托中的春光，她曾幻想自己变成蝴蝶和小鸟自由快乐地飞翔。窗外的春光象征着美好、和谐、自由的生活。

我愿秋常驻人间

庐隐

提到秋，谁都不免有一种凄迷哀凉的色调浮上心头；更试翻古往今来的骚人、墨客，在他们的歌咏中，也都把秋染上凄迷哀凉的色调，如李白的《秋思》："……天秋木叶下，月冷莎鸡悲，坐愁群芳歇，白露凋华滋。"柳永的《雪梅香辞》："景萧索，危楼独立面晴空，动悲秋情绪，当时宋玉应同。"周密的《声声慢》："……对西风休赋登楼，怎去得，怕凄凉时节，团扇悲秋。"

这种凄迷哀凉的色调，便是美的元素，这种美的元素只有"秋"才有。也只有在"秋"的季节中，人们才体验得出，因为一个人在感官被极度地刺激和压轧的时候，常会使心头麻木。故在盛夏闷热时，或在严冬苦寒中，心灵永远如虫类的蛰伏。等到一阵秋风吹到人间，也正等于一声春雷，震动大地，把一些僵木的灵魂如虫类般的唤醒了。

灵魂既经苏醒，感官便与世界万物相接触了。于是见到阶前落叶萧萧下，而联想到不尽长江滚滚来，更因其特别自由敏感的神经，而感到不尽的长江是千古常存，而倏忽的生命，譬诸昙花一现。于是悲来填膺，愁绪横生。

这就是提到秋，谁都不免有一种凄迷哀凉的色调浮上心头的原因。

其实秋是具有极丰富的色彩，极活泼的精神的，它的一切现象，并不像敏感的诗人墨客所体验的那种凄迷哀凉。

当霜薄风清的秋晨，漫步郊野，你便可以看见如火般的颜色染在枫林、柿丛，浓紫的颜色泼满了山巅天际，简直是一个气魄伟大的画家的大手笔，任意趣之所之、勾抹涂染，自有其雄伟的丰姿，又岂是纤细的春景所能望其项背？

至于秋的犀利，可以洗尽积垢；秋月的明澈，可以照烛幽微；秋是又犀利又潇洒，不拘不束的一位艺术家的象征。这种色调，实可以苏醒现代困闷人群的灵魂，因此我愿秋常驻人间！

阅读札记

在以前的文人骚客诗词里，秋总是带有一种凄迷哀凉的色调，跟衰落、衰败有一定的关联。但在作者心目中，秋其实具有极丰富的色彩，作者爱秋的活泼，爱秋的火红，在这里为秋天做了一曲赞歌。

月色与诗人

庐隐

　　艺术家固然是一种天才卓绝的人，因为他们的情感特别热烈，想象特别丰富，思想特别精密，直觉的能力特别强，这绝不是后天可培成的。但是无论是怎样多才卓绝的艺术家，他们绝不能躲避环境的影响，所谓环境，一方面是人为的政治风俗教育等，一方面是天然的如清莹之月、蓊蔚之草、旖旎之花、峥嵘之山，凡自然的种种都是。

　　每个时代代表的作家，他的作品里绝没有不含时代色彩的，这是关于人为的环境说，至于与自然接触各不同的方面，也绝没有不影响于作家，而表现于其作品。太史公说得好，要想文章有奇特之气，必要多游天下之名山巨川，这就是说艺术家与自然的关系了。

　　我闲尝翻阅中国古人的诗词，看他们所用为描写的材料，风花雪月，固然是常用的，而其中关于月要特别多些，现在就唐诗的一部分举几个例子来看看：

　　"共看明月应垂泪"——白居易

　　"松月生夜凉"——孟浩然

　　"山月映石壁"——王维

　　"山月静垂纶"——李颀

　　"月色偏秋凉"——李巍

　　"浩歌待明月"，

　　"对此石上月"，

　　"山月随人归"，

　　"花间一壶酒，独酌无相亲，举杯邀明月，对影成三人。月既不解饮，影徒随我身，暂伴月将影，行乐须及春，我歌月徘徊……"——以上皆李白之作。

　　"中天悬明月"，

"初月出不高"——以上杜甫

"秋月照满湘，月明闻荡桨"——刘长卿

"缺月烦屡瞰"——韩愈

"月下谁家砧"——孟郊

"月明松下房拢静"——王维

"何用孤高比秋月"，

"莫使金樽空对月"——以上李白

"行宫见月伤心色"，

"秋月春风等闲度"，

"别时茫茫江浸月"，

"唯见江心秋月白"，

"绕船明月江水寒"——以上白居易

"夜半月高弦索鸣"——元稹

"明月来相照"——王维

"床前明月光"——李白

"故为待月处"——刘禹锡

"澹月照中庭"——韩愈

"只今唯有西江月"——李白

"虎溪闲月引相过"——释灵一

"江村月落正堪眠"——司空曙

"月照高楼一曲歌"——温庭筠

"秋来见月多归思"——雍关

"月光如水水如天，同来玩月人何在"——赵嘏

"多情只有春庭月"——张泌

"明月自来还自去"——崔橹

"秋月夜窗虚"——孟浩然

"明月松间照"——王维

"客散青天月"——李白

"等舟望秋月"——李白

"风林纤月落"——杜甫

"不夜月临关"——杜甫

"晓月过残垒"——司空曙

"泡江好湮月"——杜牧

"深夜月当花"——李商隐

"沙场烽火侵胡月"——祖咏

"中天月色好谁看"——杜甫

"请看石上藤萝月"——杜甫

"西楼望月几回圆"——韦应物

"万里归心对月明"——卢纶

"明月好同三径夜"——白居易

"五更残月有莺啼"——温庭筠

　　以上的例子，不过是一部分，其他如张若虚的《春江花月夜》等，还不知有多少。诗人为什么喜欢用风花雪月这些字呢？最大的原因，这些字所包含的内容是很美的，所以诗人多喜欢他，太史公评屈原的《离骚》有句话说"其行洁，故其称物芳"就是这个意思了。

　　况月色的美，和"风花雪"等又不同。月色以青为至色，青是寒色，且是寒色的主体；寒色与暖色不同，暖色如红，看了足使人兴奋，其结果使人生愤怒烦躁之感。而青色是使人消沉平静，其结果使人得到闲适慰藉之感。

　　再说到由青色所生的变化色（1）为绿色——和青黄而成——画家谓黄是理想色（主意志变化），绿色使人生希望，故称为希望色。（2）为紫色——和青红而成——紫色画家称为渴仰色。

　　又月的青色，与其他不同。盖其色淡近白，而光较日暗而带灰，白色则洁无我相，灰色则近黑而消沉，使人不生利禄之想，超越的情感遂油然而生，艺术的冲动亦因之而起了。

　　况且月所照的世界为夜，日为奋斗于生活的时候，而夜是休养生息的时候，所以日所照的世界，各个自相皆异色而现，不免为外界引诱而此心亦紊乱了，此时只想如何对付事实，绝对没有超卓之想；而月所照的世界，则无自相，使人觉得"实在世界之消失"而忘我相。这时的喜怒哀乐，绝不止以一身的喜怒哀乐为标准。因为在这种纯洁消沉的月光之下，已将人们的小我忘了，而入于大我之境。有限的现实的桎梏，既除去，于是想象波涌、高尚之情鼎沸、艺术的冲动就不可制止了。

因为艺术——无论人生的艺术，或是艺术的艺术，美总是个必需的条件；月色，既如此的美，那么诗人提笔每联想到月色，或因月色而想提笔，那是很自然的事呵！

由此看来，月色实在能帮助艺术家得到好作品了，又何怪艺术家常喜欢在月下吟咏和以月色为他们艺术的背景呢？

阅读札记

艺术家总是从自然中获取灵感，而美丽皎洁的月光更是为艺术创造了无穷的灵感和想象。

蛛丝和梅花

林徽因

真真地就是那么两根蛛丝，由门框边轻轻地牵到一枝梅花上。就是那么两根细丝，迎着太阳光发亮……再多了，那还像样么？一个摩登家庭如何能容蛛网在光天化日里作怪，管它有多美丽，多玄妙，多细致，够你对着它联想到一切自然、造物的神工和不可思议处；这两根丝本来就该使人脸红，且在冬天够多特别！可是亮亮的、细细的，倒有点像银，也有点像玻璃制的细丝，委实不算讨厌，尤其是它们那么洒脱风雅，偏偏那样有意无意地斜着搭在梅花的枝梢上。

你向着那丝看，冬天的太阳照满了屋内，窗明几净，每朵含苞的、开透的、半开的梅花在那里挺秀吐香，情绪不禁迷茫缥缈地充溢心胸，在那刹那的时间中振荡。同蛛丝一样的细弱和不必需，思想开始抛引出去：由过去牵到将来，意识的、非意识的，由门框梅花牵出宇宙，浮云沧波踪迹不定。是人性、艺术，还是哲学，你也无暇计较，你不能制止你情绪的充溢、思想的驰骋，蛛丝梅花竟然是瞬息可以千里！

好比你是蜘蛛，你的周围也有你自织的蛛网，细致地牵引着天地，不怕多少次风雨来吹断它，你不会停止了这生命上基本的活动。此刻，"一枝斜好，幽香不知甚处"……拿梅花来说吧，一串串丹红的结蕊缀在秀劲的傲骨上，最可爱，最可赏，等半绽将开地错落在老枝上时，你便会心跳！梅花最怕开，开了便没话说，索性残了，沁香拂散同夜里炉火都能成了一种温存的凄清。

记起了，也就是说到梅花、玉兰。最初有个朋友说起初恋时玉兰刚开完，天气每天的暖，住在湖旁，每夜跑到湖边林子里走路，又静坐幽僻石上看隔岸灯火，感到好像仅有如此虔诚地孤对一片泓碧寒星远市，才能把心里情绪抓紧了，放在最可靠最纯净的一撮思想里，始不至亵渎了或是惊着那"瘼寐思服"的人儿。那是极年轻的男子初恋的情景——对象渺茫高远，反而近求"自我的"郁结深浅——他问起少女的情绪。

就在这里，忽记起梅花。一枝两枝，老枝细枝，横着，虬着，描着影子，喷着细香；太阳淡淡金色地铺在地板上；四壁琳琅，书架上的书和书签都像在发出言语；墙上小对联记不得是谁的集句；中条是东坡的诗。你敛住气，简直不敢喘息，踮起脚，细小的身形嵌在书房中间，看残照当窗，花影摇曳，你像失落了什么，有点迷惘。又像"怪东风着意相寻"，有点儿没主意！浪漫，极端的浪漫。"飞花满地谁为扫?"你问，情绪风似的吹动、卷过，停留在惜花上面。再回头看看，花依旧嫣然不语。"如此娉婷，谁人解看花意"，你更沉默，几乎热情地感到花的寂寞，开始怜花，把同情统统诗意地交给了花心！

这不是初恋，是未恋，正自觉"解看花意"的时代。情绪的不同，不只是男子和女子有分别，东方和西方也甚有差异。情绪即使根本相同，情绪的象征，情绪所寄托、所栖止的事物却常常不同。水和星子同西方情绪的联系，早就成了习惯。一颗星子在蓝天里闪，一流冷涧倾泄一片幽愁的平静，便激起他们诗情的波涌，心里甜蜜地、热情地便唱着由那些鹅羽的笔锋散下来的"她的眼如同星子在暮天里闪"，或是"明丽如同单独的那颗星，照着晚来的天"，或"多少次了，在一流碧水旁边，忧愁倚下她低垂的脸"。

惜花、解花太东方，亲暗自然，含着人性的细致是东方传统的情绪。

此外年龄还有尺寸，一样是愁，却跃跃似喜，十六岁时，不颓废，不空虚，巅着理想的脚充满希望，东方和西方却一样。人老了脉脉烟雨，愁吟或牢骚多折损诗的活泼。

大家如香山、稼轩、东坡、放翁的白发华发，很少不梗在诗里，至少是令人不快。话说远了，刚说是惜花，东方老少都免不了这嗜好，这倒不论老的雪鬓曳杖，深闺里也就攒眉千度。最叫人惜的花是海棠一类的"春红"，那样娇嫩明艳，开过了残红满地,太招惹同情和伤感。但在西方即使也有我们同样的花,也还缺乏我们的廊庑庭院。有了"庭院深深深几许"才有一种庭院里特有的情绪。如果李易安的"斜风细雨"底下不是"重门须闭"也就不"萧条"得那样深沉可爱,李后主的"终日谁来"也一样的别有寂寞滋味。看花更须庭院,深深锁在里面认识,不时还得有轩窗栏杆,给你一点凭藉,虽然也用不着十二栏杆倚遍,那么懦弱无聊。

当然旧诗里伤愁太多;一首诗竟像一张美的证券,可以照着市价去兑现,所以庭花、乱红、黄昏、寂寞太滥,诗常失却诚实。西洋诗,恋爱总站在前头,或是"忘掉",或是"记起",月是为爱,花也是为爱,只使全是真情,也未尝不太腻味。就以两边好的来讲。拿他们的月光同我们的月色比,似乎是月色滋味深长得多。花更不用说了,我们的花"不是预备采下缀成花球,或花冠献给恋人的",却是一树一树绰约的、个性的、自己立在情人的地位上接受恋歌的。

所以未恋时的对象最自然的是花,不是因为花而起的感慨——十六岁时无所谓感慨——仅是刚说过的自觉解花的情绪,寄托在那清丽无语的上边,你心折它绝韵孤高,你为花动了感情,实说你同花恋爱,也未尝不可——那惊讶狂喜也不减于初恋。还有那凝望,那沉思……

记忆也同一根蛛丝,搭在梅花上就由梅花枝上牵引出去,虽未织成密网,这诗意的前后,也就是相隔十几年的情绪的联络。

午后的阳光仍然斜照,庭院阒然,离离疏影,房里窗棂和梅花依然伴和成为图案,两根蛛丝在冬天还可以算为奇迹,你望着它看,真有点像银,也有点像玻璃,偏偏那么斜挂在梅花的枝梢上。

阅读札记

就两根平常的蛛丝,绕上了一枝梅花,林徽因发了一篇感慨。她内心中某个敏锐的情结,被触动,被解开,使她沉寂的心思,不自觉地吐绿,长成了一只华盖的大伞。把自己作为一个女人的心思,解放出来,口吐莲花,一篇文章叫她涂红抹绿般,甚是恣意地挥毫了一番,以至于字里行间,花香弥漫,处处多愁,一时的畅快牵去她满眼的浮云一样。

春的欢悦与感伤

夏丏尊

四季之中，向推"春秋多佳日"，而春尤为人所礼赞。自古就有许多颂扬春的话，春未到先要迎盼，春一去不免依恋。春继冬而至，使人从严寒转入温暖，且为万物萌动的季节，在原始时代，人类的活动与食物都从春开始获得，男女配偶也都在春完成。就自然状态说，春确是值得欢迎的。

可是自然与人事并不一定调和，自古文辞中于"惜春""迎春"等类题材以外，还有"伤春""春怨"等类的题目。"闺中少妇不知愁，春日凝妆上翠楼。忽见陌头杨柳色，悔教夫婿觅封侯。"这是唐人王昌龄的诗。"三分春色二分愁，更一分风雨。"这是宋人叶清臣的词，都是写春的感伤的。其感伤的原因，全在人事之不如意。社会越复杂，人事上的不如意就越多，结果对于季节的欢悦的事情减少，感伤的事情加多。这情形正像贫家小孩盼新年快到，而做父母的因债务关系想到过年就害怕。

我每年也曾无意识地以传统的情怀从冬天盼望春光早些来到。可是真从春天得到春的欢悦的，有生以来，除未经世故的儿时外，可以说并没有几次。譬如说吧，此刻正是三月十三日的夜半，真是所谓春宵了，我却不曾感到春宵的欢喜，一家之中轮番地患着春季特有的流行性感冒，我在灯下执笔写字，差不多每隔一二分钟要听到妻女们的呻吟和干咳一次。邻家收音机和麻雀牌的喧扰声阵阵地刺入我的耳朵，尤使我头痛。至于近日来受到的事务上经济上的烦闷，且不去说它。

都市中没有"燕子"，也没有"垂杨"，局促在都市中的人，是难得见到春日的景物的。前几天吃到油菜心和马兰头的时候，我不禁起了怀乡之念，想起故乡的春日的光景来。我所想的只是故乡的自然界，园中菜花已发黄金色了吧，燕子已回来了吧，窗前的老梅已结子如豆了吧，杜鹃已红遍了屋后的山上了吧……只想着这些，怕去想到人事。因为乡村的凋敝我是知道的，故乡人们的困苦情形我知道得更详细。

宋人张演《社日村居》诗云："鹅湖山下稻粱肥，豚栅鸡栖对掩扉。桑柘影斜春社散,家家扶得醉人归。"这首诗中所写的只是乡村春景的一角,原没有什么大不了的,可是和现在的乡间情形比较起来,已好像是以前的事了。

春到人间,据日历上所记已好久了,但是春在哪里呢?有人说"在杨柳梢头",又有人说"在油菜花间",也许是的吧,至于我们一般人的身上,是不大有人能找得到的。

阅读札记

春继冬而至,使人从严寒转入温暖,且为万物萌动的季节。就自然状态说,春确是值得欢迎的。

雪　夜

石评梅

北京城落了这样大这样厚的雪,我也没有兴趣和机缘出去鉴赏,我只在绿屋给受伤倒卧的朋友煮药煎茶。寂静的黄昏,窗外飞舞着雪花,一阵紧是一阵,低垂的帐帷中传出的苦痛呻吟,一声惨似一声!我黑暗中坐在火炉畔,望着药壶的蒸汽而沉思。

如抽乱丝般的脑海里,令我想到关乎许多雪的事,和关乎许多病友的事,绞思着陷入了一种不堪说的情状;推开门我看着雪,又回来揭起帐门看看病友,我真不知心境为什么这样不安定而彷徨?我该诅咒谁呢?是世界还是人类?我望着美丽的雪花,我赞美这世界,然而回头听见病友的呻吟时,我又诅咒这世界。我们都是负着创痛倒了又扎挣,倒了又扎挣,失败中还希冀胜利的战士,这世界虽冷酷无情,然而我们还奢望用我们的热情去温暖,这世界虽残毒狠辣,而我们总祷告用我们的善良心灵去改换。如今,我们在战线上又受了重创,我们微小的力量,只赚来这无限的忧伤!何时是我们重新扎挣的时候?何时是我们战胜凯旋的时候?我只向熊熊的火炉祷祝他给予我们以力量,使这一剂药能医治我病友,霍然使她能驰驱赴敌再扫阴霾!

黄昏去了,夜又来临,这时候瑛弟踏雪来看病友,为了人间的烦恼,令他天真烂漫的面靥上，也重重地罩了愁容，这真是不幸的事，不过我相信一个人的生存，只是和苦痛搏战，这同时也是一件极平淡而庸常无奇的事吧！我又何必替众生来忏悔？

给她吃了药后，我才离开绿屋，离开时我曾想到她这一夜辗转哀泣的呻吟，明天朝霞照临时她惨白的面靥一定又瘦削了不少！爱怜、同情，我真不愿再提到了，罪恶和创痛何尝不是基于这些好听的名词，我不敢诅咒人类，然而我又何能轻信人类……所以我在这种情境中，绝不敢以这些好听的名词来市恩于我的病友；我只求赐她以愚钝，因为愚钝的人，或者是幸福的人，然而天又赋她以伶俐聪慧以自戕残。

出了绿屋，我徘徊在静白的十字街头了，这粉妆玉琢的街市，是多么幽美清冷值得人鉴赏和赞美！这时候我想到荒凉冷静的陶然亭，伟大庄严的天安门，萧疏辽阔的什刹海，富丽娇小的公园，幽雅闲散的北海，就是这热闹多忙的十字街头，也另有一种雪后的幽韵，整天被灰尘泥土蔽蒙了的北京，我落魄在这里许多年，四周只有层层黑暗的网罗束缚着，重重罪恶的铁闸紧压着，空气里那样干燥，生活里那样枯涩，心境里那样苦闷，更何必再提到金迷沉醉的大厦外，啼饥号寒的呻吟。然而我终于在这般梦中惊醒，睁眼看见了这样幽美神妙的世界，我只为了一层转瞬即消逝的雪幕而感到欣慰，由欣慰中我又发现了许多年未有的惊叹，纵然是只如磷火在黑暗中细微的闪烁，然而我也认识了宇宙尚有这一刹那的改换和遮蔽，我希望，我愿一切的人情世事都有这样刹那的发现，改正我这对世界浮薄的评判。

过顺治门桥梁时，一片白雪，隐约中望见如云如雾两行挂着雪花的枯树枝，和平坦洁白的河面。这时已夜深了，路上行人稀少，远远只听见犬吠的声音和悠远清灵的钟声。沙沙地我足下践踏着在电灯下闪闪银光的白雪直觉到恍非人间世界。城墙上参差的砖缘，被罩着一层一层的白雪，抬头望，又看见城楼上粉饰的雪顶和挂悬下垂的流苏。底下现出一个深黑的洞，远望见似乎是个不堪设想的一个恐怖之洞门。我立在这寂静的空洞中往返回顾而踟蹰，我真想不到扰攘拥挤的街市上，也有这样沉寂冷静时候。

过了宣武门洞，一片白地上，远远望见万盏灯火，人影蠕动的单牌楼，真美，雪遮掩了一切污浊和丑恶。在这里是十字街头了，朋友们，不少和我一样爱好雪的朋友们，你们在这清白皎洁的雪光下，映出来的影子、践踏下的足踪，是怎么光明和伟大！今夜我投身到这白茫茫的雪镜中，我只照见了自己的渺小和阴暗，身心的四周何尝能如雪的透明纯洁；因为雪才反映出我自己的黑暗和污浊，我认识自己只是一个和罪恶的人类一样的影子，我又那能以轻薄的心理去责备人类，和这本来不清明的世界呢！

朋友！我知所忏悔了！

爱恋着雪夜，爱恋着这刹那的雪景，我虽然因夜深不能去陶然亭、什刹海、北海、公园，然而我禁不住自己的意志，我的足踪忽然走向天安门，过西安门饭店的门前时，看见停着的几辆汽车，上边都是白雪，四轮深陷在雪里，黑暗的车厢中有蜷伏着的人影，高耸的洋楼在夜的云霄中扑迎着雪花，一盏盏的半暗的电灯一下照出门前零乱的足痕，我忽然想起赖婚中的一幕来，这门前有几分像呢！

走向前，走向前，叮叮当当的电车过去了，我只望着它车轮底的火花微笑！我骄傲，我是冒着雪花走向前去的，我未曾借助于什么而达到我的目的，我只是走向前，走向前。

进了西长安街的大森林，我远远看见天边四周都现着浅红，疏疏的枝桠上堆着雪花，风过处纷纷地飞落下来，和我的眼泪滴在这地上一样。过这森林时我抱着沉重的怆痛，我虽然能忆起往日和君宇走过时的足踪在那里，但我又怎敢想到城南一角黄上下已埋葬了两年的君宇，如今连梦都无。

过了三门洞，呵！这伟大庄严的天安门，只有白，只有白，只有白，漫天漫地一片皆白，我一步一步像拜佛的虔诚般走到了白石桥梁下，石狮龙柱之前，我抬头望着红墙碧瓦巍然高耸的天安门，我想着往日帝皇的尊严和这故宫中遗留下的荒凉。踏上了无人践踏的石桥，立在桥上远望灯光明灭的正阳门，我傲然地立了多时，我觉着心境逐渐地冷静沉默，至于无所兴感这又是我的世界，这如梦似真的艺术化的世界。下了桥我又一直向前去，那新栽的小松上，满缀着如流苏似的雪花，一列一列远望去好像撑着白裙的舞女。前面有一盏光明的灯照着，我向前去了几步，似乎到了中山先生铜像基础旁便折回来。灯光雪光照映在我面上，这时我觉得很洁白纯真，毫无荫翳遮蔽，因为我已不是在这世界上，我脱了一切人间的衣裳，至少我也是初来到这世界上。

我自己不免受人间一切翳蒙，我才爱白雪，而雪真能洗涤我心灵至于如雪冷洁；我还奢望着，奢望人间一切的事物和主持世界的人类，也能给雪以洗涤的机会，那么，我相信比用血来扑灭反叛的火焰还要有效！

阅读札记

本文不只对故都的雪景做平淡的描画，还包含着作者对自身的不幸生活遭际的哀鸣。屐音响过之处，长留着悲感的心语。音调未灭，尚能令今天的读者产生精神上的共鸣。

爆竹声中的除夕

石评梅

　　这时候是一个最令人缭乱不安的环境，一切都在欢动中颤摇着。离人的心上是深深地厚厚地罩着一层乡愁，无论如何不想家的人，或者简直无家可想的人，他都要猛然感到悲怆，像惊醒一个梦似的叹息着！

　　在这雪后晴朗的北京，自然不少漂泊到此的旅客游子，当爆竹声彻夜地在空中振动时，你们心上能不随着它爆发，随着它陨落吗？这时的心怕要和爆竹一样的爆发出满天的火星。而落下时又是那么狼藉零乱，碎成一片一节地散到地上。

　　八年了，我在北京城里听爆竹声，环境心情虽年年不同，而这种惊魂碎心的声音是永远一样的。记得第一年我在红楼当新生，仿佛是睡在冰冷的寝室床上流泪度过的；不忍听时我曾用双手按着耳朵，把头缩在被里，心里骗自己说："这是一个平常的夜，静静地睡吧！"第二年在一个同乡家里，三四个小时候的老朋友围着火炉畅谈在太原女师时顽皮的往事。笑话中听见爆竹，便似乎想到家里跪在神龛前替我祝福的母亲。第三年在红楼的教室中写文章，那时我最好，好的是知道用功地读书，而且学的写白话文，不是先前的一味顽皮嬉笑了。不过这一年里，我认识了人间的忧愁。第四年我也是在红楼，除夕之夜记得是写信，写一封悲凄哀婉的信，还做了四首旧诗。第五年我已出了红楼，住在破庙的东厢，这一年我是多灾多难、多愁多病地过去了。第六年我又到了一个温暖的家庭里寄栖，爱我护我如我自己的家一样；不幸那时宇哥病重，除夕之夜，是心情纷纭、事务繁杂中度过的。第七年我仍是寄居在这个繁花纷披的篱下，然相形之下，我笑靥总掩饰不住啼痕；当一个由远处挣扎飞来的孤燕，栖息在乐园的门里时，她或许是因在银光闪烁的镜里，现出她疮痛遍体的形状更感到凄酸的！况且这一年是命运埋葬我的时候。第八年的除夕，就是今夜了，爆竹声和往年一样地飞起而落下，爆发后的强烈火星和坠落在地上的纸灰余烬也仿佛是一样的；就是我这在人生轮下转动的小生命，也觉得还是那一套把戏的重映演。

八年了，我仔细回忆，觉得我自己是庸凡地度过去了，生命的痕迹和历程也只是些琐碎的儿女事。我想找一两件能超出平凡可以记述的事，简直没有！我悔恨自己是这样不长进，多少愿望都被命运的铁锤粉碎，如今扎挣着的只是这已投身到悲苦中奢望做一个悲剧人物的残骸。假使我还能有十年的生命，我愿这十年中完成我的素志，做一个悲剧的主人，在这灰暗而缺乏生命火焰的人间，放射一道惨白的异彩！

我是家庭社会中的闲散人，我肩上负荷的，除了因神经软弱受不住人世的各种践踏欺凌讪讽嘲笑，而感到悲苦外，只是我自己生命的营养和保护。所以我无所谓年关的，在这啼饥号寒的冬夜、腊尽岁残的除夕，可以骄傲于人了；因为我能在昏暗的电灯下、温暖的红炉畔，慢慢地回忆过去，仔细听窗外天空中声调不同的爆竹，从这些声音中，我又幻想着一个一个爆竹爆发和陨落的命运，你想，这是何等闲散的兴致？在这除夕之夜不必到会计室门前等着领欠薪，不必在冰天雪地中挟着东西进当铺，不必向亲戚朋友左右张罗，不必愁明天酒肉饭食的有无，这样我应该很欣慰地送旧迎新。然而爆竹声中的心情，似乎又不是那样简单而闲逸，我不知怎样形容，只感到无名的怅惘和辛酸！为了这一声声间断连续的爆竹声，扰乱了我宁静的心潮，那纤细的波浪，一直由官感到了我的灵魂深处，颤动的心弦不知如何理，如何弹。

我想到母亲。

母亲这时候是咽着泪站在神龛前的，她口中呢喃祷告些什么，是替天涯的女儿在祝福吧？是盼望暑假快临她早日归来吧？只有神知道她心深处的悲哀，只有神龛前的红烛，伴着她在落泪！在这一夜，她一定要比平常要想念我，母亲！我不能安慰你在家的孤寂，你不能安慰我漂泊的苦痛，这一线爱牵系着两地相思，我恨人间为何有别离？而我们的隔离又像银河畔的双星，一年一度重相会，暑假一月的团聚恍如天上七夕。母亲，岁去了，你鬓边银丝一定更多了，你思儿的泪，在这八年中或者也枯干了，母亲，我是知道的，你对于我的爱。我虽远离开你，在团圆家筵上少了我；然而我在异乡团贺的筵上，咽着泪高执着酒杯替别人祝福时，母亲，你是在我的心上。

母亲！想起来为什么我离开你，只为了，我想吃一碗用自己心血苦力挣来的饭。仅仅这点小愿望，才把我由你温暖的怀中劫夺出，做这天涯寄迹的旅客，年年除夕之夜，我第一怀念的便是你，我只能由重压的、崎岖的扎挣中，在远方祝福你！

想到母亲，我又想到银须飘拂七十岁的老父，他不仅是我慈爱的父亲，并且是我生平最感戴的知己。我奔波尘海十数年，知道我，认识我，原谅我，了解我的除了父亲外再无一人。他老了，我和璜哥各奔前程，都不能常在他膝前承欢；中原多事，南北征战，反令他脑海中挂念着两头的儿女惊魂难定。我除了努力做一个父亲所希望所喜欢的女儿外，我真不知怎样安慰他报答他，人生并不仅为了衣食生存？然而，不幸多少幸福快乐都为了衣食生存而捐弃；岂仅是我，这爆竹声中伤离怀故的自然更有人在。

我想倦了娘子关里的双亲时，又想到漂流在海上的晶清，这夜里她驻足在哪里？只有天知道。她是在海上，是在海底，是在天之涯，是在地之角，也只有天知道。她这次南下的命运是凄悲，是欢欣，是顺利，是艰险，也只有天知道。我只在这爆竹声中，静静地求上帝赐给她力量，令她一直扎挣着，扎挣着到一个不能扎挣的时候。还说什么呢！一切都在毁灭捐弃之中，人世既然是这样变的好玩，也只好睁着眼挺着腰一直向前去，到底看看最后的究竟是什么？一切的箭镞都承受，一切的苦恼都咽下，倒了，起来！倒了，起来！一直到血冷体僵不能扎挣为止。

走向前便向前走吧！前边不一定有桃红色的希望；然而人生只是走向前，虽崎岖荆棘明知险途，也只好走向前。渺茫的前途，归宿何处？这岂是我们所知道，也只好付之命运去主持。人生唯其善变，才有这离合悲欢，因之"生"才有意义，有兴趣；我祷告晶清在海上，落日红霞、冷月夜深时，进步觉悟了幻梦无凭，而另画一条战斗的阵线，奋发她厮杀的勇气！

我盼望她在今夜，把过去一切的梦都埋葬了，或者在爆竹声中毁灭焚碎不再遗存；从此用她的聪明才能，发挥到她愿意做的事业上，哪能说她不是我们的英雄？悲愁乞怜，呻吟求情，岂是我们知识阶级的女子所应为？我们只有焚毁着自己的身体，当后来者光明的火炬！如有一星火花能照耀一块天地时，我们也应努力去工作、去寻觅！

黄昏时，我曾打开晶清留给我的小书箱，那一只箱子上剥蚀破碎的痕迹，和她心一样。我检点时忽然一阵心酸，禁不住的热泪滴在她的旧书上。我呆立在火炉畔，望着灰烬想到绿屋中那夜检收书箱时的她，其惨淡伤心，怕比我对着这寂寞的书箱落泪还要深刻吧！一直搁在我房里四五天了，我都不愿打开它，有时看见总觉刺心，拿到别的房里去我又不忍离它。晶清如果知道它们这样令我难处置时，她一定不愿给我了。

我看见时总想：这只破箱，剥蚀腐毁的和她心一样。

在一个梦的惊醒后，我和她分手了；今夜，这爆竹声中，她在哪里呢？命运真残酷，连我们牵携的弱腕，他都要强行分散，我只盼望我们的手在梦中还是牵携着。

夜已深了，爆竹声还不止。不宁静的心境和爆竹一样飞起又落下，爆裂成一片一节僵卧在地上。

阅读札记

爆竹声震，孤灯独影，作者思念父母的拳拳之心，眷念朋友的赤诚之态，自强不息、奋发向上的形象跃然纸上。

春　　愁

章衣萍

都说是春光来了，但这样荒凉寂寞的北京城，何曾有丝毫春意！遥念故乡江南，此时正桃红柳绿，青草如茵。

北京，北京是一块荒凉的沙漠：没有山，没有水，没有花。灰尘满目的街道上，只看见贫苦破烂的洋车、威武雄赳的汽车，以及光芒逼人的刺刀、鲜明整齐的军衣，在人们恐惧的眼前照耀。骆驼走得懒了，粪夫肩上的桶也装得满了，运煤的人的脸上也熏得不辨眉目了。我在这污秽袭人的不同状态里，看出我们古国四千年来的文明，这便是胡适之梁任公以至于甘蛰仙诸公所整理的国故。朋友，可怜，可怜我只是一个灰尘中的物质主义者！

当我在荒凉污秽的街头踽踽独步的时候，我总不断地做"人欲横流"的梦，梦见巴黎的繁华，柏林的壮丽，伦敦纽约的高楼冲天、游车如电。但是，可怜，可怜我仍旧站在灰尘的中途里，这里有无情的狂风，吹起满地的灰尘，冻得我浑身发抖。才想起今天早晨，忘记添衣。都说是春光来了，何以仍旧如此春寒？我忆起那"我唯一的希望便是你能珍重"的话，便匆匆地回到庙中来了。我想，冻坏我的身体原是不要紧的，因为上帝赐给我的只有痛苦，并没有快乐，我不稀罕这痛苦的可怜生命。但是，假如真真地把身体冻坏了，怎样对得起那爱我而殷勤劝我的朋友？近来，我的工作的确很忙了，这并不是工作找我，是我找工作。《小物件》中的目耳马伦教士劝小物件说："在那最痛苦的生活中，我只认识了三样乐：工作、祈祷、烟斗。"烟斗是与我无缘的；祈祷，明知是一件无聊的事，但有时也自己欺骗自己，在空虚中找点慰安。工作、努力的工作，这是我近来唯一的信条。在我认识而且钦佩的先辈中，有两个像太阳一般忙碌工作的人：一个是 H 博士，一个是 T 先生，H 博士的著作、T 先生的平民教育，已经成为他们的第二生命了。从前，我看见他们整日匆忙，也曾笑他们过："这两个先生真傻，他们为了世界，把自己忘了！"但近来我觉得，在匆忙中工作，忘了一切，实在是远于不幸的最好方法。我想，假如我是洋车夫，我情愿拉着不幸的人们，终日奔走，便片刻也不要停留。在工作中便痛苦也是快乐的，天下最痛苦的是不工作时的遐想。只要我把洋车放下一刻，我看不过这现实的罪恶世界，便即刻要伤心起来了。朋友！这是我终日不肯放下洋车的原因，虽然在坐汽车的老爷们看来，一定要笑我把精力无用地牺牲，而且也未免走得太慢！

东城近来也不愿去了，一方面因为忙于工作，一方面还有个很小的原因，便是东城的好朋友们，近来都成对了。在那些卿卿我我的社会中，是不适宜于孤独的人的。拿眼儿去看旁人亲热地拥抱，拿耳朵去听旁人甜蜜地喊"我爱"，当时不过有些肉麻，想来总未免有些自伤孤零。所以我打定主意，不肯到东城去。近来工余的消遣，便是闲步羊市大街，在小摊上面，买两个铜子儿花生、三个铜子儿烧饼，在灰尘的归途中，自嚼自笑。想起那北京的文豪们，每月聚餐一次，登起斗大字的广告，在西山顶上，北海亭边，大嚼高谈，惊俗骇世。他们的幸福，我是不敢希望的，但他们谅也不懂得这花生和烧饼混食的绝好滋味！

最无聊的是晚上，寂寞凄凉的晚上。朋友们一个个都出去了，萧条庭院，静肃无声。我在那破书堆里，找出几本旧诗，吊起喉咙，大声朗诵。这时情景，真像在西山时的胡适之先生一样，"时时高唱破昏冥，一声声，有谁听？我自高歌，我自遣哀情。"近来睡眠的时候很晚，因为室内的炉儿已撤了，被褥单薄，不耐春寒，如其孤枕难眠，倒不如高歌当哭。但有时耳畔仿佛闻人说道："我爱，夜深，应该睡了。"明知孤灯只影，我爱不知在哪里。但想起风尘中犹有望我珍重的人，也愿意暂时丢却书儿，到梦中去寻刹那间的安慰。

好梦难重作，

春愁又一年！

阅读札记

早春的北京，春天的气息并不明显，冬寒还没有完全消退。作者自觉身份低微，形单影只，唯有努力工作，忘情于诗书，才能寻找到精神的安慰。

春 蚕

叶灵凤

　　房中很静谧，空气中夹着有熏人的暖意。我像中了酒般，只是昏沉沉地想要睡去。

　　没有气力再支持了，我便软洋洋地往椅背上一靠，于是卷在手中的一册李义山的诗集也落在了地上。

　　本来是真想睡去，但是这册书落在地上的声音，于寂静的周遭中，却又将我从昏沉中震醒，我垂眸斜睨了一下掉在地上的这一册书，我又立时从睡意中被带到了另一个幻界。

　　我看见在一枚小小的灰色的盒子中，在一角，有一匹春蚕正在痴心地织着他的茧。上，下，左，右，他不住地在辗动着他小小的身体，努力于自缚的工程。

　　茧儿渐渐地成了形。在银白色的朦胧的丝光中，于是这位献身的英雄的身体只隐约地可见。

　　身体很小。这显然是呕尽了英华，快达到最后的一幕了。

　　——啊，春蚕到死丝方尽！

　　我喟叹了一口长气，立时又从幻想的思乡中，堕回了这残酷的现实的世界。

　　舍去了自己葱郁的青春，以追求那缥缈的梦想，但是待到梦想快达到无味的实现时，我们的英雄却早又木然无觉了。啊！这现实的悲哀！

　　于是我便想到了在这不幸的世界中的一个不幸的人儿。

　　几日以来，此心如大海中失了罗盘的孤舟，纷然无主，究不知何适为是。我不知是生辰的不幸累及了我，还是我的不幸累及了生辰。

　　也曾准备好了一切，想去悄悄地投在 Nereid 的怀中；但是当我想到这负罪的残壳，在奔涛中被海鸥追啄着时，一定有一个人每夜在枕上哀泣着想在梦中追寻他的遗神，于是我建筑好了的决心，便立时又都崩溃了。

　　可是，我又能看见，我这崩散了的决心，愈散愈细，渐渐又散成了海滩旁潮湿的软沙。沙中陷着一位偶然到人间来遨游的女神，低眉待救。——这原是出了她的意外啊！

从何处救起呢？沙的本身就是灾祸，于是外来的幸福，也被牵连着一道丧失了，我幽然长叹。

这几日内，我便是这样地陷在两难中不能决定。我没有自振的勇气，我也没有能力拯救别人。

以前我倘自信英明，现在才知道人类实在是无能，我尤其是无能中的最甚。不知何故，我看见有一个人在耸肩悲泣，哀悼自己的孤独。于是我的心又摇动了，我终不肯绝望。

啊啊！这一点终不肯绝念的痴心，这怕是春蚕最后的一寸丝了！

春光久已老去，我不知道何日才是这个灰暗色的玫瑰茧儿完工的时辰。

阅读札记

春蚕到死丝方尽，这是理想主义者高扬的独白。但作者却是现实主义者，他自知个人力量的单薄，无力改变世界、拯救他人，但他并不绝望，愿意贡献出自己的微薄力量。

秋 夜 吟

郑振铎

幸亏找到了小石。这一年的夏天特别热，整个夏天我以面包和凉开水作为午餐；等太阳下去，才从那蛰居小楼的蒸烤中溜出来，嘘一口气，兜着圈子，走冷僻的路到他家里，用我们的话："吃一顿正式的饭"。

小石是一个顽皮的学生，在教室里发问最多，先生们一不小心，就要受窘。但这次在忧患中遇见，他却变得那么沉默寡言了。既不问我为什么不到内地去，也不问我在上海有什么任务，当然不问我为什么不住在里弄，绝对不问我如今住在什么地方。

我突然地找到他了，突然每晚到他家里吃饭了，然而这仿佛是平常不过的事，早已如此，一点不突然。料理饮食的也是小石一位朋友的老太太，我们共同享用着正正式式的刚煮好的饭，还有汤——那位老太太在午间从不为自己弄汤菜，那是太奢侈了。——在那里，我有一种安全的感觉。直到有一次我在这晚宴上偶然缺席，第二天去时看到他们的脸上是怎样从焦虑中得到解放，才知道他们是如何理解我的不安全。那位老太太手里提着铲刀，迎着我说："哎呀，郑先生，您下次不来吃饭最好打电话来关照一声啊，我们还当您怎么了呢。"

然而小石连这个也不说。

于是只好轮到我找一点话，在吃过晚饭之后，什么版画、元曲、变文、老庄哲学，都拿来乱谈一顿，自己听听很像是在上文学史之类，有点可笑。

于是我们就去遛马路。

有时同着二房东的胖女孩，有时拉着后楼的小姐L，大家心里舒舒坦坦地出去"走风凉"。小石是喜欢魏晋风度的，名之谓"行散"。

遛着遛着也成为日课，一直到光脚踏屐的清脆叩声渐渐冷落下来，后门口乘风凉的人们都缩进屋里去了，我们行散的兴致依然不减。

秋天的黄昏比夏天的更好，暮霭像轻纱似的一层一层笼罩上来，迷迷糊糊的雾气被凉风吹散。夜了，反觉得亮了些，天蓝的清清净净，撑得高高的，嵌出晶莹皎洁的月亮，真是濯心涤神，非但忘却追捕、躲避、恐怖、愤怒，直要把思维上腾到国家世界以外去。

我们一边走着，一边谈性灵，谈人类的命运，争辩月之美是圆时还是缺时，是微云轻抹还是万里无垠。

小石的住所朝南再朝南，是徐家汇路，临着一条河，河南大都是空地和田，没有房子遮着，天空更畅得开，我们从打浦桥顺着河沿往下走，把一道土堆算城墙，又一幢黑魆魆的房屋算童话里的堡垒，听听河水是不是在流。

走得微倦，便靠在河边一株横倒的树干上，大家都不谈话。

可是一阵风吹过来了，夹着河水污浊的气味，熏得我们站起来。这条河在白天原是不可向迩的。"夜只是遮盖，现实到底是现实，不能化朽腐为神奇！"小石叹了口气。

觉着有点凉，我随手取起了放在树干上的外衣，想穿。"嘎！"L叫了起来，"有毛毛虫！"外衣上附着两只毛虫呢，连忙抖拍了下去。大家一阵忙，皮肤起着栗，好像有虫在爬。

"不要神经过敏了，听，叫哥哥在叫呢。"

"不，那是纺织娘。"

"那里，那一定是铜管娘。"

"什么铜管娘，昆虫学里没有的名字。"

其实谁也没有研究过昆虫学。热心地争论起来了，把毛毛虫的不快就此抖掉。

"听，那边更多呢。"

一路倾听过去，忽然有一个孩子的声音叫：

"在这里了。"

那是一个穿了睡衣裤的小孩，手里执着小竹笼，一条辫子梢上还系着红线，一条辫子已经散了，大概是睡了听见叫哥哥叫得热闹又爬起来的。

"你不要动，等我捉。"铁丝网那边的丛莽中有一个男人在捉，看样子很是外行，拿了盒火柴，一根根划着。

秋虫的声音到处都是，可是去捉呢，又像在这里，又像在那里，孩子用白铁丝网刺它，又急着捉不到，直叫。

小石也钻进丛莽里去了。

一个骑自行车的人经过，也停下来，放好了车，取下了车上的电石灯，也加入去捉了。

这人可是个惯家，捉了一会，他说："不行，这样，你拿着灯，我们来捉。"原来的男人很听话地赶快把灯接过来，很合拍地照亮着。

果然，不一会，骑自行车的人就捉到了一只，大家钻出来，孩子喜欢得直跳。

骑自行车的人大大的手里夹着叫哥哥，因为感觉到大家欣赏他的成功而害羞，怯怯地说道："给谁呢？给谁呢？"

原来在捉的男人就推给小石说："先给他吧，他不会捉的。"孩子也说："给你吧，我们还好再捉。"

小石被这亲热的退让和赠予弄得不好意思起来，连忙走开去，说："哪里，哪里，我原不想要，我是帮你们捉的。"想想自己又不会捉，又改说，"我不过凑凑热闹。"

我们也说："小妹妹别客气了，把它放在笼子里吧，看跳掉了。"那个孩子才欢欢喜喜感谢地要了，男人和骑自行车的又钻进丛莽中去。

小石一边走，一边笑，一边咕噜："我又不是小孩子，给我做什么？"

L说："人家当你比那个小孩还小啦，这又有什么可脸红的呢。"

于是小石就辩了："月亮光底下看得出脸红脸白么？"

其实我们大家都饫饮这善良的温情而陶然了。

走得很远，回过头去，还看得见丛莽里一闪一闪亮着自行车的摩电灯。

阅读札记

在秋天的黄昏，阵阵凉风吹来，天清静的蓝，月亮晶莹皎洁，和几个志同道合的朋友，即使是遛马路、散散步、聊聊天，也是很大的乐事啊。

山中的历日

郑振铎

"山中无历日。"这是一句古话，然而我在山中却把历日记得很清楚。我向来不记日记，但在山上却有一本日记，每日都有二三行的东西写在上面。自 7 月 23 日，第一日在山上醒来时起，直到了最后的一日早晨，即 8 月 21 日，下山时止，无一日不记。恰恰的在山上三十日，不多也不少，预定的要做的工作，在这三十日之内，也差不多都已做完。

当我离开上海时，一个朋友问我："什么时候可以回来？"

"一个月。"我答道。真的，不多也不少，恰是一个月。有一天，一个朋友写信来问我道："你一天的生活如何呢？我们只见你一天一卷的原稿寄到上海来，没有一个人不惊诧而且佩服的。上海是那样的热呀，我们一行字也不能写呢。"

我正要把我的山上生活告诉他们呢。

在我的二十几年的生活中，没有像如今的守着有规则的生活，也没有像如今的那么努力地工作着的。

第一晚，当我到了山时，已经不早了，滴翠轩一点灯火也没有。我问心南先生道："怎么黑漆漆地不点灯？"

"在山上，我们已成了习惯，天色一亮就起来，天色一黑就去睡，我起初也不惯，现在却惯了。到了那时，自然而然地会起来，自然而然地会去睡。今夜，因为同家母谈话，睡得迟些，不然，这时早已入梦了。家中人，除了我们二人外，他们都早已熟睡了。"心南先生说。

我有些惊诧，却不大相信。更不相信在上海起迟眠迟的我，会服从了这个山中的习惯。

然而到了第二天一早，心南先生却照常起身。我这一夜是和他暂时一房同睡的，也不由得不起来，不由得不跟他一同起身。"还早呢，还只有6点钟。"我看了表说。

"已经是太晚了。"他说。果然，廊前太阳光已经照得满墙满地了。

这是第一次，我倚了绿色的栏杆——后来改漆为红色的，却更有些诗意了——去看山景。没有奇石，也没有悬岩，全山都是碧绿色的竹林和红瓦黑瓦的洋房子。山形是太平行了。然而向东望去，却可看见山下的原野。一座一座的小山，都在我们的足下，一畦一畦的绿田，也都在我们的足下。几缕的炊烟，由田间升起，在空中袅袅飘着，我们知道那里是有几家农户了，虽然看不见他们。空中是停着几片的浮云，太阳照在上面，那云影倒映在山峰间，明显地可以看见。

"也还不坏呢，这山的景色。"我说。

"在起了云时，漫山的都是云，有的在楼前，有的在足下，有时浑不见对面的东西，有时，清山只露出峰尖，如在海中的孤岛，这简直可称为云海，那才有趣呢。我到了山时，只见了两次这样的奇景。"心南先生说。

这一天真是忙碌，下山到了铁路饭店，去接梦旦先生他们上山来。下午，又东跑跑，西跑跑。太阳把山径晒得滚热的，它又张了大眼向下望着，头上是好像一把火的伞。只好在邻近竹径中走走就回来了。

在山上，雨是不预约就要落下来的，看它天气还好好的，一瞬间，却已乌云蔽了楼檐，沙沙的一阵大雨来了。不久，眼望着这块大乌云向东驶去，东边的山与田野却现出阴郁的样子，这里却又是太阳光满满地照着了。

"伞在山上倒是必要的，晴天可以挡太阳，下雨的时候可以挡雨。"我说。

这一阵雨过去后，天气是凉爽得多了，我便又独自由竹林间的一条小山径，寻路到瀑布去。山径还不湿滑，因为一则沿路都是枯落的竹叶躺着，二则泥土太干，雨又下得不久。山径不算不峻峭，却异常得好走。足踏在干竹叶上，柔柔地如履铺了棉花的地板，手攀着密集的竹竿，一竿一竿地递扶着，如扶着栏杆，任怎么峻峭的路，都不会有倾跌的危险。

莫干山有两个瀑布，一个是在这边山下，一个是在碧坞。碧坞太远了，听说路也很险。走过去，要经过一条只有一尺多阔的栈道，一面是绝壁，一面是十余丈深的山溪，轿子是不能走过的，只好把轿子中途弃了，两个轿夫牵着游客的双手，一前一后地把他送过去。去年，有几个朋友到那里去游，却只有几个最勇敢的这样走了过去，还有几个却终于与轿子一同停留在栈道的这边，不敢过去了。这边的山下瀑布，路途却较为好走，又没有碧坞那么远，所以我便渴于要先去看看——虽然他们都要休息一下，不大高兴走。

瀑布的气势是那么样的伟大，瀑布的景色是那么样的壮美；那么多的清泉，由高山石上，倾倒而下，水声如雷似的，水珠溅得远远的，只要闭眼一想象，便知它是如何的可迷人呀！我少时曾和数十个同学们一同旅行到南雁荡山。那边的瀑布真不少，也真不小。老远的老远的，便看见一道道的白练布由山顶挂了下来，却总是没有走到。经过了柔湿的田道，经过了繁盛的村庄，爬上了几层的山，方才到了小龙湫。那时是初春，还穿着棉衣。长途的跋涉，使我们都气喘汗流。但到了瀑布之下，立在一块远隔丈余的石上时，细细的水珠却溅得你满脸满身都是，阴凉的，阴凉的，立刻使你一点的热感都没有了；虽穿了棉衣，还觉得冷呢。面前是万斛的清泉，不休地只向下倾注，那景色是无比的美好，那清而宏大的水声，也是无比的美好。这使我到如今还记着，这使我格外地喜爱瀑布与有瀑布的山。十余年来，总在北京与上海两处徘徊着，不仅没有见什么大瀑布，便连山的影子也不大看得见。这一次到莫干山，小半的原因，因为那山有瀑布。

山径不大好走，时而石级，时而泥径，有时，且要在荒草中去寻路。亏得一路上溪声潺潺的。沿了这溪走，我想总不会走得错的。后来，终于是走到了。但那水声并不大，离近了，那水珠也不会飞溅到脸上身上来，高虽有二丈多高，阔却只有两个人身的阔。那么样萎靡的瀑布，真使我有些失望。然而这总算是瀑布，万山静悄悄的，连鸟声也没有，只有几张照相的色纸，落在地上，表示曾有人来过。在这瀑布下流连了一会，脱了衣服，洗了一个身，濯了一会足，便仍旧穿便衣，与它告别了，却并不怎么样的惜别。

刚从林径中上来，便看见他们正在门口，打算到外面走走。

"你去不去?"擘黄问我。

"到哪里去?"我问道。

"随便走走。"

　　我还有余力，便跟了他们同去。经过了游泳池，一个个人喧笑地在那里泅水，大都是碧眼黄发的人，他们是最会享用这种公共场所的。池旁，列了许多座位，预备给看的人坐，看的人真也不少。沿着这条山径，到了新会堂，图书馆和幼稚园都在那里。一大群人正从那里散出，也大都是碧眼黄发的人。沿着山边的一条路走去，便是球场了。球场的规模并不小，难得在山边会辟出这么大的一个地方。场边有许多石级凸出，预备给人坐，那边贴了不少布告，有一张说："如果山岩崩坏了，发生了什么意外之事，避暑会是不负责的。"我们看那山边，围了不少层的围墙。很坚固，很坚固，哪里会有什么崩坏的事，然而他们却要预防着。在快活地打着球的，也都是碧眼黄发的人。

　　梦旦先生他们坐在亭上看打球，我们却上了山脊。在这山脊上缓缓地走着，太阳已将西沉，把那无力的金光亲切地抚摩我们的脸。并不大的凉风，吹拂在我们的身上，有种说不出的舒适之感。我们在那里，望见了塔山。

　　心南先生说："那是塔山，有一个亭子的，算是莫干山最高的山了。"望过去很远，很远。

　　晚上，风很大。半夜醒来，只听见廊外呼呼地啸号着，仿佛整座楼房连基底都要为它所摇撼。

　　山中的风常是这样的。

　　这是在山中的第一天，第二天也没有做事。到了第三天，却清早起来，6 点钟时，便动手做工。8 时吃早餐，看报、看来信，邮差正在那时来。9 时再做，直到了 12 时。下午，又开始写东西，直到了 4 时。那时，却要出门到山上走走。却只在近处，并不到远处去，天未黑便吃了饭，随意闲谈着。到了 8 时，却各自进了房。有时还看看书，有时却即去睡了。一个月来，几乎天天是如此。

　　下午 4 时后，如不出去游山，便是最好的看书时间了。

　　山中的历日便是如此，我从来没有过着这样的有规则的生活！

阅读札记

　　从繁华忙碌的都市来到与世隔绝的山中，习惯了有规则的生活，习惯与大自然为伴，这样忙里偷闲，又陶冶情操，乐趣多多。

春　风

老舍

济南与青岛是多么不相同的地方呢！一个设若比作穿肥袖马褂的老先生，那一个便应当是摩登的少女，可是这两处不无相似之点。拿气候说吧，济南的夏天可以热死人，而青岛是有名的避暑所在；冬天，济南也比青岛冷。但是，两地的春秋颇有点相同。济南到春天多风，青岛也是这样；济南的秋天是长而晴美，青岛亦然。

对于秋天，我不知应爱哪里的：济南的秋是在山上，青岛的是海边。济南是抱在小山里的，到了秋天，小山上的草色在黄绿之间，松是绿的，别的树叶差不多都是红与黄的。就是那没树木的山上，也增多了颜色——日影、草色、石层，三者能配合出种种的条纹、种种的影色。配上那光暖的蓝空，我觉到一种舒适安全，只想在山坡上似睡非睡地躺着，躺到永远。青岛的山——虽然怪秀美——不能与海相抗，秋海的波还是春样的绿，可是被清凉的蓝空给开拓出老远，平日看不见的小岛清楚地点在帆外。这远到天边的绿水使我不愿思想而不得不思想；一种无目的的思虑，要思虑而心中反倒空虚了些。济南的秋给我安全之感，青岛的秋引起我甜美的悲哀。我不知应当爱哪个。

两地的春可都被风给吹毁了。所谓春风，似乎应当温柔，轻吻着柳枝，微微吹皱了水面，偷偷地传送花香，同情地轻轻掀起禽鸟的羽毛。济南与青岛的春风都太粗猛，济南的风每每在丁香海棠开花的时候把天刮黄，什么也看不见，连花都埋在黄暗中；青岛的风少一些沙土，可是狡猾，在已很暖的时节忽然来一阵或一天的冷风，把一切都送回冬天去，棉衣不敢脱，花儿不敢开，海边翻着愁浪。

两地的风都有时候整天整夜地刮。春夜的微风送来雁叫，使人似乎多些希望。整夜的大风，门响窗户动，使人不英雄地把头埋在被子里；即使无害，也似乎不应该如此。对于我，特别觉得难堪。我生在北方，听惯了风，可也最怕风。听是听惯了，因为听惯才知道那个难受劲儿。它老使我坐卧不安，心中游游摸摸的，干什么不好，不干什么也不好。它常常打断我的希望:听见风响,我懒得出门,觉得寒冷,心中渺茫。春天仿佛应当有生气,应当有花草,这样的野风几乎是不可原谅的!我倒不是个弱不禁风的人,虽然身体不很足壮。我能受苦,只是受不住风。别种的苦处,多少是在一个地方,多少有个原因,多少可以设法减除,对风是干没办法。总不在一个地方,到处随时使我的脑子晃动,像怒海上的船。它使我说不出为什么苦痛,而且没法子避免。它自由地刮,我死受着苦。我不能和风去讲理或吵架,单单在春天刮这样的风!可是跟谁讲理去呢?苏杭的春天应当没有这不得人心的风吧?

我不准知道,而希望如此。好有个地方去"避风"呀!

阅读札记

也许春风给了作者以痛苦而又无可奈何的感受吧。本文用大的篇幅写济南、青岛两地秋天的美丽,亦是为了反衬春风的粗猛和寒冷,突出两地春风令人不快的感觉。

避　暑

老舍

英美的小资产阶级,到夏天若不避暑,是件很丢人的事。于是,避暑差不多成为离家几天的意思,暑避了与否倒不在话下。城里的人到海边去,乡下人上城里来;城里若是热,乡下人干吗来?若是不热,城里的人为何不老老实实地在家里歇着?这就难说了。再看海边吧,各样杂耍,似赶集开店一般,男女老幼,闹闹吵吵,比在家中还累得慌。原来暑本无须避,而面子不能不圆;夏天总得走这么几日,要不然便受不了亲友的盘问。谁也知道,海边的小旅馆每一间小屋睡大小五口,这只好尽在不言中。

手中更富裕的,讲究到外国来,这更少与避暑有关。巴黎的夏天比伦敦热得多,而去巴黎走走究竟体面不小。花几个钱,长些见识,受点热也还值得。可是咱们这儿所说的人们,在未走以前已经决定好自己的文化比别国高,而回来之后只为增高在亲友中的身份——"刚由巴黎回来,那群法国人!"

　　到中国做事的西人，自然更不能忘了这一套。在北戴河，有三家凑赁一所小房的，住上二天，大家的享受正如圈里的羊。自然也有很阔气的，真是去避暑；可是这样的人大概在哪里也不见得感到热，有钱呀。有钱能使鬼推磨，难道不能使鬼做冰激凌吗？这总而言之，都有点装着玩。外国人装蒜，中国人要是不学，便算不了摩登。于是自从皇上被免职以后，中国人也讲究避暑。北平的西山、青岛和其他的地方，都和洋钱有同样的响声。还有特意到天津或上海玩玩的，也归在避暑项下，谁受罪谁知道。

　　暑，从哲学上讲，是不应当避的。人要把暑都避了，老天爷还要暑干吗？农人要都去避暑，粮食可还有的吃？再退一步讲，手里有钱，暑不可不避，因为它暑。这自然可以讲得通，不过为避暑而急得四脖子汗流，便大可以不必。到避暑期间而闹得人仰马翻，便根本不如在家里和谁打上一架。

　　所以我的避暑法便很简单——家里蹲。第一不去坐火车，为避暑而先坐二十四小时的特别热车，以便到目的地去治上吐下泻，我就不那么傻。第二不扶老携幼去玩玄，比如上山，带着四个小孩，说不定会有三个半滚了坡的。山上的空气确是清新，可是下得山来，孩子都成了瘸子，也与教育宗旨不甚相合。即使没有摔坏，反正还不吓一身汗？这身汗哪里出不了，单上山去出？第三不用搬家。你说，一家大小都去避暑，得带多少东西？即使出发的时候力求简单，到了地方可就明白过来，啊，没有给小二带乳瓶来！买去吧，哼，该买的东西多了！三叔的固元膏忘下了，此处没有卖的，而不贴则三叔就泻肚；得发快信托朋友给寄！及至东西都慢慢买全，也该回家了，往回运吧，有什么可说的！

　　一个人去自然简单些，可是你留神吧，你的暑气还没落下去，家里的电报到了——急速回家！赶回来吧，原来没事，只是尊夫人不放心你！本来吗，一个人在海岸上溜，尊夫人能放心吗？她又不是没看过美人鱼的照片。

　　大家去，独自去，都不好，最好是不去。一动不如一静，心静自然凉。况且一切应用的东西都在手底下：凉席、竹枕、蒲扇、烟卷、万应锭、小二的乳瓶……要什么伸手即得，这就是个乐子。渴了有绿豆汤，饿了有烧饼，闷了念书或作两句诗。早早地起来，晚晚地睡，到了晌午再补上一大觉；光脚没人管，赤背也不违警章，喝几口随便，喝两盅也行。有风便荫凉下坐着，没风则勤扇着，暑也可以避了。

　　这种避暑有两点不舒服：（一）没把钱花了；（二）怕人问你。都有办法：买点暑药送苦人，或是赈灾，即使不是有心积德，到底钱是不必非花在青岛不可的。至于怕有人问，你可以不见客，等秋来的时候，他们问你，很可以这样说："老没见，上莫干山住了三个多月。"如能把孩子们嘱咐好了，或者不至漏了底。

作者认为避暑乃是有闲有钱阶级的享受，他的选择则是——家里蹲。那也没什么不好，一动不如一静，心静自然凉吧。

春

朱自清

盼望着，盼望着，东风来了，春天的脚步近了。

一切都像刚睡醒的样子，欣欣然张开了眼。山朗润起来了，水长起来了，太阳的脸红起来了。

小草偷偷地从土里钻出来，嫩嫩的，绿绿的。园子里，田野里，瞧去，一大片一大片满是的。坐着，躺着，打两个滚，踢几脚球，赛几趟跑，捉几回迷藏。风轻悄悄的，草绵软软的。

桃树、杏树、梨树，你不让我，我不让你，都开满了花赶趟儿。红的像火，粉的像霞，白的像雪。花里带着甜味，闭了眼，树上仿佛已经满是桃儿、杏儿、梨儿！花下成千成百的蜜蜂嗡嗡地闹着，大小的蝴蝶飞来飞去。野花遍地是杂样儿，有名字的，没名字的，散在草丛里，像眼睛，像星星，还眨呀眨的。

"吹面不寒杨柳风"，不错的，像母亲的手抚摸着你。风里带来些新翻的泥土的气息，混着青草味，还有各种花的香，都在微微润湿的空气里酝酿。鸟儿将巢安在繁花嫩叶当中，高兴起来了，呼朋引伴地卖弄清脆的喉咙，唱出宛转的曲子，与轻风流水应和着。牛背上牧童的短笛，这时候也成天在嘹亮地响。

雨是最寻常的，一下就是三两天。可别恼，看，像牛毛，像花针，像细丝，密密地斜织着，人家屋顶上全笼着一层薄烟。树叶子却绿得发亮，小草也青得逼你的眼。傍晚时候，上灯了，一点点黄晕的光，烘托出一片安静而和平的夜。乡下去，小路上，石桥边，撑起伞慢慢走着的人；还有地里工作的农夫，披着蓑，戴着笠的。他们的草屋，稀稀疏疏地在雨里静默着。

天上风筝渐渐多了，地上孩子也多了。城里乡下，家家户户，老老小小，他们也赶趟儿似的，一个个都出来了。舒活舒活筋骨，抖擞抖擞精神，各做各的一份事去。"一年之计在于春"；刚起头儿，有的是工夫，有的是希望。

春天像刚落地的娃娃，从头到脚都是新的，它生长着。

春天像小姑娘，花枝招展的，笑着，走着。

春天像健壮的青年，有铁一般的胳膊和腰脚，它领着我们上前去。

阅读札记

朱自清的这篇《春》，以淡雅的风格、清新的文字，把春天的特征描绘得淋漓尽致，充分抒发了作者对大自然中春天的赞美之情和对生活的无比热爱。

冬 天

朱自清

说起冬天，忽然想到豆腐。是一"小洋锅"（铝锅）白煮豆腐，热腾腾的。水滚着，像好些鱼眼睛，一小块一小块豆腐养在里面，嫩而滑，仿佛反穿的白狐大衣。锅在"洋炉子"（煤油不打气炉）上，和炉子都熏得乌黑乌黑，越显出豆腐的白。这是晚上，屋子老了，虽点着"洋灯"，也还是阴暗。围着桌子坐的是父亲跟我们哥儿三个。"洋炉子"太高了，父亲得常常站起来，微微地仰着脸，觑着眼睛，从氤氲的热气里伸进筷子，夹起豆腐，一一地放在我们的酱油碟里。我们有时也自己动手，但炉子实在太高了，总还是坐享其成的多。这并不是吃饭，只是玩儿。父亲说晚上冷，吃了大家暖些。我们都喜欢这种白水豆腐；一上桌就眼巴巴望着那锅，等着那热气，等着热气里从父亲筷子上掉下来的豆腐。

又是冬天，记得是阴历十一月十六晚上，跟 S 君 P 君在西湖里坐小划子。S 君刚到杭州教书，事先来信说："我们要游西湖，不管它是冬天。"那晚月色真好，现在想起来还像照在身上。本来前一晚是"月当头"，也许十一月的月亮真有些特别吧。那时九点多了，湖上似乎只有我们一只划子。有点风，月光照着软软的水波；当间那一溜儿反光，像新斫的银子。湖上的山只剩了淡淡的影子。山下偶尔有一两星灯火。S君口占两句诗道："数星灯火认渔村，淡墨轻描远黛痕。"我们都不大说话，只有均匀的桨声。我渐渐地快睡着了。P君"喂"了一下，才抬起眼皮，看见他在微笑。船夫问要不要上净寺去，是阿弥陀佛生日，那边蛮热闹的。到了寺里，殿上灯烛辉煌，满是佛婆念佛的声音，好像醒了一场梦。这已是十多年前的事了，S君还常常通着信，P君听说转变了好几次，前年是在一个特税局里收特税了，以后便没有消息。

在台州过了一个冬天，一家四口子。台州是个山城，可以说在一个大谷里。只有一条二里长的大街。别的路上白天简直不大见人，晚上一片漆黑。偶尔人家窗户里透出一点灯光，还有走路的拿着的火把，但那是少极了。我们住在山脚下。有的是山上松林里的风声，跟天上一只两只的鸟影。夏末到那里，春初便走，却好像老在过着冬天似的，可是即便真冬天也并不冷。我们住在楼上，书房临着大路；路上有人说话，可以清清楚楚地听见。但因为走路的人太少了，间或有点说话的声音，听起来还只当远风送来的，想不到就在窗外。我们是外路人，除上学校去之外，常只在家里坐着。妻也惯了那寂寞，只和我们爷儿们守着。外边虽老是冬天，家里却老是春天。有一回我上街去，回来的时候，楼下厨房的大方窗开着，并排地挨着她们母子三个，三张脸都带着天真微笑地向着我。似乎台州空空的，只有我们四人；天地空空的，也只有我们四人。那时是民国十年，妻刚从家里出来，满自在。现在她死了快四年了，我却还老记着她那微笑的影子。

无论怎么冷，大风大雪，想到这些，我心上总是温暖的。

阅读札记

作者在这里不只是为了单纯写冬天，同时也写出了自己对过去往事的怀念，对友情亲情的怀念，而这些体现友情、亲情的事都发生在冬天。朴素洁净的文字，暖人心灵的细节，略带写忧伤的情怀——这篇短短的散文凭借着这些优点足以让读者感动不已。

冰雪北海

张恨水

　　北平的雪，是冬季一种壮观景象。没有到过北方的南方人，不会想象到它的伟大。大概有两个月到三个月，整个北平城市都笼罩在一片白光下。登高一望，觉得这是个银装玉琢的城市。自然，北方的雪，在北方任何一个城市，都是堆积不化的，没有什么可看的。只有北平这个地方，有高大的宫殿，有整齐的街巷，有伟大的城圈，有三海几片湖水，有公园、太庙、天坛几片柏林，有红色的宫墙，有五彩的牌坊，在积雪满眼、白日行天之时，对这些建筑，更觉得壮丽光辉。

　　要赏鉴令人动人的景致，莫如北海。湖面让厚冰冻结着，变成了一面数百亩的大圆镜。北岸的楼阁树林，全是玉洗的。尤其是五龙亭五座带桥的亭子，和小西天那一幢八角宫殿，更映现得玲珑剔透。若由北岸看南岸，更有趣。琼岛高拥，真是一座琼岛。山上的老柏树，被雪反映成了黑色。黑树林子里那些亭阁上面是白的，下面是阴黯的，活像是水墨画。北海塔涂上了银漆，有一丛丛的黑点绕着飞，是乌鸦在闹雪。岛下那半圆形的长栏，夹着那一个红漆栏杆、雕梁画栋的漪澜堂。又是素绢上画了一个古装美人，颜色是格外鲜明。

　　五龙亭中间一座亭子，四面装上玻璃窗户，雪光冰光反射进来，那种柔和悦目的光线，也是别处寻找不到的景观。亭子正中，茶社生好了熊熊红火的铁炉，这里并没有一点寒气。游客脱下了臃肿的大衣，摘下罩额的暖帽，身子先轻松了。靠玻璃窗下，要一碟羊膏，来二两白干，再吃几个这里的名产肉末夹烧饼。周身都暖和了，高兴渡海一游，也不必长途跋涉东岸那片老槐雪林，可以坐冰床。冰床是个无轮的平头车子，滑木代了车轮，撑冰床的人，拿了一根短竹竿，站在床后稍一撑，冰床哧溜一声，向前飞奔了去。人坐在冰床上，风呼呼地由耳鬓吹过去。这玩艺比汽车还快，却又没有一点汽车的响声。这里也有更高兴的游人，却是踏着冰湖走了过去。我们若在稍远的地方，看看那滑冰的人，像在一张很大的白纸上，飞动了许多黑点，那活是电影上一个远镜头。

走过这整个北海，在琼岛前面，又有一弯湖冰。北国的青年，男女成群结队的，在冰面上溜冰。男子是单薄的西装，女子穿了细条儿的旗袍，各人肩上，搭了一条围脖，风飘飘地吹了多长，他们在冰上歪斜驰骋，做出各种姿势，忘了是在冰点以下的温度过活了。在北海公园门口，你可以看到穿戴整齐的摩登男女，各人肩上像搭梢马裤子似的，挂了一双有冰刀的皮鞋，这是上海、香港摩登世界所没有的。

阅读札记

冰雪，一般人会往冷的角度想，但作者笔下的却是一个热的冰雪、热的北海。写本文时，战乱即将平息，作者透过冰雪北海，写出了冬天虽至，但生活开始安定平和的一幅幅景象。

听鸦叹夕阳

张恨水

北平的故宫、三海和几个公园，以伟大壮丽的建筑，配合了环境，都是全世界上让人陶醉的地方。不用多说，就是故宫前后那些老鸦，也充分带着诗情画意。

在秋深的日子，经过金鳌玉蝀桥，看看中南海和北海的宫殿，半隐半显在苍绿的古树中。那北海的琼岛，簇拥了古槐和古柏，其中的黄色琉璃瓦，被偏西的太阳斜照着，闪出一道金光。印度式的白塔，伸入半空，四周围了权枒的老树干，像怒龙伸爪。这就有千百成群的乌鸦，掠过故宫，掠过湖水，掠过树林，纷纷飞到这琼岛的老树上来，远看是黑纷腾腾，近听是呱呱乱叫，不由你不对这些东西发生了怀古之幽情。

照中国词章家的说法，这乌鸦叫宫鸦。很奇怪，当风清日丽的时候，它们不知何往。必须到太阳下山，它们才会到这里来吵闹。若是阴云密布，寒风瑟瑟，便终日在故宫各个高大的老树林里，飞着又叫着。是不是它们最喜欢这阴暗的天气？我们不得而知。也许它们讨厌这阴暗天气，而不断地向人们控诉。我总觉得，在这样的天气下，看到哀鸦乱飞，颇有些古今治乱盛衰之感。真不知道当年出离此深宫的帝后，对于这阴暗黄昏的鸦群作何感想？也许全然无动于衷。

北平深秋的太阳，不免带几分病态。若是夕阳西下，它那金紫色的光线，穿过寂无人声的宫殿，照着红墙绿瓦也好，照着这绿的老树林也好，照着飘零几片残荷的湖水也好，它的体态是萧疏的，宫鸦在这里，背着带病色的太阳，三三五五，飞来飞去，便是一个不懂诗不懂画的人，对这景象，也会觉得是衰败的象征。

一个生命力强的人，自不爱欣赏这病态美。不过在故宫前，看到夕阳，听到鸦声，却会发生一种反省，这反省的印象给予人是有益的。所以当每次经过故宫前后，我都会有种荆棘铜驼的感慨。

夜

徐讦

窗外是一片漆黑，我看不见半个影子是微风还是轻雾在我屋瓦上走过，散着一种低微的声音，但当我仔细谛听时，觉得宇宙是一片死沉沉的寂静。我两手捧我自己的头，肘落在膝上。

我又听到一点极微的声音，我不知道是微风，还是轻雾；可是当我仔细倾听时，又觉得宇宙是一种死沉沉的寂静。

我想这或者就是所谓寂静了吧。

一个有耳朵的动物，对于寂静的体验，似乎还有赖于耳朵，那么假如什么也没有的话，恐怕不会有寂静的感觉的。在深夜，当一个声音打破寂静的空气，有时就陪衬出先前的寂静的境界；而那种似乎存在、似乎空虚的声音，怕才是真正的寂静。

在人世之中，严格地说，我们寻不到真正的空隙；通常我们所谓空隙，也只是一个若有若无的气体充塞着，那么说寂静只是这样一种声音，我想许多人一定会觉得对的。

假如说夜里藏着什么神秘的话，那么这神秘就藏在寂静与黑暗之中。所以如果要探问这个神秘，那么就应当穿过这寂静与漆黑。

为夜长而秉烛夜游的诗人，只觉得人生的短促，应当尽量享受，是一种在夜里还留恋那白天欢笑的人。一个较伟大的心境，似乎应当是觉得在短促的人世里，对于一切的人生都会自然地尽情地体验与享受，年轻时享受青年的幸福，年老时享受老年的幸福。如果年轻时忙碌于布置老年的福泽，老年时哀悼青年的消逝，结果在短促一生中，没有过一天真正的人生，过去的既然不复回，将来的也不见得会到。那么依着年龄、环境的现状，我们还是过一点合时的生活，干一点合时的工作，渡一点合时的享受吧。

既然白天时我们享受着光明与热闹，那么为什么我们在夜里不能享受这份漆黑与寂静中所蓄的神秘呢？但是这境界在近代的都市中是难得的，叫卖声、汽车声、赌博声、无线电的声音，以及红绿的灯光都扰乱着这自然的夜。只有在乡村中、山林里，无风无雨无星无月的辰光，更深人静，鸟儿入睡，那时你最好躺下，把灯熄灭，于是灵魂束缚都解除了，人与自然合而为一，这样你就深入夜的神秘怀里，享受到一个自由而空旷的世界。这是一种享受，这是一种幸福，能享受这种幸福的人，在这忙碌的世界中是很少的。真正苦行的僧侣或者是一种，在青草上或者蒲团上打坐，从白天的世界跳入夜里，探求一些与世无争的幸福。此外田园诗人们也常有这样的获得，至于每日为名利忙碌的人群，他永远体验不到这一份享受，除非在他失败时候，身败名裂，众叛亲离，那么也许会在夜里投身于这份茫茫的怀中获得了一些彻悟的安慰。

世间有不少的人，把眼睛闭起来求漆黑，把耳朵堵起来求寂静，我觉得这是愚鲁的。因为漆黑的真味是存在视觉中，而静寂的真味则是存在听觉上的。

于是我熄了灯。

思维的自由，在漆黑里最表示得充分；它会把旷野缩成一粟，把斗室扩大到无限。于是心板的杂膜，如照相的胶片浸在定影水里一般，慢慢地淡薄起来，以至于透明。

我的心就这样的透明着。

在这光亮与漆黑的对比之中，象征着生与死的意义的，听觉视觉全在死的一瞬间完全绝灭，且不管灵魂的有无，生命已经融化在漆黑的寂静与寂静的漆黑中了。

看人世是悲剧或者是喜剧似乎都不必，人在生时尽量生活，到死时释然就死，我想是一个最好的态度；但是在生时有几分想到自己是会死的，在死时想到自己是活过的，那就一定会有更好的态度，也更会了解什么是生与什么是死。对于生不会贪求与狂妄，对于死也不会害怕与胆怯，于是在生时不会虑死，在死时也不会恋生，我想世间总有几个高僧与哲人达到了这样的境地吧。

于是我不想再在这神秘的夜里用耳眼享受这寂静与漆黑，我愿将这整个的心身在神秘之中漂流。

这样，我于是解衣就寝。

阅读札记

假如说夜里藏着什么神秘的话，那么这神秘就藏在寂静与黑暗之中。所以如果要探问这个神秘，那么就应当穿过这寂静与漆黑。

黄 昏 之 献

丽尼

断裂的心弦，也许弹不出好的曲调来吧？

正如在那一天的夜晚，你的手在伯牙琴上颤栗着，你那时不只是感觉了不安，而且感觉了恐怖。那月亮照临的山道，流泉哀诉的声音，这些，也正象征出你心中的恼乱了。

说是你应该在梦中归来就我，然而，这崎岖的路，就是你的梦魂也将不堪其艰难的跋涉呀！

呀，我是如何地思念你哟！

而且，更想不到这就是永远的别离。

梦，是多么地空虚，在你梦魂归来的时候，我不曾一次握过你的手，也没有一次看清过你的面容。

呵，你是在黑暗之中了。

呵，在黄昏里，你是离开了我，而回到你妈妈、你爸爸那里去了。

呵，只要我知道如今你是在什么地方躺卧着的啊！

没有不醒的梦，除了永久的长睡以外；然而，在长睡之中连梦也会被忘却的呀！第一次梦见你在高原，第二次在海滨。

然而，等到梦醒的时候，坟墓就覆盖着你了。

我不要求你来给我解释命运之神秘、生命之无常，我不要求你来告诉我黑暗之国的消息，我不要求你来含泪地讲述着你自己的故事。

但是，你呵，我愿你安息！

当灯油快完的时候，生命的呼吸也就短促起来了。在夜晚的世界里面，人们都是沉睡着。

天上的星斗啊，你们是在唱着挽歌么？

月亮啊，你也表现出了如何仓惶的神态哟！

我看着花开，又看着花谢，我看着月圆，又看着月缺，你哟，我看着你向人间走来，又看着你离开人间而去，我看着你在梦里欢跃，又看着你受到了梦的欺凌哟！

夜之安琪儿呀，请为我歌一曲《流浪者之夜歌》罢。

阅读札记

这是一篇悼亡散文，充满了悲凄的情绪，作者以抒情的语言，运用象征和比喻手法，一唱三叹，创造了悲哀凄怆的氛围，抒发了作者悼念亡友的深挚之情。

秋　　夜

丽尼

四个人在田间的小径上移动着，如同四条影子，各人怀抱着自己的寂寞和世界的愁苦。

月色是迷蒙的，村庄已经遥远了。

小溪之中没有流水，田间没有庄稼。

路旁坟上的古柏，在月光之下显得更其憔悴而苍老了。

唯有秋风是在忧愁地吹。

没有夜露。

没有目的的旅程，向着什么地方去的呢？世界是一个大的荒原。

只是如影子一般地沉默着啊。

低着头，看着自己的影子没在黄尘之中，想着被留在故乡的人们的命运。

往古的日子回到记忆中来，那些日子，如今是不会有的了。

于是，脚步渐渐地移动得更为缓慢。

往日，那是什么日子？只要把种子撒在地上，就是收成。手和足还有什么用啊！

村里的人会酿酒，会织布，会笑，会唱歌。

工作里面有着快乐。只要得到了五串钱，可不是就有一亩自己的土地？

青苗是可爱的，土地散发着芳香。

然而，土地却渐渐地变成荒芜，渐渐地不属于自己了。

四个人寂寞地移动着，如同四条影子。

乌云却围合了上来，罩住了整个的大地。

"就是能够下雨吧，下雨又有什么用？从枯槁的干草和别人的田禾里面能够希望收成么？出去了的人就没有能够回来的；从往古直到现在，永远是这个道理。"

于是，沉默地走着了，走向不可知的土地。

在心底，不自觉地闯入了客死他乡的哀愁。

寻水的田蛙被饥饿的土蛇追赶着，发出了哀哀的鸣声。

秋风在田野之中做着不可以理解的咒语。

"黑暗里向还有前途么？"

于是，哀愁的心如铅一般地沉落了，给每个人加上了重负。

移动着，寂寞地，四条影子，被埋在黑夜的怀中。

阅读札记

作者为贫穷无依的农民哀鸣，同时探讨问题的根源，进一步指出，他们的灾难不是从现在才开始，多年来，土地早已荒芜，渐渐地不属于自己了……

夜　行

王统照

　　夜间，正是萧森荒冷的深秋之夜，群行于野，没有灯，没有人家小窗中的明光；没有河面上的渔火，甚至连黑沉沉的云幕中也闪不出一道两道的电光。

　　黑暗如一片软绒展铺在脚下面，踏去是那么茸茸然空若无物，及至抚摸时也是一把的空虚。不但没有柔软的触感，连膨胀在手掌中的微力也试不到。

　　黑暗如同一只在峭峰上蹲踞的大鹰的翅子，用力往下垂压。遮盖住小草的舞姿、石头的眼睛，悬在空间，伸张着它的怒劲。在翅子上面，藏在昏冥中的钢嘴预备着吞蚀生物；翅子下，有两只利爪等待获拿。那盖住一切的大翅，仿佛正在从容中煽动这黑暗的来临。

　　黑暗如同一只感染了鼠疫的老鼠，静静地、大方地躺在霉湿的土地上。周身一点点的力量没了。它的精灵，它的乖巧，它的狡猾，都完全葬在毒疫的细菌中间。和厚得那么毫无气息，皮毛是滑得连一滴露水也沾濡不上，它安心专候死亡的支配。它在平安中散布这黑暗的告白。

　　群行于野，这夜中的大野那么宽广，——永远行不到边际；那么平坦，——永远踏不到一块荦确的石块；那么干净，——永远找不到一个蒺藜与棘刺刺破足趾。

　　行吧！在这大野中，在这黑暗得如一片软绒，一只大鹰的翅子，一个待死的老鼠的夜间。

　　行吧！在这片空间中，连他们的童年中常是追逐着脚步的身影也消失了，没有明光那里会有身影呢。

　　行吧！需要甚么？——甚么也不需要；希望甚么？——甚么也不希望。昏沉中，灵魂涂上了同一样的颜色，眼光毫无用处，可也用不到担心，于是心也落到无光的血液中了。

　　也还在慢行中等待天明时的东方晨星么？谁能回答。不知联合起来的记忆是否曾被踏在黑暗的软绒之下？

在无边的黑暗中，也要心存希望。夜行于野，也要期望明光。东方的晨星，终将宣告黎明的来临。

秋 林 晚 步

王统照

"枯桑叶易零，疲客心易惊！今兹亦何早，已闻络纬鸣。迥风灭且起，卷蓬息复正。百物方萧瑟，坐叹从此生！"

中国文人以"秋"为肃杀凄凉的节季，所以天高日回、烟霏云敛的话，常常在诗文中可以读到，实在由一个丰缛的盛夏转一到深秋，便易觉到萧凄之感。登山临水，偶然看见清脱的峰峦、澄明的潭水，或者一只远飞的孤雁、一片堕地的红叶，这须臾中的间隔，便有"物谢岁微"、抚赏怨情的滋味，充满心头！因为那凋零的、扫落的、骚杀的、冷静的景物，自然的摇落，是凄零的声、灰淡淡的色，能够使你弹琴没有谐调，饮酒却失欢情。"春"以花艳，"夏"以叶鲜，说到"秋"来，便不能不以林显了。花欲其娇丽，叶欲其密茂，而林则以疏，以落而愈显，茂林、密林、丛林，固然是令人有苍苍翳翳之感，然而究不如秃枯的林木，在那些曲径之旁、飞蓬之下；分外有诗意，有异感，疏枝、霜叶之上，有高苍而带有灰色面目的晴空，有络纬、蟋蟀以及不知名的秋虫凄鸣在森下。或者是天寒荒野，或者是日暮清溪，在这种地方偶然经过，枫、白杨的挺立，朴疏小树的疲舞，加上一声两声的昏鸦、寒虫，你如果到那里，便自然易生凄寥的感动。常想人类的感觉难得将精神的分类说个详尽。从前见太侔与人信中说：心理学家多少年的专心的发明，恒不抵文学家一语道破，所以像时令及景物的变化，而能化及人的微妙的感觉，这非容易说明的。实感的精妙处，实非言语学问所能说得出、解行透。心与物的应感，时既不同，人人也不相似。"抚已忽自笑，沉吟为谁故？"即合起古今来的诗人，又哪一个能够说得毫无执碍呢？还是向秋林下作一迟回的寻思吧。是在一抹的密云之后，露出淡赭色的峰峦，那里有陂陀的斜径，由萧疏打枪中穿过。矫立的松柏、半落叶子的杉树，以及几行待髡的秋柳，……那乱石清流边，一个人儿独自在林下徘徊，一色是淡黄的，为落日斜映，现出凄迷朦胧的景象，不问便知是已近黄昏了。……这已近黄昏的秋林独步，像是一片凄清的音乐由空中流出。"残阳已下，凉风东升，偶步疏林，落叶随风作响，如诉其不胜秋寒者！……这空中的画幅的作者，明明用诗的散文告诉我们秋林下的幽趣与人的密感。远天下的鸣鸿、秋原上的枯草，正可与这秋林中的独行者相慰寂寞。秋之凄戾、晚之默对，如果那是个易感的诗人，他的清泪当潸然滴上襟袖；如果他是个少年，对此疏林中的瞑色，便又在冥茫之下生出惆怅的心思，在这时，所有的生动、激愤、忧切，合成一个密点的网子，融化在这秋晚的憧憬的景物之中，拾不起的、剪不断的、丢不下的只有凄凄地微感；……这微感却正是诗人心中的灵明的火焰！它虽不能烧却野草，使之燎原，然而那无凭的、空虚的感动，已竟在暮色清寥中，将此奇秘的宇宙融化成一个原始的中心。一切精微感觉迫压我们的，只有"不胜"二字足以代表。若使完全容纳在心中，便无复洋溢有余的寻思；若使它隔得我们远远的，至多也不过如看风景画片值得一句赞叹。然而身在实感之中，又若"不胜"秋寒，而落叶林下的人儿，恐怕也觉得"不胜秋"了！况且那令人眷念怅寻的黄昏，又加上一层凋零的骚杀的意味呢！真的，这一幅小小的绘画，将我的冥思引起。疏言画成赠我，又值此初秋，令人坐对着画儿，遥听着海边的落叶声，焉能不有一点莫能言说的惆怅！

阅读札记

　　作者笔下秋林的景致是那么清冷，但蕴有强烈的情感流动。作者深深爱着生活，景中人独步，与枯草相慰寂寞，所有的情感都染上凄凄的秋意。面对着飒飒秋叶，作者说落叶之响"如诉其不胜秋寒"并以它作为独步者的心灵观照，可见他内心苦涩；原本化解郁闷愁思的秋林晚步，强化了独步者的情感。

北平的四季

郁达夫

对于一个已经化为异物的故人，追怀起来，总要先想到他或她的好处；随后再慢慢地想想，则觉得当时所感到的一切坏处，也会变作很可寻味的一些纪念，在回忆里开花。关于一个曾经住过的旧地，觉得此生再也不会第二次去长住了，身处了远离的一角，向这方向的云天遥望一下，回想起来的，自然也同样地只是它的好处。

中国的大都会，我前半生住过的地方，原也不在少数；可是当一个人静下来回想起从前，上海的闹热、南京的辽阔、广州的乌烟瘴气、汉口武昌的杂乱无章，甚至于青岛的清幽、福州的秀丽，以及杭州的沉着，总归都还比不上北平——我住在那里的时候，当然还是北京——的典丽堂皇，幽闲清妙。

先说人的分子罢，在当时的北京——民国十一二年前后——上自军财阀政客名优起，中经学者名人，文士美女教育家，下而至于负贩拉车铺小摊的人，都可以谈谈，都有一艺之长，而无憎人之貌；就是由荐头店荐来的老妈子，除上炕者是当然以外，也总是衣冠楚楚，看起来不觉得会令人讨嫌。

其次说到北平物质的供给哩，又是山珍海货、洋广杂货，以及萝卜白菜等本地产品，无一不备、无一不好的地方。所以在北平住上两三年的人，每一遇到要走的时候，总只感到北平的空气太沉闷，灰沙太暗淡，生活太无变化；一鞭出走，出前门便觉胸舒，过芦沟方知天晓，仿佛一出都门，就上了新生活开始的坦道似的；但是一年半载，在北平以外的各地——除了在自己幼年的故乡以外——去一住，谁也会得重想起北平，再希望回去，隐隐地对北平害起剧烈的怀乡病来。这一种经验，原是住过北平的人，个个都有，而在我自己，却感觉得格外的浓，格外的切。最大的原因或许是为了我那长子之骨，现在也还埋在郊外广谊园的坟山，而几位极要好的知己，又是在那里同时毙命的受难者的一群。

北平的人事物，原是无一不可爱的，就是大家觉得最要不得的北平的天候，和地理联合上一起，在我也觉得是中国各大都会中所寻不出几处来的好地。为叙述的便利起见，想分成四季来约略地说说。

北平自入旧历的十月以后，就是灰沙满地、寒风刺骨的节季了，所以北平的冬天，是一般人所最怕过的日子。但是要想认识一个地方的特异之处，我以为顶好是当这特异处表现得最圆满的时候去领略；故而夏天去热带，寒天去北极，是我一向所持的哲理。北平的冬天，冷虽则比南方要冷得多，但是北方生活的伟大幽闲，也只有在冬季，使人感受得最彻底。

先说房屋的防寒装置吧，北方的住屋，并不同南方的摩登都市一样，用的是钢骨水泥，冷热气管；一般的北方人家，总只是矮矮的一所四合房，四面是很厚的泥墙；上面花厅内都有一张暖坑，一所回廊；廊子上是一带明窗，窗眼里糊着薄纸，薄纸内又装上风门，另外就没有什么了。在这样简陋的房屋之内，你只教把炉子一生，电灯一点，棉门帘一挂上，在屋里住着，却一辈子总是暖炖炖像是三四月里的样子。尤其会得使你感觉到屋内的温软堪恋的，是屋外窗外面呜呜在叫啸的西北风。天色老是灰沉沉的，路上面也老是灰的围障，而从风尘灰土中下车，一踏进屋里，就觉得一团春气，包围在你的左右四周，使你马上就忘记了屋外的一切寒冬的苦楚。若是喜欢吃吃酒、烧烧羊肉锅的人，那冬天的北方生活，就更加不能够割舍；酒已经是御寒的妙药了，再加上以大蒜与羊肉酱油合煮的香味，简直可以使一室之内涨满了白濛濛的水蒸温气。玻璃窗内，前半夜，会流下一条条的清汗，后半夜就变成了花色奇异的冰纹。

到了下雪的时候哩，景象当然又要一变。早晨从厚棉被里张开眼来，一室的清光，会使你的眼睛眩晕。在阳光照耀之下，雪也一粒一粒地放起光来了，蛰伏得很久的小鸟，在这时候会飞出来觅食振翎、谈天说地，吱吱地叫个不休。数日来的灰暗天空，愁云一扫，忽然变得澄清见底、翳障全无；于是年轻的北方住民，就可以营屋外的生活了，溜冰、做雪人、赶冰车雪车，就在这一种日子里最有劲儿。

我曾于这一种大雪时晴的傍晚，和几位朋友跨上跛驴出西直门上骆驼庄去过一夜。北平郊外的一片大雪地，无数枯树林，以及西山隐隐现现的不少白峰头，和时时吹来的几阵雪样的西北风，所给予人的印象，实在是深刻、伟大，神秘到了不可以言语来形容。直到了十余年后的现在，我一想起当时的情景，还会得打一个寒颤而吐一口清气，如同在钓鱼台溪旁立着的一瞬间一样。

北平的冬宵，更是一个特别适合于看书、写信、追思过去，与作闲谈说废话的绝妙时间。记得当时我们兄弟三人，都住在北平，每到了冬天的晚上，总不远千里地走拢来聚在一道，会谈少年时候在故乡所遇所见的事事物物。小孩们上床去了，佣人们也都去睡觉了，我们弟兄三个，还会再加一次煤再加一次煤地长谈下去。有几宵因为屋外面风紧天寒之故，到了后半夜的一二点钟的时候，便不约而同地会说出索性坐坐到天亮的话来。像这一种可宝贵的记忆，像这一种最深沉的情调，本来也就是一生中不能够多享受几次的昙花佳境，可是若不是在北平的冬天的夜里，那趣味也一定不会得像如此的悠长。

总而言之，北平的冬季，是想赏识赏识北方异味者之唯一的机会；这一季里的好处，这一季里的琐事杂忆，若要详细地写起来，总也有一部《帝京景物略》那么大的书好做；我只记下了一点点自身的经历，就觉得过长了，下面只能再来略写一点春和夏以及秋季的感怀梦境，聊作我的对这日就沦亡的故国的哀歌。

春与秋，本来是在什么地方都属可爱的时节，但在北平，却与别的地方也有点儿两样。北国的春，来得较迟，所以时间也比较短。西北风停后，积雪渐渐地消了，赶牲口的车夫身上，看不见那件光板老羊皮的大袄的时候，你就得预备着游春的服饰与金钱；因为春来也无信，春去也无踪，眼睛一眨，在北平市内，春光就会得同飞马似的溜过。屋内的炉子，刚拆去不久，说不定你就马上得去叫盖凉棚的才行。

而北方春天的最值得记忆的痕迹，是城厢内外的那一层新绿，同洪水似的新绿。北平城，本来就是一个只见树木不见屋顶的绿色的都会，一踏出九城的门户，四面的黄土坡上，更是杂树丛生的森林地了；在日光里颤抖着的嫩绿的波浪，油光光、亮晶晶，若是神经系统不十分健全的人，骤然间身入到这一个淡绿色的海洋涛浪里去一看，包管你要张不开眼，立不住脚，而昏厥过去。

北平市内外的新绿，琼岛春阴，西山挹翠诸景里的新绿，真是一幅何等奇伟的外光派的妙画！但是这画的框子，或者简直说这画的画布，现在却已经完全掌握在一只满长着黑毛的巨魔的手里了！北望中原，究竟要到哪一日才能够重见得到天日呢？

从地势纬度上讲来，北方的夏天，当然要比南方的夏天来得凉爽。在北平城里过夏，实在是并没有上北戴河或西山去避暑的必要。一天到晚，最热的时候，只有中午到午后三四点钟的几个钟头，晚上太阳一下山，总没有一处不是凉阴阴要穿单衫才能过去的；半夜以后，更是非盖薄棉被不可了。而北平的天然冰的便宜耐久，又是夏天住过北平的人所忘不了的一件恩惠。

我在北平，曾经过过三个夏天；像什刹海、菱角沟、二闸等暑天游耍的地方，当然是都到过的；但是在三伏的当中，不问是白天或是晚上，你只教有一张藤榻，搬到院子里的葡萄架下或藤花阴处去躺着，吃吃冰茶雪藕，听听盲人的鼓词与树上的蝉鸣，也可以一点儿也感不到炎热与熏蒸。而夏天最热的时候，在北平顶多总不过九十四五度，这一种大热的天气，全夏顶多顶多又不过十日的样子。

在北平，春夏秋的三季，是连成一片；一年之中，仿佛只有一段寒冷的时期和一段比较得温暖的时期相对立。由春到夏，是短短的一瞬间，自夏到秋，也只觉得是过了一次午睡，就有点儿凉冷起来了。因此，北方的秋季也特别的觉得长，而秋天的回味，也更觉得比别处来得浓厚。前两年，因去北戴河回来，我曾在北平过一个秋，在那时候，已经写过一篇《故都的秋》，对这北平的秋季颂赞过了一道了，所以在这里不想再来重复；可是北平近郊的秋色，实在也正像是一册百读不厌的奇书，使你愈翻愈会感到兴趣。

秋高气爽、风日晴和的早晨，你且骑着一匹驴子，上西山八大处或玉泉山碧云寺去走走看；山上的红柿，远处的烟树人家，郊野里的芦苇黍稷，以及在驴背上驮着生果进城来卖的农户佃家，包管你看一个月也不会看厌。春秋两季，本来是到处都好的，但是北方的秋空，看起来似乎更高一点，北方的空气，吸起来似乎更干燥健全一点。而那一种草木摇落、金风肃杀之感，在北方似乎也更觉得要严肃、凄凉、沉静得多。你若不信，你且去西山脚下，农民的家里或古寺的殿前，自阴历八月至十月下旬，去住它三个月看看。古人的"悲哉秋之为气"以及"胡笳互动，牧马悲鸣"的那一种哀感，在南方是不大感觉得到的，但在北平，尤其是在郊外，你真会得感至极而涕零，思千里兮命驾。所以我说，北平的秋，才是真正的秋；南方的秋天，不过是英国话里所说的 Indian Summer 或叫作小春天气而已。

统观北平的四季，每季每节，都有它的特别的好处：冬天是室内饮食奄息的时期，秋天是郊外走马调鹰的日子，春天好看新绿，夏天饱受清凉。至于各节各季，正当移换中的一段时间哩，又是别一种情趣，是一种两不相连，而又两都相合的中间风味，如雍和宫的打鬼，净业庵的放灯，丰台的看芍药，万牲园的寻梅花之类。

五六百年来文化所聚萃的北平，一年四季无一月不好的北平，我在遥忆，我也在深祝，祝她的平安进展，永久地为我们黄帝子孙所保有的旧都城。

阅读札记

本文的叙述方式有点类似于"闲话体",所以读起来备感亲切。作者写北平的四季,描写细腻真切,深邃优美,充分传达出北平四季各自奕奕的精神品格,做到了形神兼备。在他的笔下,北平四季犹如一幅幅栩栩如生的画卷,令人神往,令人陶醉。

第二辑／对人生诸事的议论

破　　晓

梁遇春

　　今天破晓酒醒时候，我忽然忆起前天晚上他向我提过"空持罗带，回首恨依依"这两句词，仿佛前宵酒后曾有许多感触。宿酒尚未全醒的我，就闭着眼睛暗暗地追踪那时思想的痕迹。底下所写下来的就是还逗留在心中的一些零碎。也许有人会拿心理分析的眼光含讥地来解剖这些杂感，认为是变态的，甚至于低能的、心理的表现，可是我总是十分喜欢它们。因为我爱自己，爱这个自己厌恶着的自己，所以我爱我自己心里流出，笔下写出的文字，尤其爱自己醒时流泪醉时歌这两种情怀凑合成的东西。而且以善于写信给学生家长，而荣膺大学校长的许多美国大学校长和单知道立身处世、唯利是图的佛兰克林式的人物，虽然都是神经健全、最合于常态心理的人们，却难免得使甘于堕落的有志之士恶心。

　　"空持罗带，回首恨依依"，这真是我们这一班人天天尝着的滋味。无数黄金的希望失掉了，只剩下希望的影子，做此刻惆怅的资料，此刻又弄出许多幻梦，几乎是明知道不能实现的幻梦，那又是将来回首时许多感慨之所系。于是乎，天天在心里建起七宝楼台，天天又看到前天架起的灿烂的建筑物消失在云雾里，化作命运的狞笑，仿佛《亚俪丝异乡游记》里所说的空中里一个猫的笑脸。可是我们心里又晓得命运是自己，某一位文豪早已说过，"性格是命运"了！不管我们怎样向朋友们坦白，向自己痛骂自己的无能和懦弱，可是对于这个几十年来寸步不离、形影相依的自己怎能说没有怜惜？所以只好抓着空气，捏成一个莫名其妙的命运，把天下地上的一切可杀不可留的事情全归诿在他（照希腊神话说，应当称为她们）的身上，自己清风朗月般在旁学泼妇的骂街。屠格涅夫在他的某一篇小说里不是说过：Destiny makes everyman，and everyman makes his own destiny（命运定了一切人，然而一切人能够定他自己的命运）。

　　屠格涅夫，这位旅居巴黎，后来害了谁也不知道的病而死去的老文人，从前我对他很赞美，后来却有些失恋了。他是一个意志薄弱的人。他最爱用微酸的笔调来描绘意志薄弱的人，我却也是个意志薄弱的人，也常在玩弄或者吐唾自己这种心性，所以我对于他的小说深有同感，然而太相近了，书上的字、自己心里的意思，颠来倒去无非意志薄弱这个概念，也未免太单调，所以我已经和他久违了。他在年轻时候曾跟一个农奴的女儿发生一段爱情，好像还产有一位千金，后来却各自西东了，他小说里也常写这一类飞鸿踏雪泥式的恋爱，我不幸得很或者幸得很却未曾有过这么一回事，所以有时倒觉得这个题材很可喜，这也是我近来又翻翻几本破旧尘封的他的小说集的动机。这几天偷闲读屠格涅夫，无意中却有个大发现，我对于他的敬慕也重新燃起来了。屠格涅夫所深恶的人是那班成功的人，他觉得他们都是很无味的庸人，而那班从娘胎里带来一种一事无成的性格的人们却多少总带些诗的情调。他在小说里凡是说到得意的人们时，常现出藐视的微笑和嘲侃的口吻。这真是他独到的地方，他用歌颂英雄的心情来歌颂弱者，使弱者变为他书里唯一的英雄，我觉得他这种态度是比单描写弱者性格，和同情于弱者的作家是更别致，更有趣得多。实在说起来，值得我们可怜的绝不是一败涂地的，却是事事马到功成的所谓幸运的人们。

人们做事情怎么会成功呢？他必定先要暂时跟人世间一切别的事情绝缘，专心致志去干目前的勾当。那么，他进行得越顺利，他对于其他千奇百怪的东西越离得远，渐渐对于这许多有意思的玩意儿感觉迟钝了，最后逃不了个完全麻木。若使当他干事情时，他还是那样子处处关心、事事牵情，一曝十寒地做去，他当然不能够有什么大成就，可是他保存了他的趣味，他没有变成只能对于一个刺激生出反应的残缺的人。有一位批评家说第一流诗人是不做诗的，这是极有道理的话。他们从一切目前的东西和心里的想象得到无限诗料，自己完全浸在诗的空气里，鉴赏之不暇，哪里还有找韵脚和配轻重音的时间呢？人们在刺心的悲哀里时是不会做悲歌的，Tennyson 的 In Memoriam 是在他朋友死后三年才动笔的。一生都沉醉于诗情中的绝代诗人自然不能写出一句的诗来。感觉钝迟是成功的代价，许多扬名显亲的大人物所以常是体广身胖、头肥脑满，也是出于心灵的空虚，无忧无虑麻木地过日子。归根说起来，他们就是那么一堆肉而已。

人们对于自己的功绩常是带上一重放大镜。他不单是只看到这个东西，瞧不见春天的花草和街上的美女，他简直是攒到他的对象里面去了。也可说他太走近他的对象，冷不防地给他的对象一口吞下。近代人是成功的科学家，可是我们此刻个个都做了机械的奴隶，这件事聪明的 Samuel Butler 六十年前已经屈指算出，在他的杰作《虚无乡》里慨然言之矣。崇拜偶像的上古人自己做出偶像来跟自己打麻烦，我们这班聪明的，知道科学的人们都觉得那班老实人真可笑，然而我们费尽心机发明出机械，此刻它们翻脸无情，踏着铁轮来蹂躏我们了。后之视今，犹今之视昔，真不知道将来的人们对于我们的机械会作何感想，这是假设机械没有将人类弄得覆灭，人生这幕喜剧的悲剧还继续演着的话。总之，人生是多方面的，成功的人将自己的十分之九杀死，为的是要让那一方面尽量发展，结果是尾大不掉，虽生犹死，失掉了人性，变做世上一两件极微小的事物的祭品了。

世界里什么事一达到圆满的地位就是死刑的宣告。人们一切的痴望也是如此，心愿当真实现时一定不如蕴在心头时那么可喜。一件美的东西的告成就是一个幻觉的破灭，一场好梦的勾销。若使我们在世上无往而不如意，恐怕我们会烦闷得自杀了。逍遥自在的神仙的确是比监狱中终身监禁的犯人还苦得多。闭在黑暗房里的囚犯还能做些梦消遣，神仙们什么事一想立刻就成功，简直没有做梦的可能了。所以失败是幻梦的保守者，惆怅是梦的结晶，是最愉快的、洒下甘露的情绪。我们做人无非为着多做些依依的心怀，才能逃开现实的压迫，剩些青春的想头，来滋润这将干枯的心灵。成功的人们劳碌一生最后的收获是一个空虚，一种极无聊赖的感觉，厌倦于一切的胸怀。在这本无目的的人生里，若使我们一定要找一个目的来磨折自己，那么最好的目的是制作"空持罗带，回首恨依依"的心境。

阅读札记

有希望，有梦想，才能从现实的压迫里逃开。当希望和梦想一经实现，人难免会陷入空虚和厌倦中。所以，无论在哪个时期，都要保持一种饥饿的心境，一种不满足的心境，一直奋斗下去。

黑　暗

梁遇春

　　我们这班颅圆趾方的动物应当怎样分类呢？若使照颜色来分做黄种，黑种，白种，红种等等，那的确是难免于肤浅。若使打开族谱，分做什么，Aryan，Semitic 等等，也是不彻底的，因为五万年前本一家。再加上人们对于他国女子的倾倒，常常为着要得到异乡情调，宁其冒许多麻烦，娶个和自己语言文字以及头发眼睛的颜色绝不相同的女人，所以世界上的人们早已打成一片，无法来根据皮肤颜色和人类系统来分类了。德国讽刺家 Saphir 说："天下人可以分做两种——有钱的人们和没有钱的人民。"这真是个好办法！但是他接着说道："然而，没有钱的人们不能算做人——他们不是魔鬼——可怜的魔鬼，就是天使，有耐心的，安于贫穷的天使。"所以这位出语伤人的滑稽家的分类法也就根本推翻了。Charles Lamb 说："照我们能建设的最好的理论，人类是两种人构成的，'向人借钱的人们'同'借钱给人的人们'。"可是他真是太乐观了，他忘记了天下尚有一大堆毫无心肝的那班洁身自好的君子。他们怕人们向他们借钱，于是先立定主意永不向人们借钱，这样子人们也不好意思来启齿了；也许他们怕自己会向人们借钱，弄到亏空，于是先下个决心不借钱给别人，这样子自断自己借钱的路，当然会节俭了。总之，他们的心被钱压硬了，再也发不出同情的或豪放的跳动。钱虽然是万能，在这方面却不能做个良好的分类工具。我们只好向人们精神方面去找个分类标准。

　　夸大狂是人们的一种本性，每个人都喜欢用他自命特别具有的性质来做分类的标准。基督教徒认为世人只可以分做基督教徒和异教徒；道学家觉得人们最大的区别是名教中人和名教罪人；爱国主义者相信天下人可以黑白分明地归于爱国者和卖国贼这两类；"钟情自在我辈"的名士心里只把人们斫成两部分，一面是餐风饮露的名士，一面是令人作呕的俗物。这种唯我独尊的分类法完全出自主观，因为要把自己说得光荣些，就随便竖起一面纸糊的大旗，又糊好一面小旗偷偷地插在对面，于是乎拿起号角，向天下人宣布道这是世上的真正局面，一切芸芸苍生不是这边的好汉，就是那边的喽罗，自己就飞扬跋扈地站在大旗下傻笑着，这已经是够下流了。但是若使没有别的结果，只不过令人冷笑，那倒也是无妨的；最可怕的却是站在大旗下的人们总觉得自己是正宗，是配得站在世界上做人的，对面那班小鬼都是魔道，应该退出世界舞台的。因此认为自己该享到许多特权，那班敌人是该排斥、压迫、毁灭的。所以基督教徒就在中古时代演出教会审判那幕惨凄的悲剧；道学家几千年来在中国把人们弄得这么奄奄一息，毫无"异端"的精神；爱国主义者吃了野心家的迷醉剂，推波助澜地做成欧战；而名士们一向是靠欺骗奸猾为生，一面骂俗物，一面做俗物的寄生虫，养成中国历来文人只图小便宜的习气。这几个招牌变成他们的符咒，借此横行天下，发泄人类残酷的兽性。我们绝不能再拿这类招牌来惹祸了。

在上帝创造世界之后，宇宙是黑漆一团的，而世界的末日也一定是归于原始的黑暗，所以这个宇宙不过是两个黑暗中间的一星火花。但是这个世界仍然是充满了黑暗，黑暗可说是人生核心；人生的态度也就是在乎怎样去处理这个黑暗。然而，世上有许多人根本不能认识黑暗，他们对于人生是绝无态度的，只有对于世人通常姿态的一种出于本能的模仿而已；他们没有尝到人生的本质、黑暗，所以他们是始终没有看清人生的，永远是影子般浮沉世上。他们的哀乐都比别人轻，他们生活的内容也浅陋得很，他们真可说虽生之日犹死之年。可是，他们占了世人的大部分，这也是几千年来天下所以如是纷纷的原因之一。

他们并非完全过着天鹅绒的生活，他们也遇过人生的坎坷，或者终身在人生的臼子里面被人磨舂着，但是他们不能了解什么叫作黑暗。天下有许多只会感到苦痛，而绝不知悲哀的人们。当苦难压住他们时候，他们本能地发出哀号，正如被打的猫狗那么嚷着一样。苦难一走开，他们又恢复日常无意识的生活状态了，一张折做两半的纸还没有那么容易失掉那折痕。有时甚至当苦痛还继续着时候，他们已经因为和苦痛相熟，而变麻木了。过去是立刻忘记了，将来是他们所不会推测的，现在的深刻意义又是他们所无法明白的，所以他们免不了莫名其妙地过日子。悲哀当然是没有的，但是也失丢了生命，充实的生命。他们没有高举生命之杯，痛饮一番，他们只是尝一尝杯缘的酒痕。有时在极悲哀的环境里，他们会如日常地白痴地笑着，但是他们也不晓得什么是人生最快意的时候。他们始终没有走到生命里面去，只是生命向前的一个无聊的过客。他们在世上空尝了许多无谓的苦痛同比苦痛更无谓的微温快乐，他们其实不懂得生命是怎么一回事。真是深负上天好生之德。

有人以为志行高洁的理想主义者应当不知道世上一切龌龊的事体，应当不懂得世上有黑暗这个东西，这是再错不过的见解。只有深知黑暗的人们才会热烈地赞美光明。没有饿过的人不大晓得食饱的快乐，没有经过性的苦闷的小孩子很难了解性生活的意义。奥古斯丁、托尔斯泰都是走遍世上污秽的地方，才产生了后来一尘不沾的洁白情绪。不觉得黑暗的可怕，也就看不见光明的价值了。孙悟空没有在八卦炉中烧了六十四天，也无从得到那对洞观万物的火眼金睛了。所以天下最贞洁高尚的女性是娼妓，她们的一生埋在黑暗里面，但是有时谁也没有她们那么恋着光明。她们受尽人们的揶揄，历遍人间凄凉的情境，尝到一切辛酸的味道，若使她们的心还卓然自立，那么这颗心一定是满着同情和怜悯。她们抓到黑暗的核心，知道侮辱她们的人们也是受这个黑暗残杀着，她们怎么不会满心都是怜悯呢？当 De Quincey 流落伦敦、彷徨无依的时候，街上下等的娼妓是他唯一的朋友，最纯洁的朋友；当朵斯妥夫斯基的《罪与罚》里主要人物 Raskonikov 为着杀了人、万种情绪交哄胸中时候，妓女 Sonia 是唯一能够安慰他的人，和他同跪在床前念圣经，劝他自首。只有濯污泥者才能够纤尘不染，从黑暗里看到光明的人正同新罗曼主义者一样，他们受过写实主义的洗礼，认出人们心苗里的罗曼根源，这才是真真的罗曼主义。在这糊涂世界里，我们非是先一笔勾销，再重新估定价值不可，否则囫囵吞枣地随便加以可否，是猪八戒吃人参果的办法。没有夜，哪里有晨曦的光荣。正是风雨如晦时候，鸡鸣不已才会那么有意义，那么有内容。不知黑暗，心地柔和的人们像未锻炼过的生铁，绝不能成光芒十丈的利剑。

但是了解黑暗也不是容易的事，想知道黑暗的人最少总得有个光明的心地。生来就盲目的、绝对不知道光明和黑暗的分别，因此也可说不能了解黑暗了。说到这里，我们很可以应用柏拉图的穴居人的比喻。他们老住在穴中，从来没有看到阳光，也不觉得自己是在阴森的窟里。当他们才走出来的时候，他们羞光，一受到光明的洗礼，反头晕目眩起米，这是可以解说历来人们对于新时代的恐怖，才是恋着旧时代的骸骨，因为那是和人们平常麻木的心境相宜的。但是当他们已惯于阳光，他们一回去，就立刻深觉得窟里的黑暗凄惨。人世的黑暗也正和这个窟穴一样，你必定瞧到了光明，才能晓得那是多么可怕的。诗人们所以觉得世界特别可悲伤的，也是出于他们天天都浴在洁白的阳光里。而绝不能了解人世光明方面的无聊小说家是无法了解黑暗，虽然他们拼命写许多所谓黑幕小说。这类小说专讲怎样去利用人世的黑暗，却没有说到黑暗的本质。他们说的是技术，最可鄙的技术，并没有尝到人世黑暗的悲哀。所以他们除开刻板的几句世俗道德家的话外，绝无同情之可言。不晓得悲哀的人怎么会有同情呢？

"人心险诈"这个黑暗是值得细味的，至于人心怎样险诈，以及我们在世上该用哪种险诈手段才有达到目的，这些无聊的世故是不值得探讨的。然而那班所谓深知黑暗的人们却只知道玩弄这些小技，完全没有看到黑暗的真意义了。俄国文学家 Dostoievsky, Gogol Chekhov 等才配得上说是知道黑暗的人，他们也都是光明的歌颂者。当我们还无法来把人们分类时候，就将世人分作知道黑暗的和不知道黑暗的，也未始不是个好办法罢！最少我这十几年来在世网里挣扎着的时候，对于人们总是用这点来分类，而且觉得这个标准可以指示出他们许多其他的性质。

阅读札记

有钱人与没钱人对立，好人与坏人对立，光明与黑暗对立……这样把世间的人和事对立化，是一种简单而粗暴的方法。作者用人道主义的笔调告诉我们，黑暗与光明并非简单的对立，而是相因相成的，我们看待外部世界时应该要带有足够的包容之心。

善　言

梁遇春

曾子说："人之将死，其言也善。"真的，人们糊里糊涂过了一生，到将瞑目时候，常常冲口说出一两句极通达的、含有诗意的妙话。歌德以为小孩初生下来时的呱呱一声是天上人间至妙的声音，我看弥留的模糊呓语有时会同样地值得领味。前天买了一本梁巨川先生遗笔，夜里灯下读去，看到绝命书最后一句话是"不完亦完"，掩卷之后大有"为之掩卷"之意。

宇宙这样子"大江流日夜"地不断地演进下去，真是永无完期，就说宇宙毁灭了，那也不过是它的演进里一个过程罢。仔细看起来，宇宙里万事万物无一不是永逝不回，岂单是少女的红颜而已。人们都说花有重开日，人无再少年，可是今年欣欣向荣的万朵娇红绝不是去年那一万朵。若使只要今年的花儿同去年的一样热闹，就可以算去年的花是青春长存，那么世上岂不是无时无刻不有那么多的少年少女，又何取乎惋惜？

此刻的宇宙再过多少年后会完全换个面目，那么这个宇宙岂不是毁灭了吗？所谓生长也就是灭亡的意思，因为已非那么一回事了。十岁的我与现在的我是全异其趣的，那么我也可以说已经夭折了。宗教家斤斤于世界末日之说，实在世界任一日都是末日。人世的圣人虽然看得透这两面道理，却只微笑地说"生生之谓易"，这也是中国人晓得凑趣的地方。但是我却觉得把死死这方面也揭破，看清这里面的玲珑玩意儿，却更妙得多。晓得了我们天天都是死过去了，那么也懒得去干自杀这件麻烦的勾当了。那时我们做人就达到了吃鸡蛋的禅师和喝酒的鲁智深的地步了。多么大方呀，向普天下善男信女唱个大喏！

这些话并不是劝人们袖手不做事业，天下真真做出事情的人们都是知其不可为而为之。诸葛亮心里恐怕是雪亮的，也晓得他总弄不出玩意来，然而他却肯"鞠躬尽瘁，死而后已"，这叫作"做人"。若使你觉无事此静坐是最值得干的事情，那又何妨做了一生的因是子，就是没有面壁也是可以的。总之，天下事不完亦完，完亦不完，顺着自己的心情在这个梦的世界去建筑起一个梦的宫殿罢，的确一天也该运些砖头。明眼人无往而不自得，就是因为他知道天下事无一值得执着的，可是高僧也喜欢拿一串数珠，否则他们就是草草此生了。

阅读札记

　　天下事，无论做与不做，都会过去。但作者却不提倡消极主义，而是鼓励我们应该"知其不可为而为之"，积极坦荡地过好自己的人生。

冰　场　上

石评梅

　　连自己都惊奇自己的兴致，在这种心情下的我，会和一般幸福骄子、青春少女们，来到冰场上游戏。但是自从踏进了这个环境后，我便不自主地被诱惑而沉醉了，幸好，这里没有如人间那样的残狠，在不介意不留心时，偷偷混在这班幸福骄子、青春少女群中，同受艳阳的照临、惠风的吹拂，而不怕获什么罪戾！因之我闲暇时离开一切可厌恶的；到这里，求刹那的沉醉和慰藉。

在美丽欢欣的冰上，回环四顾是那如云烟般披罩着的森林，岩峰碧栏红楼；黄昏时候，落日绯霞映照在冰凝的场中，雪亮的刀上时，每使我怆然泫然，不忍再抬头望着这风光依稀似去年的眼底景物。我天天奔波在这长安道上，不知追求什么？如今空虚的心幕上，还留着已成烟梦的遗影，几乎处处都有这令我怆然泫然的陈迹现露在我的眼底。这冰场也一样有多少不堪回首的往事，驻足凝眸时心头常觉隐隐梗酸，有时热泪会滴在冻冷的冰上，融化成一个小小的蚀洞。

自然有人诅咒我这类乎沦落的行径、颓唐的心情吧！似乎这年头莫有什么机会或兴趣来和那些少爷小姐们玩这类的开心运动。诚然，我很惭愧，除了每日应做的事务和自修外，我并不曾效劳什么社会运动、团体工作；不过我也很自安，没有机会做一件与人类求福利的事，但也未曾做过殃民害众的罪恶。

看起来中国目前似乎都是太积极了，"希望"故意把人都变成了猛兽，随时随地都可以使烈火燃烧起来！鲜血喷洒起来！尸体堆集起来！枪炮烟火中，一切幸福和安宁都被恶魔的旗帜卷去了，这几乎退化到原始的世界，我时时都在恐怖着！暴动残杀，疯狂般的领袖，都是令我们钦佩敬爱的英雄吧！只是他们的旗帜永远那么鲜明正大，而他们的功绩却永远是这样暗淡悲惨呢，不知为什么。

假如后人的幸福欢乐真能建筑在现今牺牲者的枯骨血迹之上，那也是一件值得赞颂的事；不过恐怕这也终于是个幻影，只是在人们心中低低唤你前进的一个声音。

在疲倦的工作后沉思时，我总哀我自己并哀我祖国。屡次失望之后，我对于自己从前热诚敬慕的英雄，和一切曾令我动念的事业都恐怖鄙视起来了，因此在极度伤心悲痛中才逃到冰场上去求刹那的晕醉。

我虽想追求快乐，但快乐却是用不能来安慰我。我的朋友在炮火枪林底下，我的故乡在战气迷漫里，我的父母在忧惧焦虑中，我就是漠不关心逃到冰场上来自骗地去追寻快乐，怕快乐也终于是遗弃而不顾我。不过晕醉，暂时的晕醉却能令我的心情麻木一时。

我告诉你们：冰下有无数美丽娟洁的花纹，那细小的雪屑被风吹着如落下的球，我足下的银刀划在冰场的裂痕，如我心膜里的残迹。轻飘飘游龙惊鸿般的姿态，笑吟吟微露醉意的霞颜，如燕子穿梭、蝶翅蹁跹似的步履，风旋雪舞、云卷电掣，这都是冰场上青年少女们的艺术。朋友！怎得不令我沉迷于此而暂忘掉一切人间的痛苦呢！

似这般美妙的活泼的天真的烂漫乐园。

不过这依然是梦。

这些幸福骄子、青春少女们也有一日要失去他们的愉乐而换成惆怅！目前的现实变做回忆的梦影。露沙笑我把冷寂的冰场当作密友是痴念，她说："你觉得冰冷的心情最好是安放在冰天雪地之中。不过你要知道冷的冰最是靠不住的东西，它若逢见热烈的火气，立刻就消失了原来洁白的冷严的质地，变成柔和的水、氤氲的气了。结果反不如一直是个氤氲的气倒免得着迹。"

她这话自然包含了多方面的意思，不过表面上看来，她已警告我将来是一场欢喜，空留惆怅了。什么事不是这样呢？如今冷寂坚冻的冰，本就是往日柔和如意的水，此时欢喜就是他年悲叹，人生假使就是这样时，怎禁得住我们这过分聪敏的忧虑呢？

朋友！不要想以后怎样，只骗如今这样过去罢！

阅读札记

冰场上一时的欢欣无法让人忘记现实的悲哀，作者想到国家与社会混乱暴力的局面，忧心忡忡，这份拳拳之心令人感动。

灰　烬

石评梅

我愿建我的希望在灰烬之上，然而我的希望依然要变成灰烬。灰烬是时时刻刻地寓在建设里面，但建设也时时刻刻化作灰烬。

我常对着一堆灰烬微笑，是庆祝我建设的成功，然而我也对着灰烬痛哭，是抱恨我的建设的成功终不免仍是灰烬。

一星火焰起了，围着多少惊怕颤战的人们，唯恐自己的建设化成灰烬；火焰熄了，人们都垂头丧气离开灰烬或者在灰烬上又用血去建筑起伟大的工程来！在他们欣欣然色喜的时候，灰烬已走进来，偷偷地走进来了！

这本来是平常的一件事，然而众人都拿它当作神妙的谜。我为了这真不能不对聪明的人们怀疑了！

谁都忍心自己骗自己，谁都是看不见自己的脸，而能很清楚地看别人的脸，不觉自己的面目可憎，常常觉着别人的面目是可憎。上帝虽然曾告诉人们有一面镜子，然而人们都藏起来，久而久之忘了用处，常常拿来照别人。

这是上帝的政策，羁系世界的绳索；谁都愿意骗自己，用毫无觉察的诚心诚意供献一切给骗自己的神。

我们只看见装潢美丽、幻变无常的舞台，然而我们都不愿去知道，复杂凌乱、真形毕露的后台；我们都看着喜怒聚合、乔装假扮的戏剧，然而我们都不过问下装闭幕后的是谁。不愿去知道，不愿去过问明知道是怕把谜猜穿。可笑人们都愿蒙上这一层自己骗自己的薄纱，永远不要猜透，直到死神接引的时候。

锦绣似的花园，是荒冢，是灰烬！美丽的姑娘，是腐尸，是枯骨！然而人们都徘徊在锦绣似的花园，包围着美丽的姑娘。荒冢和枯骨都化成灰烬了，沉恋灰烬的是谁呢？我在深夜点着萤火灯找了许久了，然而莫有逢到一个人。

谁都认荒冢枯骨是死了的表象，然而我觉着是生的开始，因此我将我最后的希望建在灰烬之上。

在这深夜里，人们都睡了，我一个人走到街上去游逛，这是专预备给我的世界吧！一个人影都莫有，一点声音都莫有，这时候统治宇宙的是我，静悄悄家家的门儿都关闭着，人们都在梦乡里呓语，睁着眼看这宇宙的只有我！我是拒绝在门外和梦乡的人，纵然我现在投到母亲的怀里，母亲肯解怀留我；不过母亲也要惊奇的，她的女儿为什么和一切的环境反抗，众人蠢动的时候，她却睡着，众人睡梦的时候，她却在街上观察宇宙，观察一切已经沉寂的东西呢？

其实这有什么惊奇呵，一样度人生，谁也是消磨这有尽的岁月，由建设直到灰烬；我何尝敢和环境反抗，为什么我要和它们颠倒呢？为了我的希望建在灰烬之上，而他们的希望却是建在坚固伟大的工程里。

我终日和人们笑，但有时我在人们面前流下泪来！这不过只是我的一种行为，环境逼我如此的一种行为。我的心绝对不跑到人间，尤其不会揭露在人们的面前。我的心是闪烁在华光萤火之上、荒墟废墓之间；在那里你去低唤着我的心时，她总会答应你！而且她会告诉你不知道的那个世界里的世界。萤火便在我手里，然而追了她光华来找我的却莫有人。

　　我想杀人，然而人也想杀我；我想占住我的地盘，然而人也想占住我的地盘；我想推倒你，谁知你也正在要推倒我！翻开很厚的历史，展阅很广的地图，都是为了这些把戏。我站在睡了的地球上，看着地上的血迹和尸骸这样想。

　　一把火烧成了灰烬，灰烬上又建造起很伟大庄严美丽的工程来。火是烧不尽的，人也是杀不尽的，假如这就是物质不灭的时候。

　　人生便是互相仇杀残害，然而多半是为了扩大自己的爱，爱包括了一切，统治了一切；因之产生了活动的进行的战线，在每个人离开母怀的时候。这是经验告诉我的。

　　烦恼用铁锈压着我，同时又用欲望的花香引诱我，设下一道深阔的河，然而却造下航渡的船筏；朋友们，准能逃逸出这安排好的网儿？蠢才！低着头负上你肩荷的东西，走这万里途程吧，一点一点走着，当你息肩叹气时，隐隐的深林里有美妙的歌声唤你，背后却有失望惆怅骑着快马追你！

　　朝霞照着你！晚虹也照着你！然而你一天一天走进墓门了。不是墓门，是你希望的万里途程，边缘途有高官厚禄娇妻美妾、名誉金钱幸福爱人。那里是个深远的幽谷，这端是生，那端便是死！这边是摇篮，那边便是棺材。

　　我看见许多人对我骄傲地笑，同时也看见许多人向我凄哀地哭；我分辨不出他们的脸来，然而我只知道他们是同我走着一条道的朋友。我曾命令他们说："俘虏！你跪在我裙下！"然而有时他们也用同样的命令说："进来吧！女人，这是你自己的家。"这样互相骗着，有时弄态作腔的，时哭时笑，其实都是这套把戏，得意的笑和失望的哭，本来是一个心的两面，距离并不遥远。

　　誓不两立的仇敌，戴上一个假面具时，马上可以握手言欢；爱的朋友，有时心里用箭用刀害你时，你却笑着忍受。看着别人杀头似乎是宰羊般有趣，当自己割破了指头流血时，心痛到全部的神经都颤战了！

　　我不知道为了犯人才有监狱，还是有了监狱才有犯人；但是聪明的人们，都愿意自己造了圈套自己环绕；有宁死也愿意坐在监狱里，而不愿焚毁了监狱逃跑的。

　　我良心常常在打骂我，因为我在小朋友面前曾骄傲我的宝藏，她们将小袋打开给我看时，我却将我的大袋挂在高枝上。我欺骗了自己，我不管他，人生本来是自骗；然而几次欺骗了人，觉得隐隐有鬼神在嘲笑我！而且深夜里常觉有重锤压在我心上。其实这是我太聪明了，一样的有许多人正在那里骗我，一样有许多人也挂着大袋骄傲我。

　　我在睡了的地球上徘徊着，黑暗的夜静悄悄包围了我。在这时候，我的思想落在纸上。鸡鸣了！人都醒了，我面前有一堆灰烬。

母亲！寄给你，我一夜燃成的灰烬！

然而这灰烬上却建着我最后的希望！

阅读札记

现实固然残酷，在锦绣美丽的背后，即便是荒枯、是灰烬，然而，在那灰烬之上，仍要抱有希望。真正的希望就是从废墟里建立起来的。

心 之 波

石评梅

我立在窗前许多时候，我最喜欢见落日光辉，照在那烟雾迷蒙的西山，在暮色苍茫的园里，粗厉而且黑暗的假山影，在紫色光辉里照耀着；那傍晚的云霞，飘坠在楼下，青黄相间，迎风摇曳的梧桐树上——很美丽的闪烁；犹如一阵淡红蔷薇花片的微雨，遍染了深秋梧叶。我痴痴地看那晚霞坠在西山背后，今天的愉快中秋节，又匆匆地去了！时间张着口，把青春之花、生命之果都吸进去了，只留下迷路的小羊在山坡踌躇着。

夜间临到了！我在寂寞沉闷的自然怀抱中，我是宇宙的渺小者呵；这一瞥生命之波又应当这样把温和与甜蜜的情感，去发掘宇宙秘藏之奥妙；吸收她的美和感化，以安慰这枯燥的人生呵！晶莹光辉的一轮明月，她将一手蕴藏的光明，都兴尽地照遍宇宙；那夜景的灿烂，都构成很和平很静默的空气。我从楼上下去到了后院——那空旷的操场上，去吸收她那素彩清辉的抚爱；一路过了许多游廊；那电灯都黑沉地想着他的沉闷，他是没有力量和月光争辉的，但在黑暗的夜里，那月儿被黑云翳遮满了，除了一二繁星闪烁外，在那黑暗里辉耀着的就是电灯了！但现在他是不能和她争点光明的，因为她是自然的神。我一路想着许多无聊的小问题，不觉地走到花园的后面一棵松树底下，我就拂着枯草坐在树底。从枝叶织成的天然幕布里，仰着头看那含笑的月！我闭了眼，那灵魂儿不觉地飞出去，找我那理想中之幻想界——神之宫——仙之园——做我的游缘。我觉着灵魂从白云迷茫中，分出一道光明的路，我很欣喜地踏了进去，那白玉琢成的月宫里，冉冉地走出许多极美丽的白衣仙女，张着翅膀去欢迎我的灵魂！从微笑的温和中，我跪在那白绒的毡上，伏在那洁白神女之肩上。我那时觉着灵魂儿都化成千数只的蝴蝶，翩翩在白云的深宫跳舞了！神秘的音乐，飘荡在银涛的波光中，那地上的花木，也摇曳着合拍地发出相击的细声。眼睁开了，依然在伟大的松林影下坐着，眼中还映着那闪烁而飘浮的色带，仿佛那白衣的神妃及仙女都舞蹈着向我微笑！她听见各地方都发出嘹嘹的、奇异的、悲愁的、感动的、恳切的声调，如珍珠的细雨落在深密而开花的林中一样。我慢慢地醒了那灵魂中构成的幻梦，微细的音乐还依然在那银涛之光中波动着。我凝神细听，才知是远处的箫声，那一缕缕的哀音，告诉以人类的可怜！

去年今夜，不是同她在皓月之下叙别吗？我那时候无心去看月儿的娇媚，我的泪只是往肚子里流！现在月儿一样地照在我和她的心里，但重洋之波流不去我的思恫。我确知道她是最哀痛的一个失恋者，在生命中她不觉得愉快，幸福只充满了忏悔和哀怨。她生命之花，都被那恶社会的环境牺牲了。她觉着宇宙尽充着悲哀，在呜咽的音容中，微笑总是徒然，像海鸥躲出海去，是不可能的事啊！

我思潮不定地波荡着，到了我极无聊的时候，我觉着又非常可笑！人生到底是怎样生活去吗？我慢慢地向我寝室走，那萧瑟的秋风吹在两旁的树林里，瑟瑟地向我微语：他们的吟声和着风声，唱出那悲哀之歌。我踽踽独行，是沉闷无聊的事吗？但我看来，是在这烦恼嚣杂的社会里，不亲近人是躲避是非的妙法。所以人家待我有二三分的美意，我就觉着有一种说不出的恐怖布满了我的心腔。我慢慢地沉思着走到了我的楼下，忽然见楼旁有个黑影一闪，我很惊讶地问了一声"是谁"，但那黑影已完全消失了，找不出半点行踪。一瞥的人生也是这样的无影无踪吗？我匆匆地上楼，那皓光恰好射在我的帐子上，现出种极惨的白色！在帐中的一个小像上，她掬着充足的泪泉在那眼波中，摄我的灵魂去，游那悲哀之海啊！失恋的小羊哟，在这生命之波流动的时候，那种哀怨的人生，是阻止那进行的拦路虎，愈要觉着那不语的隐痛。但人要不觉悟人世是虚伪的，本来什么也不足为凭，何况是一种冲动的感情啊！不过人在旁观者的地位都觉着她是不值得从达观方面去想的，到了身受者亲切地感知的时候，是比不得旁观者之冷眼讥笑。这假面具带满的社会，谁能看透那脑筋荡漾着什么波浪啊！谁知道谁的目的是怎样主张啊？况且人世的事都是完全相对的，不能定一个是非；如甲以为是的乙又以为非，是没有标准的。

那么，在这恶社会里失望和懊恼，都是人类难免的事。这么一想，她有多少悲哀都要被极强的意志战胜。既然人世是宇宙的渺小者瞬息的一转，影一般的就捉不住了！那疲倦的青春和沉梦的醉者，都是青年人所不应当消极的。但现在的青年——知识界的青年，因感觉的敏感和思想的深邃，所以处处感知着不快的人生、烦闷的人生。他们见宇宙的事物，人类是受束缚的。那如天空的鸿雁，任意翱翔，春日的流莺，随心歌啭呢？他们是没有知识的，所以他们也减少烦恼，他们是生活简单的，所以也不受拘束。

我一沉思，虽晴光素彩，光照宇宙，但我心胸中依然塞满了黑暗。我搬把椅子，放在寝室外边的栏杆旁，恰好一轮明月，就照着我。那栏杆下沉静的青草和杨柳，也伸着头和月儿微语呢。一阵秋风，那树叶依然扑拉拉落了满地。月儿仍然不能保护他今夜不受秋风的摧残，她更不能借月儿的力量，帮助他的"生命之花"不衰萎不败落。这是他们最不幸的事情，但他们也慷慨地委之于运命了！

夜是何等的静默啊！心之波在这爱园中波荡着，想起多少的回忆：在初级师范读书的时候，天真烂漫，那赤血搏动的心里，是何等光亮和洁白呵！没有一点的尘埃，是奥妙神洁的天心呵！当我渐渐一步一步地挨近社会，才透彻了社会的真相——是万恶的——引人入万恶之途的。一入万恶之渊，未有不被万恶之魔支配的！叫他洁白的心胸，染了许多的污点。他是意志薄弱的青年，能不为万恶之魔战败吗？所以一般知识略深的青年，对于社会的事业，是很热心去改造的，不过因为环境和恶魔的征服，他们结果便灰心了，所以他对于社会是卑弃的、远避的。社会上所需要的事物，都是悖逆青年的意志，而偏要使他去做的事情。被征服的青年，也只好换一副面具和心肠去应付社会去，这是人生隐痛啊！觉悟的青年，感受着这种苦痛，都是社会告诉他的，将他从前的希望，都变成悲观的苦笑，使他自然地被摒弃于社会之外。社会的万恶之魔，就是许多相袭既久的陈腐习惯；在这种习惯下面，造出一种诈伪不自然的伪君子，面子上都是仁义道德，骨子里都是男盗女娼，然而这是社会上最尊敬最赞扬的人物，假如在这社会习惯里有一二青年，要禀着独立破坏的精神，去发展个人的天性，不甘心受这种陈腐不道德的束缚，于是乎东突西冲，想与社会作对，但是社会的权力很大，罗网很密，个人绝对不能做社会的公敌的，社会像个大火炉，什么金银铜铁锡，进了炉子，都要熔化的。况且"多数服从的迷信"是执行重罚的机关舆论，所以他们用大多数的专制威权去压制那少数的真理志士，削夺了他的言论行动精神肉体——易卜生的社会栋梁同国民公敌都是青年在社会内的背影!

人生是不敢去预想未来、回忆过去的,只可合眼放步随造物的低昂去。一切希望和烦恼,都可归到运命的括弧下。积极方面斗争过去,终归于昙花一现,就消极方面挨延过去,依然一样的落花流水;所取的目的虽不同,而将来携手时,是同归于一点的。人生如沉醉的梦中,在梦中的时候一颦一笑,都是由衷的——发于至情的;迨警钟声唤醒噩梦后,回想是极无意识而且发笑的!人生观中一片片的回忆,也是这种现象。

今夜的月儿,好像一朵生命之花,而我的灵魂又不能永久深藏在月宫,躲着这沉浊的社会去,这是永久的不满意呵!世界上的事物,没有定而不变的,没有绝对真实的。我这一时的心波是最飘忽的一只雁儿;那心血汹涌的时候,已一瞥的追不回来了!追不回来了!我只好低着头再去沉思之渊觅她去……

阅读札记

静默之夜,心波飘荡,作者站在知识分子敏感的立场,谈社会,谈人生,思绪飞远,百感交集,不能自已……

灵魂的归来

叶灵凤

浸压在梅雨势力中的江南,简直消失了盛夏的意味。在绵密紧凑的雨声中,那不时卷进来的一两阵潮湿的凉风,拂到坐在屋子里的人的单薄的衣上,令人止不住索索地有点寥落之感。若不是壁上的日历还分明示着旧历的五月,我真要疑心是飘泊在天涯的浪人,忘记了时节的变迁;是长夏已去,又轮到帘卷西风的时候了。

就在这样一个雨咽风鸣的清冷的黄昏,从淋湿的绿衣人的手中,我接到了一件沉重的封函。不用拆开,仅由我在一瞬间消失了力量的心房,回想起早几日的所言,我已知道里面蕴藏着的是一些什么了。

这里面是：痴心人朝夕用热血所培植成的贝叶，本来是贴伏在一个温静的心旁，如今竟因了新生的荆棘，要扰及他的安宁，只得又暂行重回到故主的怀中了。这是梦的回顾，是灵魂的归来。

啊啊，这灵魂的归来！

用战栗的手，将这缜密的小包打开，从那黑而细小的字迹中，我看出了短促的生命的历程中的过去的波痕和可咒诅的爱的往迹。有玫瑰色的微笑，也有惨怖的血的凝晶。

将这许多白色的片形展开，我能唤起他们产生的背景和时日。有的是在静默的深夜，流自一个为工作所疲劳了的笔尖；有的是在朦胧的黎明，发自一个还沉湎在夜来枕梦中的心灵。有的是思涛汹涌时的千里长流，有的是层岩叠嶂中的涓泉细滴。有强颜的慰藉，有掩隐的呻吟。

将这许多重读了一遍，我是用手按着止不住震栗的心房，将一去不可再来的悲苦的前尘，狠心去重搜拨了一次。

回想起这一叠纸的遭遇，我又不能不叹息残酷的命运之神大无所不用其恶技了。在早几日，这一叠函笺，还在一个温柔的掌中，每于无人的静地，被悄悄地展开了细读。读时，在沙漠中能迸出了清泉，在冰雪里能开出了玫瑰。虽然，清朗的天上有时也会突染起了灰暗的愁云；欢乐的园中，被撒入了悲哀的种子——然而无论如何，他终是在尽着他的使命，于寂寞中去作无望的安慰。

可是，如今竟受着命运的强迫的指挥，不得不舍弃了他可依恋的乐土，在紧密的雨丝中，重回到我这里来了。我这里虽是他的故土，然而这仅是一个被毁坏了的故乡。是已消失了往昔的繁华，仅遗下令人喟然兴慨的残迹的墟落了！

啊啊！我归来的灵魂，我亲手创出的生命！你休要自悲，感叹你的寂寞，这原不过是暂时的惊扰、短时间的失据。再过几时，待到旅雁南来的秋日，在红叶染遍了西郊的绚烂的天气中，我仍是要使你重飞回她的怀中的。

我不怨命运的颠倒无情，我但愿这梅雨时期能早点过去。

阅读札记

书信被情人退回来了（即"失恋"了），但"我"不会怨命运的颠倒无情。作者借此内容抒情，勉励所有处于苦闷中的青年（包括自己）不要因小事意志消沉，而应奋发向前，要有更长远的处世目光，唯有这样才会有成功的一天。

论自己

朱自清

　　翻开辞典，"自"字下排列着数目可观的成语，这些"自"字多指自己而言。这中间包括着一大堆哲学、一大堆道德、一大堆诗文和废话、一大堆人、一大堆我、一大堆悲喜剧。自己"真乃天下第一英雄好汉"，有这些些可说的，值得说值不得说的！难怪纽约电话公司研究电话里最常用的字，在五百次通话中会发现三千九百九十次的"我"。这"我"字便是自己称自己的声音，自己给自己的名儿。

　　自爱自怜！真是天下第一英雄好汉也难免的，何况区区寻常人！冷眼看去，也许只觉得可笑；可是这只见了真理的一半儿。掉过脸儿来，自爱自怜确也有不得不自爱自怜的。幼小时候有父母爱怜你，特别是有母亲爱怜你。到了长大成人，"娶了媳妇儿忘了娘"，娘这样看时就不必再爱怜你，至少不必再像当年那样爱怜你。——女的呢，"嫁出门的女儿，泼出门的水"；做母亲的虽然未必这样看，可是形格势禁而且鞭长莫及，就是爱怜得着，也只算找补点罢了。爱人该爱怜你？然而爱人们的嘴一例是甜蜜的，谁能说"你泥中有我，我泥中有你"真有那么回事儿？等到爱人变了太太，再生了孩子，你算成了家，太太得管家管孩子，更不能一心儿爱怜你。你有时候会病，"久病床前无孝子"，太太怕也够倦的、够烦的。住医院？好，假如有运气住到像当年北平协和医院那样的医院里去，倒是比家里强得多。但是护士们看护你，是服务，是工作；也许夹上点儿爱怜在里头，那是"好生之德"，不是爱怜你，是爱怜"人类"。——你又不能老呆在家里，一离开家，怎么着也算"作客"；那时候更没有爱怜你的。可以有朋友招呼你；但朋友有朋友的事儿，那能教他将心常放在你身上？可以有属员或仆役伺候你，那说得上是爱怜么？总而言之，天下第一爱怜自己的，只有自己；自爱自怜的道理就在这儿。

　　再说，"大丈夫不受人怜。"穷有穷干，苦有苦干；世界那么大，凭自己的身手，哪儿就打不开一条路？何必老是向人愁眉苦脸、唉声叹气的！愁眉苦脸不顺耳，别人会来爱怜你？自己免不了伤心的事儿，咬紧牙关忍着，等些日子，等些年月，会平静下去的。说说也无妨，只是别不拣时候、不看地方老是向人叨叨，叨叨得谁也不耐烦地岔开你或者躲开你，也别怨天怨地将一大堆感叹的句子向人身上扔过去。你怨的是天地，倒碍不着别人，只怕别人奇怪你的火气怎么这样大。——自己也免不了吃别人的亏。值不得计较的，不做声吞下肚去。出入大的想法子复仇，力量不够，卧薪尝胆地准备着。可别这儿那儿尽嚷嚷——嚷嚷完了一扔开，倒便宜了那欺负你的人。"好汉胳膊折了往袖子里藏"，为的是不在人面前露怯相，要人爱怜这"苦人儿"似的，这是要强，不是装。说也怪，不受人怜的人倒是能得人怜的人，要强的人总是最能自爱自怜的人。

大丈夫也罢，小丈夫也罢，自己其实是渺乎其小的，整个儿人类只是一个小圆球上一些碳水化合物，像现代一位哲学家说的，别提一个人的自己了。庄子所谓马体一毛，其实还是放大了看的。英国有一家报纸登过一幅漫画，画着一个人，仿佛在一间铺子里，周遭陈列着从他身体里分析出来的各种元素，每种标明分量和价目，总数是五先令——那时合七元钱。现在物价涨了，怕要合国币一千元了罢？然而，个人的自己也就值区区这一千元！自己这般渺小，不自爱自怜着点又怎么着！然而，"顶天立地"的是自己，"天地与我并生，万物与我为一"的也是自己；有你说这些大处只是好听的话语、好看的文句？你能愣说这样的自己没有！有这么的自己，岂不更值得自爱自怜？再说自己的扩大，在一个寻常人的生活里也可见出。且先从小处看，小孩子就爱搜集各国的邮票，正是在扩大自己的世界。从前有人劝学世界语，说是可以和各国人通信。你觉得这话幼稚可笑？可是这未尝不是扩大自己的一个方向。再说这回抗战，许多人都走过了若干地方，增长了若干阅历。特别是青年人身上，你一眼就看出来，他们是和抗战前不同了，他们的自己扩大了。——这样看，自己的小，自己的大，自己的由小而大，在自己都是好的。

自己都觉得自己好，不错；可是自己的确也都爱好。做官的都爱做好官，不过往往只知道爱做自己家里人的好官、自己亲戚朋友的好官；这种好官往往是自己国家的贪官污吏。做盗贼的也都爱做好盗贼——好喽啰，好伙伴，好头儿，可都只在贼窝里。有大好，有小好，有好得这样坏。自己关闭在自己的丁点大的世界里，往往越爱好越坏，所以非扩大自己不可。但是扩大自己得一圈儿一圈儿的，得充实，得踏实。别像肥皂泡儿，一大就裂。"大丈夫能屈能伸"，该屈的得屈点儿，别只顾伸出自己去，也得估计自己的力量。力量不够的话，"人一能之，己百之，人十能之，己千之"；得寸是寸，得尺是尺，总之路是有的。看得远，想得开，把得稳；自己是世界的时代的一环，别脱了节才真算好。力量怎样微弱，可是是自己的。相信自己，靠自己，随时随地尽自己的一份儿往最好里做去，让自己活得有意思，一时一刻一分一秒都有意思。这么着，自爱自怜才真是有道理的。

阅读札记

　　虽是论自己，其实是论人的品格。先以怜人开篇，怜人的原因是由于人以己为本，顾己才能顾人，怜己才能爱人；后再举出一些怜人的类型，遗憾的是怜己之人却只以己为中心，即便怜人也是以自己的利益为目的……本文言简意赅，联想自然，嬉笑怒骂皆成文章。

论　别　人

朱自清

　　有自己才有别人，也有别人才有自己。人人都懂这个道理，可是许多人不能行这个道理。本来自己以外都是别人，可是有相干的，有不相干的。可以说是"我的"那些，如我的父母妻子，我的朋友等，是相干的别人，其余的是不相干的别人。相干的别人和自己合成家族亲友，不相干的别人和自己合成社会国家。自己也许愿意只顾自己，但是自己和别人是相对的存在，离开别人就无所谓自己，所以他得顾到家族亲友，而社会国家更要他顾到那些不相干的别人。所以"自了汉"不是好汉，"自顾自"不是好话，"自私自利"，"不顾别人死活"，"只知有己，不知有人"的，更都不是好人。所以孔子之道只是个忠恕：忠是己之所欲，以施于人，恕是"己所不欲，勿施于人"。这是一件事的两面，所以说"一以贯之"。孔子之道，只是教人为别人着想。

　　可是儒家有"亲亲之杀"的话，为别人着想也有个层次。家族第一，亲戚第二，朋友第三，不相干的别人挨边儿。几千年来顾家族是义务，顾别人多多少少只是义气；义务是分内，义气是分外。可是义务似乎太重了，别人压住了自己，这才来了五四时代。这是个自我解放的时代，个人从家族的压迫下挣出来，开始独立在社会上。于是乎自己第一，高于一切，对于别人，几乎什么义务也没有了似的。可是又都要改造社会，改造国家，甚至于改造世界，说这些是自己的责任。虽然是责任，却是无限的责任，爱尽不尽，爱尽多少尽多少；反正社会国家世界都可以只是些抽象名词，不像一家老小在张着嘴等着你。所以自己顾自己，在实际上第一，兼顾社会国家世界，在名义上第一，这算是义务。顾到别人，无论相干的不相干的，都只是义气，而且是客气。这些解放了的，以及生得晚没有赶上那种压迫的人，既然自己高于一切，别人自当不在眼下，而居然顾到别人，自当算是客气。其实在这些天之骄子各自的眼里，别人都似乎为自己活着，都得来供养自己才是道理。"我爱我"成为风气，处处为自己着想，说是"真"；为别人着想倒说是"假"，是"虚伪"。可是这儿"假"倒有些可爱，"真"倒有些可怕似的。

为别人着想其实也只是从自己推到别人，或将自己当作别人，和为自己着想并无根本的差异。不过推己及人，设身处地，确需要相当的勉强，不像"我爱我"那样出于自然。所谓"假"和"真"大概是这种意思。这种"真"未必就好，这种"假"也未必就是不好。读小说看戏，往往会为书中人戏中人捏一把汗，掉眼泪，所谓替古人担忧。这也是推己及人，设身处地；可是因为人和地只在书中戏中，并非实有，没有利害可计较，失去相干的和不相干的那分别，所以"推""设"起来，也觉自然而然。作小说的演戏的就不能如此，得观察、揣摩，体贴别人的口气、身份、心理，才能达到"逼真"的地步。特别是演戏，若不能忘记自己，那非糟不可。这个得勉强自己、训练自己；训练越好、越"逼真"，越美，越能感染读者和观众。如果"真"是"自然"，小说的读者、戏剧的观众那样为别人着想，似乎不能说是"假"。小说的作者、戏剧的演员的观察、揣摩、体贴，似乎"假"，可是他们能以达到"逼真"的地步，所求的还是"真"。在文艺里为别人着想是"真"，在现实生活里却说是"假"，"虚伪"，似乎是利害的计较使然；利害的计较是骨子，"真"、"假"、"虚伪"只是好看的门面罢了。计较利害过了分，真是像法朗士说的"关闭在自己的牢狱里"；老那么关闭着，非死不可。这些人有幸而还能读小说看戏，该仔细吟味，从那里学习学习怎样为别人着想。

五四以来，集团生活发展。这个那个集团和家族一样是具体的，不像社会国家有时可以只是些抽象名词。集团生活将原不相干的别人变成相干的别人，要求你也训练你顾到别人，至少是那广大的相干的别人。集团的约束力似乎一直在增强中，自己不得不为别人着想。那自己第一、自己高于一切的信念似乎渐渐低下头去了，可是来了抗战的大时代，抗战的力量无疑地出于二十年来集团生活的发展。可是抗战以来，集团生活发展得太快了，这儿那儿不免有多少还不能够得着均衡的地方。个人就又出了头，自己就又可以高于一切；现在却不说什么"真"和"假"了，只凭着神圣的抗战的名字做那些自私自利的事，名义上是顾别人，实际上只顾自己。自己高于一切，自己的集团或机关也就高于一切；自己肥，自己机关肥，别人瘦，别人机关瘦，乐自己的，管不着！——瘦瘪了，饿死了，活该！相信最后的胜利到来的时候，别人总会压下那些猥獭的卑污的自己的。这些年自己实在太猥獭了，总盼望压下它的头去。自然，一个劲儿顾别人也不一定好。仗义忘身，急人之急，确是英雄好汉，但是难得见。常见的不是敷衍妥协的乡愿，就是卑屈甚至谄媚的可怜虫，这些人只是将自己丢进了垃圾堆里！可是，有人说得好，人生是个比例问题。目下自己正在张牙舞爪的，且头痛医头，脚痛医脚，先来多想想别人罢！

阅读札记

　　有些人把自己和别人分为，与自己有关的人，或与自己无关的人。与自己有关的则称为亲朋好友，那么不是亲朋好友就称为别人，所以有些人就只顾自己的亲朋好友，不顾别人，因此变成了"只知有己，不知有人"的人了。本文的主旨在于劝诫读者要把别人也当成自己家的人来看，这样才能可以为多去别人去着想，这样社会也就安定了。

花 瓶 时 代

庐隐

　　这不能不感谢上苍，它竟大发慈悲，感动了这个世界上傲岸自尊的男人，高抬贵手，把妇女释放了，从奴隶阶级中解放了出来。现代的妇女，大可扬眉吐气地走着她们花瓶时代的红运，虽然花瓶，还只是一件玩艺儿，不过比起从前被锁在大门以内作执箕帚，和泄欲制造孩子的机器，似乎多少差强人意吧！

至少花瓶是一种比较精致的器具，可以装饰在堂皇富丽的大厅里、银行的柜台畔、办公室的桌子上，可以引起男人们超凡入圣的美感，把男人们堕落的灵魂，从十八层地狱中，提上人世界；有时男人们工作疲倦了，正要咒诅生活的枯燥，乃一举眼视线不偏不倚地投射到花瓶上，全身紧张着的神经松了，趣味油然而生。这不是花瓶的价值和对人类的贡献吗？唉，花瓶究竟不是等闲物呀！

但是花瓶们，且慢趾高气扬，你就是一只被诗人济慈所歌颂过的古希腊名贵的花瓶。说不定有一天，要被这些欣赏而鼓舞着你们的男人们，嫌你们中看不中吃，砰的一声把你们摔得粉碎呢！

所以这个花瓶的命运，究竟太悲惨；你们要想自救，只有自己决心把这花瓶的时代毁灭，苦苦修行，再入轮回，得个人身，才有办法。而这种苦修全靠自我的觉醒，不能再妄想从男人们那里求乞恩惠。如果男人们的心胸，能如你们所想象的伟大无私，那么，这世界上的一切幻梦，都将成为事实了！而且男人们的故示宽大，正足使你们毁灭，不要再装腔作势、搔首弄姿地在男人面前自命不凡吧！花瓶的时代，正是暴露人类的羞辱与愚蠢呵！

阅读札记

作者语重心长，希望妇女尽快摆脱"花瓶"地位，争取自主独立。这些都充分显示了作者觉醒的女性独立意识，在今天的社会仍具有现实意义。

米莱的《晚钟》

夏丏尊

米莱的《晚钟》在西洋名画中是我所最爱好的一幅，十余年来常把它悬在座右，独坐时偶一举目，辄为神往，虽然所悬的只是复制的印刷品。

苍茫暮色中，田野尽处隐隐地耸着教会的钟楼，男女二人拱手俯首作祈祷状，面前摆着盛了薯的篮笼、锄铲及载着谷物袋的羊角车。令人想象到农家夫妇田作已完，随着教会的钟声正在晚祷了预备回去的光景。

我对于米莱的艰苦卓绝的人格与高妙的技巧，不消说原是崇拜的；他的作品多农民题材，画面成戏剧的表现，尤其使我佩服。同是他的名作如《拾落穗》，如《第一步》，如《种葡萄者》等等，我虽也觉得好，不知什么缘故总不及《晚钟》能吸引我，使我神往。

我常自己剖析我所以酷爱这画，这画所以能吸引我的理由，至最近才得了一个解释。

画的鉴赏法原有种种阶段、高明的看布局调子笔法等等，俗人却往往执著于题材。譬如在中国画里，俗人所要的是题着"华封三祝"的竹子，或是题着"富贵图"的牡丹，而竹子与牡丹的画得好与不好是不管的。内行人却就画论画，不计其内容是什么，竹子也好，芦苇也好，牡丹也好，秋海棠也好，只从笔法神韵等去讲究、去鉴赏。米莱的《晚钟》在笔法上当然是无可批评的了。例如画地是一件至难的事，这作品中的地的平远，是近代画中的典型，凡是能看画的都知道的。这作品的技巧可从各方面说，如布局色彩等等，但我之所以酷爱这作品却不仅在技巧上，倒还是在其题材上。用题材来观画虽是俗人之事，我在这里却愿做俗人而不辞。

米莱把这画名曰《晚钟》，那么题材不消说是有关于信仰了，所画的是耕作的男女，就暗示着劳动；又，这一对男女一望而知为协同的夫妇，故并暗示着恋爱。信仰、劳动、恋爱，米莱把这人间生活的三要素在这作品中用了演剧的舞台面式展示着。我以为，我敢自承，我所以酷爱这画的理由在此。这三种要素的调和融合，是人生的理想。我的每次对了这画神往者，并非在憧憬于画，只是在憧憬于这理想。不是这画在吸引我，是这理想在吸引我。

信仰、劳动、恋爱，这三者融和一致的生活才是我们的理想生活。信仰的对象是宗教。关于宗教原也有许多想说的话，可是宗教现在正在倒霉的当儿，有的主张以美学取而代之，有的主张直截了当地打倒。为避免麻烦计，姑且不去讲他，单就劳动与恋爱来谈谈吧。

劳动与恋爱的一致，是一切男女的理想，是两性间一切问题的归趋。特别地在现在的女性，是解除一切纠纷的锁钥。

"不劳动者不得食"，这虽是共产党的话，确是人间生活无可逃免的铁一般的准则，无论男女。女性地位的下降实由于生活不能独立，普通的结婚生活，在女性都含有屈辱性与依赖性。在现今，这屈辱与依赖与阶级的高下成为反比例。因为，下层阶级的妇女不像太太那样可以安居坐食，结果除了做性交机器以外，虽然并不情愿，还须帮同丈夫操作，所以在家庭里的地位较上流或中流的妇女为高。我们到乡野去，随处都可见到合力操作的夫妇，而在都会街上除了在黎明和黄昏见到上工厂去的女工外，日中却触目但见着旗袍穿高跟皮鞋的太太们姨太太们或候补太太们与候补姨太太们！

不消说，下层妇女的结婚在现今也和上流中流阶级的妇女一样，大概不由于恋爱，是由于强迫或买卖的。不，下层妇女的结婚其为强迫的或买卖的，比之上流中流社会更来得露骨。她们虽帮同丈夫在田野或家庭操作，未必就成米莱的画材。但我相信，如果她们一旦在恋爱上觉醒了，她们的恋爱生活，要比上流中流的妇女容易得多，基础牢固得多，不管上流中流的女性识得字，能读恋爱论，能谈恋爱，能讲社交。

但看娜拉吧，娜拉是近代妇女觉醒第一声的刺激，凡是新女子差不多都以娜拉自命。但我们试看未觉醒以前的娜拉是怎样？她购买圣诞节的物品超过了预算，丈夫赫尔茂责她：

"这样浪费是不行的！"

"真真有限哩，不行？你不是立刻就可以有大收入了吗？"

"那要新年才开始，现在还未哩！"

"不要紧，到要时不是再可以借的吗？"

"你真太不留意！如果今日借了一千法郎在圣诞节这几日中用尽了，到新年的第一日，屋顶跌下一块瓦来，落在我头上把我磕死了……"

"不要说这吓死人的不祥语。"

"喏，万一真有了这样的事，那时怎样？"

赫尔茂这样诘问下去，娜拉也终于弄到悄然无言了。赫尔茂倒不忍起来，重新取出钱来讨她的好，于是娜拉也就在"我的小鸟"咧，"小栗鼠"咧的玩弄的爱呼声中，继续那平凡而安乐的家庭生活。这就是觉醒前的娜拉，及觉醒了，离家出走了，剧也就此终结。娜拉出家以后的情形是值得我们思索的。于是，"娜拉仍回来吗？"终于成了有趣味的一个问题。鲁迅先生曾有过一篇《娜拉走后怎样》的文字。

觉醒后的娜拉，我们不知道其生活怎样，至于觉醒以前的娜拉，我们在上流中流的家庭中，在都会的街路上都可见到的。现在的上流中流阶级本是消费的阶级，而上流中流阶级的女性，更是消费阶级中的消费者。她们喜虚荣、思享乐。她们未觉醒的，不消说正在做"小鸟"做"栗鼠"，觉醒的呢，也和觉醒后的娜拉一样，向哪里走还成为一个问题，还是一个费人猜度的谜。

上流中流阶级的女性，物质的地位无论怎样优越，其人格的地位实远逊于下层阶级的女性，而其生活也实在惨淡。她们常被文学家摄入作品里作为文学的悲惨题材。《娜拉》不必说了，此外如莫泊桑的《一生》，如佛罗倍尔的《波华荔夫人》，如托尔斯泰的《安娜卡列尼那》等都是。莫泊桑在《一生》所描写的是一个因了愚蠢兽欲的丈夫虚度了一生的女性，佛罗倍尔的《波华荔夫人》与托尔斯泰的《安娜卡列尼那》，其女主人公都是因追逐不义的享乐的恋爱而陷入自杀的末路的。她们的自杀不是壮烈的为情而死的自杀，只是一种惭愧的忏悔的做不来人了的自杀。前者固不能恋爱，后二者的恋爱也不是有力的光明可贵的恋爱，只是一种以官能的享乐为目的的奸通而已。而她们都是安居于生活无忧的境遇里的女性。

在中国的历史上有一对我所佩服的恋爱男女，就是司马相如与卓文君。我不佩服他们别的，佩服他们的能以贵族出身而开酒店，虽然有人解释，他们的行为是想骗女家的钱。我相信，男女要有这样刻苦的决心，然后可谈恋爱，特别地在女性。女性要在恋爱上有自由、有保障，非用劳动去换不可。未入恋爱未结婚的女性，因有了劳动能力，才可以排除种种生活上的荆棘，踏入恋爱的途程。已有了恋爱对手的女性，也因有了劳动的能力作现在或将来的保证。有了劳动自活的能力，然后对己可有真正恋爱不是卖淫的自信。

我所谓劳动者，并非定要像《晚钟》中的耕作或文君的当垆，凡是有益于社会的工作，不论是劳心的劳力的都可以，家政育儿当然也在其内。在这里所当连带考察的就是妇女职业问题了。

妇女的职业，其成为问题在机械工业勃兴、家庭工业破坏以后。工业革命以来，下层阶级的农家妇女或可仍有工作，至于中流以上的妇女，除了从来的家庭杂务以外已无可做的工作。家庭杂务原是少不来的工作，尤其是育儿，在女性应该自诩的神圣的工作。可是家庭琐务是不生产的，因此在经济上，女性在两性间的正当的分业不被男性所承认，女性仅被认作男性的附赘物，女性亦不得不以附赘物自居，积久遂在精神上养成了依赖的习性，在境遇上落到屈辱的地位。

要想从这种屈辱中解放，近代思想家曾指出绝端相反的两条路：一是教女性直接去从事家事育儿以外的劳动，与男性作经济的对抗；一是教女性自信家事育儿的神圣，高唱母性，使男性及社会在经济以外承认女性的价值。主张前者的是纪尔曼夫人，主张后者的是托尔斯泰与爱伦凯。

这两条绝端相反的道路，教女性走哪一条呢？真理往往在两极端之中，能调和两者而不使冲突，不消说是理想的了。近代职业有着破坏家庭的性质，无可讳言，但因了职业的种类与制度的改善，也未始不可补救于万一。妇女职业的范围应该从种种方向扩大，而关于妇女职业的制度，尤须大大地改善。职业的妨害母性，其故实由于职业不适于女性，并非女性不适于职业。现代的职业制度实在太坏，男性尚有许多地方不能忍受，何况女性呢？现今文明各国已有分娩前后若干周的休工的法令和日间幼儿依托所等的设施了，甚望能以此为起点，逐渐改善。

在都市中，每遇清晨及黄昏见到成群提了食筐上工场去的职业妇女，我不禁要为之一蹙额，记起托尔斯泰的叹息过的话来。但见到那正午才梳洗、下午出外叉麻雀的太太或姨太太们，见到那向恋人请求补助学费的女学生们，或是见到那被丈夫遗弃了就走投无路的妇人们，更觉得愤慨，转而暗暗地替职业妇女叫胜利，替职业妇女祝福了。

体力劳动也好，心力劳动也好，家事劳动也好，在与母性无冲突的家外劳动也好，"不劳动者不得食"，原是男女应该共守的原则。我对于女性，敢再妄补一句："不劳动者不得爱！"

美国女作家阿利符修拉伊娜在其所著的书里有这样的一章：

我曾见到一个睡着的女性，人生到了她的枕旁，两手各执着赠物。一手所执的是"爱"，一手所执的是"自由"，叫女性自择一种。她想了许多时候，选了"自由"。于是人生说："很好，你选了'自由'了。如果你说要取'爱'，那我就把'爱'给了你，立刻走开永久不来了。可是，你却选了'自由'，所以我还要重来。到重来的时候，要把两种赠物一齐带给你哩！"我听见她在睡中笑。

要爱，须先获得自由。女性在奴隶的境遇之中决无真爱可言，这原则原可从种种方面考察，不但物质的生活如此。女性要在物质的生活上脱去奴隶的境遇，获得自由，劳动实是唯一的手段。

爱与劳动的一致融合，真是希望的。男女都应以此为理想，这里只侧重于女性罢了。我希望有这么一天，女性能物质地不做男性的奴隶，在两性的爱上，铲尽那寄食

81

的不良分子，实现出男女协同的生产与文化。对了《晚钟》忽然联想到这种种。《晚钟》作于一八五九年，去今已快七十年了。近代劳动情形大异从前，米莱又是一个农民画家，编写当时乡村生活的，要叫现今男女都做《晚钟》的画中人，原是不能够的事。但当作爱与劳动融合一致的象征，是可以千古不朽的。

阅读札记

　　《晚钟》是名画，从内行人的角度，作品的技巧无可批评。作者着眼于这幅画的主题，延伸又论及信仰、劳动、恋爱，主张思想解放、恋爱自由，这也切合画的主题。

他们尽是可爱的

章衣萍

　　我总觉得，我所住的羊市大街，的确污秽而且太寂寞了。我有时到街上闲步，只看见污秽的小孩，牵着几只呆笨的骆驼，在那灰尘满目的街上徐步。来往的车马是零落极了。有时也有几辆陈旧的洋车，拉着五六十岁的衰弱老人，或者是三四十岁的丑陋妇女，在那灰尘当中撞过。两旁尽站着些狭小的店铺，这些店铺我是从来没有进去买过东西的，门前冷落如坟墓。

　　"唉，这样凄凉而寂寞的地方！"我长嘘了一口气，回到房里。东城，梦里的东城，只有她是我生命的安慰者：北河沿的月夜，携手闲游；沙滩的公寓里，围炉闲话；大学夹道中的朋友，对坐谈鬼。那里，那里的朋友是学富才高，那里的朋友是年轻貌美，那里的朋友是活泼聪明。冬夜是最恼人的！我有时从梦中醒来，残灯未灭，想到那如梦如烟的东城景象，心中只是凄然、怆然，十分难受！记得 Richard C. Cabot 在他的 What Men Live By 一书中，曾说到人生不可缺的四种东西——工作、爱情、信仰与游戏。然而我，我的生命的寸步不离的伴侣，只有那缠绵不断的工作呵！我是一个不相信宗教而且失恋的人。说到游戏那就更可怜了。这样黑暗而寥落的北京城，哪里找得正当游戏的地方？逛新世界吗？逛城南游艺园吗？那样污秽的地方，我要去也又何忍去！

我真觉得寂寞极了。我只有让那做不完的工作来消磨我的可怜的生命。说来也惭愧，我在羊市大街住了一年，竟没有在左近找着一个相识而且很好的朋友。我是一个爱美爱智的人，我诅咒而厌恶那丑陋和愚蠢。这羊市大街的左右，多的是污秽的商店和愚蠢的工人和车夫，我应该向谁谈话呢？

然而我觉悟，现在已觉悟了。美和智是可爱的，善却同他们一般的可爱。

为了办平民读书处，我才开始同羊市大街的市民接触了。第一次进去的，是一个狭小的铜匠铺。当我走进门的时候，里面两个匠人，正站在炉火旁边，做他们未完的工作。他们看见我同他们点头，似乎有些奇怪起来了。"先生，你来买些什么东西？"一个四十几岁的铜匠，从他的瘦黑的脸色中，足以看出他的半生的辛苦，我含笑殷勤地这般对他说："我不是来买东西的，我是来劝你们读书的。你愿意读书吗？我住在帝王庙。你愿意，我可送你们四本书，四本书共有一千个字，四个月读完。你愿意读，你晚上有工夫，我们可以派人来教你。"他听完我的话以后，乐得几乎跳起来了。"那是极好的事！我从小因为没有钱，所以读不起书。唉，现在真是苦极了。记一笔账，写一封信，也要去拜托旁人。先生，我愿意，我的徒弟也愿意，就请你老每晚来教我们罢。只是劳驾得很！"我从袋里拿出四本《平民千字课》，告诉他晚上再来，便走出铜匠铺了。他送我出门，从他的微笑里，显出诚恳的感激的样子。我此时心中真快乐，这种快乐却异乎寻常。The happy are made by acquisition of good things，比寻些损害他人利益自己的快乐高贵得多了。我是从学生社会里刚出来的人，我只觉得那红脸黑发的活泼青年是可爱的，我几乎忘记了那中年社会的贫苦人民，他们也有我们同样的理性、同样的感情、同样的洁白良心，只是没有我们同样的机会，所以造成那样悲惨的境遇。许多空谈改革社会的青年们呵！我们关起门来读一两本马克思或是克鲁巴特金的书籍，便以为满足了吗？如果你们要社会变成你们理想的天国，你们应该使多数的兄弟姊妹懂得你们的思想。教育比革命还要紧些。朋友们，我们应该用我们的心血去替代那鲜红的热血！我此时脑中的思想风起泉涌，我又走进一个棺材铺了。一进门，看见许多的大小棺材，我便想起守方对我说的话："看见了棺材，心中便觉得害怕起来。"但是，胆小的朋友呵！我们又谁能够不死呢？Marcus Aurelius 说得好："死是挂在你的心上的！当你还活着的时候，当你还有权力的时候，努力变成一个好人罢！"这是我们应该时时刻刻记着的话。那棺材铺中的一个老头儿，破碎的棉袄，抽着很长的烟袋。他含笑地对我说，"先生，请坐。"我此时也忍不住地笑起来了。我说："我不是来买棺材的，我是来劝你们读书的。老人家，你有几个伙计，他们都认识字吗?""我没有伙计，只有一个儿子。哈哈! 先生，我今年六十五岁了。你看我还能读书吗?"我的心中真感动极了。我便告诉他平民读书处的办法，随后又送了他两本《平民千字课》。他说，"很好! 四个月能够读完一千字，我虽然老了，也愿意试试看。"他恭恭敬敬地端出一碗茶给我，我喝完了茶，便走出门了。我本是一个厌恶老年人的，此时很忏悔我从前的谬误。诚恳而且真实的人们是应该受敬礼的，我们应该敬礼那诚实的老人，胜过那浮滑的青年! 我乘兴劝导设立平民读书处，走进干果铺、烧饼铺、刻字铺，在几十分钟之内接谈了十几个商人，他们的态度都那么诚恳，那么动人，那么朴实可爱。

太阳已经没有了，我孤单单地回到帝王庙去。我仿佛看见羊市大街左右的店铺里尽是些可爱的人，心中觉得无限快乐、无限安慰。我忘记了这是一条污秽而寂寞的街市! 丑陋和愚蠢是掩不了善的存在和价值的。美和智能给人快乐，也能给人忧愁。只有善才是人生最后的目的，也是最大的快乐! 我走进自己的房里，将房门关起来，呆坐在冷清的灯光面前，什么忧愁都消灭了。只有那与人为善的观念，像火一般的燃烧在寂寞的心里。

阅读札记

曾经，作为知识分子，作者高高在上，对贫民劳动者有误解。当真正跟他们接触了，发现他们也有着同样的理性、同样的感情、同样的洁白良心，他们是可爱的。作者决心带着善念，用自己的知识去帮助和改变他们。

第三辑／那些人，那些事

黄　叶

严良才

下了几天雨，才换来了一朝冬晴。

散了学以后，我信步走到清闲的路上去散一回心。仅仅走了不过一里路远近，迎面扑来了几阵寒风，侵袭到我空虚的心头，我骤然觉得有些冷意了。萧然清旷的野色，也没有力量攀留我在那里再作几分钟闲人。等到转身回来的时候，落日已经埋葬在远天的紫绀色的暮霭里去了，只有微弱的黄光，还似乎依依地萦绕在高的林梢上面。啊，初冬的晚色啊！竟是这样容易过去的么？难道世界上竟没有一些够得上你留恋的么？

走上了静卧在暮霭里的过街楼，似乎还可以辨得出那是书桌、那是卧榻，然而这许多还能够生出些什么意义，对于我这刚从一瞬间便消逝了去的暮色里归来的心绪。我坐在对窗的椅子上，两手支着书桌，把瘦削的面庞藏在十个叉开的指头里面，尽让那游离的思绪，到处飘散着。正像沉醉在春风中的柳絮，浮荡到青青的草上、娇艳的花上，或许是平铺在小池塘里的萍叶上，只要是它心里正牵萦着什么，它便停留在那里。我想到了白发的祖母，又想到了慈爱的母亲和伶仃的弱弟，然而这许多在当时都只记起些零落的断片，雨后的残虹仅仅一瞬便消失了。最后的怀恋还是落到了我的筠妹，时常对我含着眼泪的筠妹的身上。

大概也是这样的一个晚上罢，在夕阳快要溜到远村的后面四野，虽然已经给轻烟抹得有些模糊了，我们还能在淡霭里指出十几丈外靠着对岸停泊的几只小渔船的时候，筠妹坐在春天拴缚耕牛的石柱上，在一枝没有一丝黄叶的枯柳下面，听了我的答话，只是用衣袖揩拭她的眼泪，这一个凄酸而又清逸的印象，七年来，我始终保存它的情调与生趣在我的心里。虽是在这七年中我自身也曾经过了许多苍凉的悲剧，然而对于这一幅初冬的晚色，我总没有轻轻移动过一些轮廓。想到她的宝贵的眼泪。在当时竟像雨后的檐滴，一颗颗从她两颊上滚落下来的情景，她的上齿紧咬着下唇，一双垂死的眼睛盯视在枯黄的草根上，也不看我的脸，也不看那四野的景色，只是低垂着头，用右手捻着她的上唇。她的心中那时正不知怎样地难过着。

在旁边的我，尽是能够体谅她，能够了解她，然而有谁真能代人分担了些忧伤时候的心中的酸楚去了呢？

这或者是由于当时我心灵上受到的刺激太深刻了，使我随时可以因感动而引起怜惜的同情的缘故罢，或者是因为我们的感情的旋律比较的容易谐和一些罢，虽是她的家里从苏州搬到 L 镇来到现在还不过十年，我们没有在一起经过小孩时候的天真的生活，然而在我的心上，我总是常常容易浮现起这一幅图画，当我独自漫步在夕阳里面，尤其是逢到寒风横扫着将要离枝的黄叶的时候。诗人告诉我，他们常常为了景物的迁徙和交蜕，因此引起了关于他们的身世的讴歌和诅咒。我虽然没有诗人那样的热烈的同情，或许因为筠妹的境遇太像那在寒风里嘶咽着的黄叶了罢，使我这样的易于感动，常常因为看见了寒冬的晚色会把这一个印象浮现到心上来。

这一段故事去今已经有七年了。那时我正在上海读书。筠妹因为天资的聪颖，自己又能勤恳地练习，所以在 L 镇的小学里，她是一个优秀而杰出的女孩子，在两年中竟拔升了四级。她那时不过十三岁，虽是限于童稚的思想，她还不能够有什么远大的志向，去筹划她自己将来的命运；然而对于世事上的虚线的轮廓，她本着女性的细密的天性，已经大约能够认识一二了。因此在她小小的心中，有时也许曾窥测到过自己的真正的生命，和插在她未来的路程上的许多绚烂的红花。

那一年，大概是年假罢，我从上海回去的第一夜，母亲在吃晚饭的时候告诉我，筠妹已经辍学了。因为姑夫大病了以后，戒了有两月多的鸦片，那时又不能不继续抽下去。筠妹不上学，大概是受了他的减政的影响了。我当时听了很为她惋惜。然而只有自己的觉悟，才真实是生命的开华；可是眼看着许多姊妹们，为了要做孝女而失学，永远没有梦见过自己的灵魂，只做了一世活尸的，又岂仅仅只一个筠妹呢，所以我当时也仅有为她惋惜的感情。我记得只问了母亲一句话："她可同你说些什么？"母亲只是摇头："流过两次眼泪罢了。"

第二天早上，我因为隔夜在旅途上受到了劳顿，起来得比较要稍为迟一些。刚要走下楼梯的时候，母亲从楼梯上上来了："筠等了你好久哩。"我当时便觉得有些奇异而诡秘的意思在这句话里面，但也不曾料到她来得竟这么早。前一晚从母亲处听得了这消息以后，上楼后我似乎没有就睡着，或者便是从这一些惋惜她的感情上面，竟渐渐地扩展出去，引动了我想要去探听她停学的真因的兴趣。虽然我即使明了了，也不过到明了而止，我又有什么力量呢？在那时候，我才深深地感到了母亲的爱的普遍而伟大，父亲是无论如何比拟不上的；——无母亲的小孩子，真是世界上的最先尝到苦痛的人啊！——要是我的姑母到现在还是生存着，恐怕姑夫也不至于因为吝惜区区的小费而使筠妹失学罢。姑夫待遇我们弟兄，虽然很亲密的，可是我总觉得他的说话里面常含着肃飒的气息，绝不能感到一些春日融融的暖意，像我同姑母讲话一样。固然感情的关联上，自然也有多少的轻重；不过我却以为在我小孩子的时候，他家在苏州，我家在 L 镇，相处在两地，不能常常相依在一起才真是一个重要的原因。所以我起初想要从姑夫口里去得到真实的消息，后来有些怕了，还是去问筠妹自己罢。

听说筠妹来了，并且等了我好久，我知道她也有要同我说的话了，赶快走下楼去。甍面便看见她坐在沿窗的凳上，她似乎也没有消瘦得多少。她立起来，我们招呼了一声以后，我只是钮我褂子上的扣子，她两手放在手炉上也就直立在那里，四只眼睛尽是相视着。但是大家却像在静静地等谁先开口，便是呼吸的气息似乎也比平常轻缓得许多。我前天晚上想好的说话，句句都在心头，也句句都在口头，然而只是一毫不觉得地关住了，始终没有溜出口来。她的神色也正表现着踌躇的意思。

母亲来解围了，舀了一盆脸水给我："什么地方跑来了两个哑吧！"我们大家笑了一笑。说话便开始了。谈到没有半点钟，我已经明白了她的来意：是要教我去向姑夫作说客，仍旧回复她的读书的机会。我虽是心里很害怕着姑夫的严厉的眼光、有威势的胡子和那肃飒的声调，然而眼看着一个聪颖可爱的娃娃，渐渐地要在父亲的权力底下毫无挣扎地跪落下去，永远不再能直立起来的时候，我是再也没有勇力去推辞她的请托的了，那使我真是一个完全没有同情的人。

饭后三点钟，我走到姑夫的卧室里去了。从淡绿的窗帘布缝里射进来的灰暗的光线，笼罩着全室，使人踏进门槛便受到呼吸不舒服的感觉。沿窗的小铺上的夏布帐子里，正冉冉地腾出白雾来，迷漫在阴暗的空中；鼻子里骤然感到一阵有些兴奋意思的香味，姑夫正躺在小铺上面吸鸦片。一盏星星的油灯，衬着四围的阴气，照到他的脸上，分外显得枯黄。他看见了我，听得我的叫声，便赶紧抽完正在吸的一筒烟，很殷勤地坐起来，倒了一盅绿茶给我。茶味清而带涩，使我的精神感到一时像从繁密的市集里跑到了山野间一样的爽快。

不相干的时事，是在没有什么话谈而要谈话时候的好资料。姑夫是不常看报的，只凭了早晨在茶店里两点钟功夫听来的东拼西凑的消息来推测时局，所以看见了我，总常常要谈些军国大事的话。后来谈锋转到我表弟的学业上来了，我偷得了一个机会便道：

"姑夫，筠妹这一个学期好像没有到学校里去罢？"

　　"女孩子的读书本来是玩玩的。一年倒也要十多块钱！"

　　"不过，……不过十多块钱，数目还……还小。"我在姑夫面前说话时不知怎的舌头总不肯舒舒服服听我的号令的。

　　"十多块钱，原不能算大，可是近年租米的收数年年有折扣！"他似乎知道我的来意了，眼光向我一转，态度骤见威严起来："练习家事在我看来比读书要重要些，——自你姑母死后，家里的事情都由你芹妹主持，她快要嫁了，将来筠便可以继续维持下去。"

　　"芹妹今年几岁了？"

　　"十七岁。"

　　"出嫁恐怕还有几年罢。筠妹再读一年也可以毕业了，她又很聪颖的。"我全身的力量都用在上面了，两颊有些灼热起来。"便是毕了业，有什么用！又不就会赚钱回来的！我再花了费用教她去办高跟鞋子么！况且她配的董家又不愁吃着，也不稀罕一个女教员来做媳妇，只要能够处理家务，过去一定很适意的。"他的意志强固得竟像一块顽石，我知道再说也是徒然的了。她的运命，已经批注在她父亲的手里。不过为了怎样回复她的问题，使我很起了一回踌躇。

　　刚走出客堂，筠妹已经在门口等我，眼睛里正饱含着一泓清水。同我走出后门，她便颤颤地向我说："你们的话我都……都……听……得了。"我本来还想用掩饰的言辞，来暂时安慰住她的重大的伤心。听到了这句话，知道我的计划已经全失了效力，又经不起她那被压迫的同情的挑逗，我好像也落到了深渊里去。在枯寂的柳塘上，她只是坐在石柱上抽咽！我呆看着她的胸廓的抽搐，尽是竭力地想要去抚慰她，可是我竟像已经死了似的，擎不起我的闭合上的嘴唇来。我便只是这样静对着我的可怜的妹妹，一直到夕阳落到了村后，夜色几乎要把我们埋葬了的时候。

　　今天从夕照里走来，这一幅图画轻轻地又推移到眼前，我满心只觉着凄酸。寒风从窗里进来，吹断了我的梦痕。我便起来关上了窗，捻亮了电灯，四围只是空廓而萧然。开出抽屉来，一个放筠妹寄给我的信的锦匣，刚巧在我手头，我便随意抽了两封出来，正是她辍学后一年的冬初寄给我的。中间看到这样几段：

　　读书的幸福，原不是个个女子所能享受到的，我还有什么话说呢？昨天看见芬妹背了书包到学校里去，我真是眼红！我的书包跟了我几年，现在不知丢到哪里去了，也是它的命运！

　　我今天到学校里去散了一回心。体操场上的梧桐树，树上三角式的叶子都枯黄了，差不多要分离那包着绿皮的树枝。天上乌云奔驰，便起了大风，我静看那树上的叶子，飘飘地一片片跌落到地上来。大家跑去夺那枯黄的叶子，相争起来，有几个失足仆地，身上好像穿了一套秋香色的衣裳，还是很高兴地爬起来，仍旧去争夺那些叶子。他们真是快乐，我看看有些……

这几天里面，早晨到夜，早晨到夜，差不多只听得雨声。光明的太阳和月亮哪一天再能照耀在我头上！

我也没有心绪再去翻别的许多信了，便倚在藤椅上对着窗外的一钩新月。呼号的寒风横驱着脱枝的黄叶一瓣瓣敲打在玻璃窗上。

阅读札记

筠妹天资聪颖，自己又勤奋，在学校表现优秀，成绩突出。即便这样，她的求学之梦却被父亲生生地扼杀了。归根结底还是重男轻女的封建思想作怪。

小 小 的 心

鲁彦

赖友人的帮助，我有了一间比较舒适而清洁的住室。淡薄的夕阳的光在屋顶上徘徊的时候，我和一个挑着沉重的行李的挑夫穿过了几条热闹的街道，到了一个清静的小巷。我数了几家门牌，不久便听见我的朋友的叫声。

"在这里！"他说，一手指着白色围墙中间的大门。

呈现在我的眼前的是一座半旧的三层洋楼：映在夕阳中的枯黄的屋顶露着衰疲的神情；白的墙壁现在已经变成了灰色，颇带几分忧郁；第三层的楼窗全关着，好几个百叶窗的格子斜支着；二层楼的走廊上，晾晒着几件白色的衣服。

我带着几分莫名的怅惘，跟着我的朋友走进了大门。这里有很清鲜的空气，小小的院子中栽着几株花木。楼下的房子比较新了一点，似乎曾经加过粉饰的工夫。厅堂中满挂着字画，一个穿西装的中年男子在那里和我的朋友招呼。经过他的身边，我们走上了一条楼梯。楼上有几个妇人和孩子在楼梯口观望着我们。楼上的厅堂中供着神主的牌位，正中的墙壁上挂着一副面貌和善的老人的坐像，从香炉中盘绕出几缕残烟，带着沉幽的气息。供桌外面摆着两张方桌，最外面的一张桌上放着几双碗筷，预备晚餐了。我的新的住室就在厅堂东边第一间，两个门，一个通厅堂，一个朝南通走廊的两扇玻璃门。从朝东的窗子望出去，可以看见邻家园子里的极大的榕树。床铺和桌椅已由我的朋友代我布置好，我打发挑夫走了，便开始整理我的行李。

妇人和孩子们走到我的房里来了，眼中露着好奇的光。

"请坐，请坐。"我招待她们说。

她们嘻嘻笑着，点了点头，似乎会了意。

"这是二房东孙先生的夫人。"我的朋友指着一位面色黝黑的三十余岁的妇人，对我介绍说。

"这位老太太是住在厅堂那边，李先生的母亲。"他又指着一个和善的白头发的老妇人，说。

"这两位女人是他们的亲戚……"

"啊！啊，请她们坐罢。"我说。

她们仍嘻嘻地笑着，好奇的眼光不息地在我的身上和我的行李上流动。

最后，我的朋友操着流利的本地话和她们说了。他是在介绍我，说我姓王，在某一个学校当教员，现在放了假，到某一家报馆来做编辑了。"上海郎？"那位老太太这样地问。

"上海郎。"我的朋友回答说。

我不觉笑了。这样的话我已经听见不少的次数，只要是说普通话，或者是说类似普通话的人，在这里是常被本地人看作上海人的。"上海"，这两个字在许多本地人的脑中好像是福建以外的一个版图很大的国名，它包含着：辽宁、吉林、黑龙江、河北、河南、山东、江苏、浙江、山西、陕西、甘肃、四川、湖北、湖南、江西……一句话，这就等于中国的别名了。我的朋友并非不知道我不是上海人，只因这地方的习惯，他就顺口地承认了。

"上海郎！红阿！"忽然一个孩子在我的身边低声地试叫起来。

黄昏已在房内撒下了朦胧的网，我不十分能够辨别出这孩子的相貌。他约莫有四五岁年纪，很觉瘦小，一身肮脏的灰色衣服，左眼角下有一个很长的深的疤痕，好像被谁挖了一条沟。

"顽皮的孩子！"我想，心里颇有几分不高兴。虽然是孩子，我觉得他第一次这样叫我是有点轻视的意味的。

"阿品！"果然那老太太有点生气了，她很严厉地对这孩子说了一些本地话，"——红先生！"

"红先生……"孩子很小心地学着叫了一句，声音比前更低了。

"红先生！"另外在那里呆望着的三个小孩也跟着叫了起来。

我立刻走过去，牵住了他的小手，蹲在他的面前。我看见他的眼睛有点润湿了。我抚摩着他的脸，转过头来向着老太太说："好孩子哪！"

"好孩寄？——Peh！"她笑着说。

"里姓西米？"我操着不纯粹的本地话问这孩子说。

"姓……谭！"他沉着眼睛，好像想了一想，说。

"他姓陈，"我的朋友立刻插入说，"在这里，陈字是念做谭字的。"

我点了一点头。

"他是这位老太太的外孙——喔，时候不早了，我们出去吃饭吧！"我的朋友对我说。

我站起来，又望了望孩子，跟着我的朋友走了。

阿品，这瘦小的孩子，他有一对使人感动的眼睛。他的微黄的眼珠，好像蒙着一层薄的雾，透过这薄雾，闪闪的发着光。两个圆的孔仿佛生得太大了，显得眼皮不易合拢的模样，不常看见它的眨动，它好像永久是睁开着的。眼珠往上泛着，下面露出了一大块鲜洁的眼白，像在沉思什么，像被什么所感动。在他的眼睛里，我看见了忧郁、悲哀。"住在外婆家里，应该是极得老人家的抚爱的——他的父母可在这里？"在路上，我这样地问我的朋友。

"没有，他的父亲是工程师，全家住在泉州。"

"那么，为什么愿意孩子离开他们呢？"我好像一个侦探似的，极想知道他的一切。"大概是因为外婆太寂寞了吧？"

"不，外婆这里有三个孙子，不会寂寞的。听说是因为那边孩子太多了，才把他送到这里来的哩！"

"喔——"

我沉默了，孩子的两个忧郁的眼睛立刻又显露在我的眼前，像在沉思，像在凝视着我。在他的眼光里，我听见了微弱的忧郁的失了母爱的诉苦；看见了一颗小小的悲哀的心……

第二天早晨，阿品独自到了我的房里。"红先生！"他显出高兴的样子叫着，同时睁着他的沉思的眼睛凝望着我。我叫着他的名字，走过去牵住了他的小手。这房子，在他好像是一个神异的所在，他凝视着桌子、床铺，又抬起头凝望着壁上的画片。他的眼光的流动是这样的迟缓，每见着一样东西，就好像触动了他的幻想，呆住了许久。

"红先生！"他忽然指着壁上的一张相片，笑着叫了起来。

我也笑了，他并不是叫那站在他的身边的王先生，他是在和那站在亭子边、挟着一包东西的王先生招呼，我把这相片取下来，放在椅子上。他凝视了许久，随后伸出一只小指头，指着那一包东西说了起来。我不懂得他说些什么，只猜想他是在问我，拿着什么东西。"几本书，"我说。他抬起头来望着我，口里咕噜着。"书！"我更简单地说，希望他能够听出来。但他依然凝视着我，显然他不懂得。我便从桌上拿起一本书，指着说："这个，这个，"他明白了，指着那包东西，叫着"兹！兹！""读兹？"我问他说。"读兹，里读兹！"他笑着回答。"这个叫西米？"我指着茶壶。"队阁。""这叫西米？"我指着茶杯。"队杯，""队阁，队杯！队阁，队杯！"我重覆地念着。想立刻记住了本地音。"队阁，队杯！队阁，队杯！"他笑着，缓慢地张着小嘴，泛着沉思的眼睛，故意反学我。薄的红嫩的两唇，配着黄黑残缺的牙齿，张开来时很像一个破烂了的小石榴。

从这一天起，我有了一个很好的教师了，他不懂得我的话，我也不懂得他的话，但大家叽哩咕噜地说着，经过了一番推测，做姿势以后，我们都能够了解几分。就在这种情形中，我从他那里学会了几句本地话。清晨，我还没有起床的时候，他已经轻轻地敲我的门。得到了我的允许，他进来了。爬上凳子，他常常抽开屉子找东西玩耍。一张纸、一枝铅笔，在他都是好玩的东西。他乱涂了一番，把纸搓成团，随后又展开来，又搓成了团。我曾经买了一些玩具给他，但他所最爱的却是晚上的蜡烛。一到我房里点起蜡烛，他就跑进来凝视着蜡烛的溶化，随后挖着凝结在烛旁的余滴，用一只洋铁盒子装了起来。我把它在火上烧溶了，等到将要凝结时，取出来捻成了鱼或鸭。他喜欢这蜡做的东西，但过了几分钟，他便故意把它们打碎，要我重做。于是我把蜡烛捻成了麻雀、猴子，随后又把破烂的麻雀捻成了碗，把猴子捻成了筷子和汤匙，最后这些东西又变成了人、兔子、牛、羊……他笑着叫着，外婆家里一个十二三岁的丫头几次叫他去吃晚饭，只是不理她。"吃了饭再来玩吧。"我推着他去，也不肯走。最后外婆亲自来了, 她严厉地说了几句, 好像在说: 如果不回去, 今晚就关上门, 不准他回去睡觉, 他才走了, 走时还把蜡烛带了去。吃完饭, 他又来继续玩耍, 有几次疲倦了就躺在我身上, 问他睡在这里吧, 他并不固执地要回去, 但随后外婆来时, 也便去了。

阿品有一种很好的习惯, 就是拿动了什么东西必定把它归还原处。有一天, 他在我抽屉里发现了一只空的美丽的信封盒子。他显然很喜欢这东西, 从家里搬来了一些旧的玩具, 装进在盒子里。摇着, 反覆着, 来回走了几次, 到晚上又把玩具取出来搬回了家, 把空的盒子放在我的抽屉里。盒子上面本来堆集着几本书, 他照样地放好了。日子久了, 我们愈加要好起来, 像一家人一样, 但他拿动了我的房子里的东西, 还是要把它放在原处。此外, 他要进来时, 必定先在门外敲门或喊我, 进了门或出了门就竖着脚尖, 握着门键的把手, 把门关上。阿品的舅舅是一个画家, 他有许多很好看的画片, 但阿品绝不去拿动他什么, 也不跟他玩耍。他的舅舅是一个严肃寡言的人, 不大理睬他, 阿品也只远远地凝望着他。他有三个孩子都穿得很漂亮, 阿品也不常和他们在一块玩耍。他只跟着他的公正慈和的外婆。自从我搬到那里, 他才有了一个老大的伴侣。虽然我们彼此的语言都听不懂, 但我们总是叽哩咕噜地说着, 也互相了解着, 好像我完全懂得本地话, 他也完全懂得普通话一样。有时, 他高兴起来, 也跟我学普通话, 代替了游戏。

"茶壶!" 我指着桌上的茶壶说。

"茶涡!" 他学着说。

"茶杯!"

"茶杯!"

"茶瓶!"

"茶饼!"

"这个叫西米?" 我指着茶壶, 问他。

"茶饼!" 他睁着眼睛, 想了一会, 说。

"不, 茶壶!"

"茶涡!"

"这个?" 我指着茶杯。

"茶杯!"

"这个?" 我指着茶壶。

"茶涡！"他笑着回答。

待他完全学会了，我倒了两杯茶，说。"请，请！喝茶，喝茶！"

于是他大笑起来，学着说："请，请，喝茶！喝茶！里夹，里夹！"

"你喝，你喝！"我改正了他的话。

他立刻知道自己说错了，又哈哈大笑起来。随后却又故意说："你喝，你喝！里夹，里夹。"

"夹里，夹里！"我紧紧地抱住了他，吻着他的面颊。

他把头贴着我的头，静默地睁着眼睛，像有所感动似的。我也静默了，一样的有所感动。他，这可爱的阿品，这样幼小的时候，就离开了他的父母，失掉了慈爱的亲热的抚慰，寂寞伶仃地寄居在外婆家里，该是有着莫名的怅惘吧？外婆虽然是够慈和了，但她还有三个孙子、一个儿子，又没有媳妇，须独自管理家务，显然是没有多大的闲空可以尽量地抚养外孙，把整个的心安排在阿品身上的。阿品是不是懂得这个，有所感动呢？我不知道。但至少我是这样的感动了。一样地，我也离开了我的老年的父母，伶仃地寂寞地在这异乡。虽说是也有着不少的朋友，但世间有什么样的爱情能和生身父母的爱相比呢？……他愿意占有我吗？是的，我愿意占有他，永不离开他；……让他做我的孩子，让我们永久在一起，让胶一般的把我们粘在一起……

"但是，你是谁的孩子呢？你姓什么呢？"我含着眼泪这样地问他。

他用惊异的眼光望着我。

"里姓西米？"

"姓谭！"

"不，"我摇着头，"里姓王！"

"里姓红，瓦姓谭！"

"我姓王，里也姓王！"

"瓦也姓红，里也姓红！"他笑了，在他，这是很有趣味的。

于是我再重复地问了他几句，他都答应姓王了。

外婆从外面走了进来，听见我们的问答，对他说："姓谭！"但是他摇了一摇头，说："红。"外婆笑着走了。外婆的这种态度，在他好像一种准许，从此无论谁问他，他都说姓王了，有些人对他取笑说，你就叫王先生做爸爸吧，他就笑着叫我一声爸爸。

这原是徒然的事，不会使我们满足，不会把我们中间的缺陷消除，不会改变我们的命运的。但阿品喜欢我、爱我，却是足够使我暂时自慰了。

　　一次，我们附近做起马戏来了。我们可以在楼顶上望见那搭在空地上的极大的帐篷，帐篷上满缀着红绿的电灯，晚上照耀得异常的光明，军乐声日夜奏个不休。满街贴着极大的广告，列着一些惊人的节目：狮子、熊、西班牙女人、法国儿童、非洲男子……登场奏技，说是五国人合办的，叫作世界马戏团。承朋友相邀，我去看了一次，觉得儿童的走索、打秋千、女人的跳舞、矮子翻跟斗，阿品一定喜欢看，特选了和这节目相同，而没有狮子、熊奏技的一天，得到了他的外婆的同意，带他到马戏场去。场内三等的座位已经满了，只有头二等的票子，二等每人二元，儿童半价，我只带了两块钱。我要回家取钱，阿品却不肯，拉着我的手定要走进去，他听不懂我的话，以为我不看了，急得眼泪都快流出来。直到我在那里遇见了一位朋友，阿品才高兴地跳跃着跑了进去。

　　几分钟后，幕开了。一个美国人出来说了几句恭敬的英语，接着就是矮子的滑稽的跟斗。阿品很高兴地叫着，摇着手，像表示他也会翻跟斗似的。随后一个十二三岁的女孩子出来了。她攀着一根索子一直揉到帐篷顶下，在那里，她纵身一跳，攀住了一个秋千，即刻踏住木板，摇荡几下翻了几个转身，又突然一翻身，落下来，两脚勾住了木板。这个秋千架搭得非常高，底下又无遮拦，倘使技术不娴熟，落到地上，粉身碎骨是无疑的。在悠扬的军乐中，四面的观众都齐声鼓起掌来，惊羡这小小女孩子的绝技。我转过脸去看阿品，他只是睁着眼睛，惊讶地望着，不做一声。他的额角上流着许多汗。这时正是暑天的午后，阳光照在篷布上，场内坐满了人，外婆又给阿品罩上了一件干净的蓝衣，他一定太热了，我便给他脱了外面的罩衣，又给他抹去头上的汗。但是他一手牵着我的手，一手指着地，站了起来。我不懂得他的意思，猜他想买东西吃，便从衣袋里摸出一包糖来，递给了他，扯他再坐下来。他接了糖没有吃，望了一望秋千架上的女孩子，重又站起来要走。这样的扯住他几次，我看见他的眼中包满了眼泪。我想，他该是要小便了，所以这样的急，便领他出了马戏场。牵着他的手，我把他带到一个僻静的角落里，但他只是东张西望，却不肯小便。我知道他平常是什么事情都不肯随便的，又把他带到一处更僻静、看不见一个人的所在。但他仍不肯小便。许是要大便了，我想，从袋里拿出一张纸来，扯扯他的裤子，叫他蹲下。他依然不肯。他只叽哩咕噜地说着，扯着我的手要走。"难道是要吃什么吗？"我想。带他在许多摊旁走过去，指着各种食品问他，但他摇着头，一样也不要，扯他再进马戏场又不肯。这样，他着急，我也着急了。十几分钟之后，我只好把他送回了家，我想，大概是什么地方不舒服吧？倒给他担心起来。一见着外婆，他就跑了过去，流着眼泪指手画脚地说了许多话。

"有什么事吗?"我问他的舅舅说,"为什么就要离开马戏场呢?"

"真是蠢东西,说是翻秋千的女孩子这样高的地方掉下来怎么办呢?所以不要看了哩!"他的舅舅埋怨着他,这样地告诉我。

咳,我才是蠢东西呢!我一点也没有想到这上面来,我完全忘记了阿品是一个孩子,是一个有着洁白的纸一样的心的孩子,是一个富于同情心的孩子!我完全忘记了这个,我把他当作大人,当作了一个有着蛮心的大人看待,当作了和我一样残忍的人看待了……

从这一天起,我不敢再带阿品到外面去玩耍了。我只很小心地和他在屋子里玩耍。没有必要的事,我便不大出门。附近有海,对面有岛,在沙滩上够我闲步散心,但我宁愿守在房里等待着阿品,和阿品作伴。阿品也并不喜欢到外面去,他的兴趣完全和大人的不同。房内的日常的用具,如桌子、椅子、床铺、火柴、手巾、面盆、报纸、书籍,甚至于一粒沙、一根草,他都可以发生兴味出来。

一天,他在地上拾东西,忽然发现了我的床铺底下放着一双已经破烂了的旧皮鞋。他爬进去拿了出来,不管它罩满了多少的灰尘,便两脚踏了进去。他的脚是这样的小,旧皮鞋好像成了一只大的船。他摇摆着、拐着,走了起来,发着铁妥铁妥的沉重声音。走到桌边,把我的帽子放在头上,一直罩住了眼皮,向我走来,口里叫着:"红先生来了,红先生来了!"

"王先生!"我对他叫着说:"请坐!请坐!喝茶,喝茶!"

"喔!多谢,多谢!"他便大笑起来,倒在我的身边。

他喜欢音乐,我买了一只小小的口琴给他,时常来往吹着。他说他会跳舞,喊着一二三,突然坐倒在地下,翻转身,打起滚来,又爬着,站起来,冲撞了几步——跳舞就完了。

两个月后,阿品的父亲带着全家的人来了。两个约莫八九岁的女孩,一个才会跑路的男孩,阿品母亲的肚子里还怀着一个六七个月的孩子。他的父亲是一个颇有才干的人,普通话说得很流利,善于应酬。阿品的母亲正和她的兄弟一样,有着一副严肃的面孔,不大露出笑容来,也不大和别人讲话。女孩的面貌像她的父亲,有两颗很大的眼睛;男孩像母亲,显得很沉默,日夜要一个丫头背着。从外形看来,几乎使人疑心到阿品和他的姊弟是异母生的,因为他们都比阿品长得丰满,穿得美丽。

"阿品现在姓王了!"我笑着对他的父亲说。

"你姓西米，阿品?"

"姓红!"阿品回答说。

他的父亲哈哈笑了，他说，就送给王先生吧! 阿品的母亲不做声，只是低着头。

全家的人都来了，我倒很高兴，我想，阿品一定会快乐起来。但阿品却对他们很冷淡，尤其是对他的母亲，生疏得几乎和他的舅舅一样。他只比较地欢喜他的父亲，但暗中带着几分畏惧。阿品对我并不因他们的来到而稍为冷淡，我仍是他的唯一的伴侣，他宁愿静坐在我的房里。这情形使我非常的苦恼，我愿意阿品至少有一个亲爱的父亲或母亲，我愿意因为他们的来到，阿品对我比较的冷淡。为着什么，他的父母竟是这样的冷淡，这样的歧视阿品，而阿品为什么也是这样的疏远他们呢? 呵，正需要阳光一般热烈的小小的心⋯⋯

从我的故乡来了一位同学，他从小就和我在一起，后来也时常和我一同在外面。为了生活的压迫，他现在也来厦门了。我很快乐，日夜和他用宁波话谈说着关于故乡的情形。我对于故乡，历来有深的厌恶，但同时却也十分关心，详细地询问着一切。阿品露着很惊讶的眼光倾听着，他好像在竭力地想听出我们说的什么，总是呆睁着眼睛像沉思着什么似的。

但三四天后，他的眼睛忽然活泼了。他对于我们所说的宁波话，好像有所领会，眼睛不时转动着，不复像先前那般地呆着、凝视着，同时他像在寻找什么，要唤回他的某一种幻影。我们很觉奇怪，我们的宁波话会引起他特别的兴趣和注意。

"报纸阿旁滑姆未送来，"我的朋友要看报纸，我回答他说，报纸大约还没有送来，送报的人近来特别忙碌，因为政局有点变动，订阅报纸的人突然增加了许多⋯⋯

阿品这时正在翻抽屉，他忽然转过头来望着我，嘴唇翕动了几下，像要说话而一时说不出的样子。随后他摇着头，用手指着楼板。我们不懂得他的意思，问他要什么，他又把嘴唇翕动了几下，仍没有发出声音来。他呆了一会，不久就跑下楼去了。回来时，他手中拿着一份报纸。

"好聪明的孩子，听了几天宁波话就懂得了吗?"我惊异地说。

"怕是无意的吧。"我的朋友这样说。

一样地，我也不相信，但好奇心驱使着我，我要试验阿品的听觉了。

"阿品，口琴起驼来吹吹好勿?"

他呆住了，仿佛没有听懂。

"口琴起驼来!"

"口琴起驼来!"我的朋友也重复地说。

他先睁着沉思的眼睛,随后眼珠又活泼起来。翕动了几下嘴唇,出去了。

拿进来的正是一个口琴!

"滑有一只 Angwa!"我恐怕本地话的报纸,口琴和宁波话有点大同小异,特别想出了宁波小孩叫牛的别名。

但这一次,他的眼睛立刻发光了,他高兴得叫着:Angwa!Angwa!立刻出去把一匹泥涂的小牛拿来了。

我和我的朋友都呆住了。为着什么缘故,他懂得宁波话呢?怎样懂得的呢?难道他曾经跟着他的父亲到过宁波吗?不然,怎能学得这样快?怎能领会得出呢?决不是猜想出来,猜想是不可能的。他曾经懂得宁波话,是一定的。他的嘴唇翕动,要说而说不出来的表情,很可以证明他曾经知道宁波话,现在是因为在别一个环境中,隔了若干时日生疏了,忘却了。

充满着好奇的兴趣,我和我的朋友走到阿品父亲那里。我们很想知道他们和宁波人有过什么样的关系。

"先生,你曾经到过宁波吗?"我很和气地问他,觉得我将得到一个与我故乡相熟的朋友了。

"莫!莫!我没有到过!"他很惊讶地望着我,用夹杂着本地话的普通话回答说。

"阿品不是懂得宁波话吗?"

他突然呆住了,惊愕地沉默了一会,便严重地否认说:"不,他不会懂得!"

我们便把刚才的事情告诉了他,并且说,我们确信他懂得宁波话。"两位先生是宁波人吗?"他惊愕地问。

"是的。"我们点了点头。

"那么一定是两位先生误会了,他不会懂得,他是在厦门生长的!"他仍严重地说。

我们不能再固执地追问了。不知道其中还有什么关系,阿品的父亲颇像失了常态。

第二天早晨,我在房里等待着阿品,但八九点过去了,没有来敲门,也不听见外面厅堂里有他的声音。

"跟他母亲到姨妈家里去了。"我四处寻找不着阿品,便去询问他的父亲,他就是这样的淡淡地回答了一句。

天渐渐昏暗了,阿品没有回来。一天没有看见他,我像失去了什么似的,只是不安地等待着。我真寂寞,我的朋友又离开厦门了。

两天三天过去了，阿品依然没有回来！自然，和他母亲在一起，阿品是不会有什么意外的，但我却不自主地忧虑着：生病了吗？跌伤了吗？……

在焦急和苦闷的包围中，我一连等待了一个星期。第八天下午，阿品终于回来了。他消瘦了许多，眼睛的周围起了青的色圈，好像哭过一般。

"阿品!"我叫着跑了过去。

他没有回答，畏缩地倒退了一步，呆睁着沉思的眼睛。我抱住他，吻着他的面颊，心里充满了喜悦。我所失去的，现在又回来了。他很感动，眼睛里满是喜悦与悲伤的眼泪。但几分钟后，他若有所惊惧似的，突然溜出我的手臂，跑到他母亲那里去了。

这一天下午，他只到过我房里一次。没有走近我，只远远地站着，睁着沉思的眼睛凝望着我，我走过去牵他时，他立刻走出去了。

几天不见，就忘记了吗？我苦恼起来。显然的，他对我生疏了。他像有意地在躲避着我。我们中间有了什么隔膜吗？

但一两天后，阿品到我房子里的次数又渐渐加多了。虽然比不上从前那般的亲热，虽然他现在来了不久就去，可是我相信他对我的感情并未冷淡下来。他现在不很做声了，他只是凝望着我，或者默然靠在我的身边。

有一种事实，不久被我看出了。每当阿品走进我的房里，我的门外就现出一个人影。几分钟后，就有人来叫他出去。外婆、舅舅、父亲、母亲、两个丫头，一共六个人，好像在轮流地监视他，不许他和我接近。从前，阿品有点顽强，常常不听他外婆和丫头的话，现在却不同了，无论哪一个丫头，只要一叫他的名字，他就立刻走了。他现在已不复姓王，他坚决地说他姓谭了。

为着什么，他一家人要把我们隔离，我猜想不出来。我曾经对他家里的人有过什么恶感吗？没有。曾经有什么事情有害于阿品吗？没有……这原因，只有阿品知道吧。但他的话，我不懂；即使懂得，阿品怕也不会说出来，他显然有所恐怖的。

几天以后，家人对于阿品的监视愈严了。每当阿品踱到我的门前，就有人来把他扯回去。他只哼着，不敢抵抗。但一遇到机会，他又来了，轻轻地竖着脚尖，一进门，就把门关上。一听见门外有人叫阿品，他就从另一个门走出去，做出并未到过我房里的模样。有一次，他竟这样的绕了三个圈子：丫头从朝南的门走进来时，他已从朝西的门走了出去；丫头从朝西的门出去时，他又从朝南的门走了进来。过了不久，我听见他在母亲房里号叫着，夹杂着好几种严厉的詈声，似有人在虐待他的皮肤。这对待显然是很可怕的，但是无论怎样，阿品还是要来。进了我的房子，他不敢和我接近，只是躲在屋隅里，默然望着我，好像心里就满足，就安慰了。偶然和我说起话来，也只是低低的，不敢大声。

可怜的孩子！我不能够知道他的被压迫的心有着什么样的痛楚！两颗凝滞的眼珠，像在望着，像没有望着，该是他的忧郁，痛苦与悲哀的表示吧……

到底为着什么呢？我反复地问着自己。阿品爱我，我爱阿品，为什么做父母的不愿意，定要使我们离开呢？……

我不幸，阿品不幸！命运注定着，我们还须受到更严酷的处分：我必须离开厦门，与阿品分别了。我们的报纸停了版，为着生活，我得到泉州的一家学校去教书了。我不愿意阿品知道这消息。头一天下午，我紧张地抱着他，流着眼泪，热烈地吻他的面颊，吻他的额角。他惊骇地凝视着我，也感动得眼眶里包满了眼泪。但他不知道我的痛苦的原因。随后我锁上了房门，不许任何人进来，开始收拾我的行李。第二天，东方微明，我就凄凉地离开了那所忧郁的屋子。

呵，枯黄的屋顶，灰色的墙壁……

到泉州不久，我终于打听出了阿品的不幸的消息。这里正是阿品的父亲先前工作的城市，不少知道他的人。阿品是我的同乡。他是在十个月以前，被人家骗来卖给这个工程师的……这是这里最流行的事：用一二百元钱买一个小女孩做丫头，或一个男孩做儿子，从小当奴隶使着……这就是人家不许阿品和我接近的原因了。可怜的阿品！……

几个月后，直到我再回厦门，阿品已跟着他的父亲往南洋去。

我不能再见到阿品了……

阅读札记

本文控诉了当时城市中产阶级买农村小孩当用人使用的罪恶。文中，阿品是一个自幼失去双亲被人骗卖的奴隶。应和着他那颗"小小的悲哀的心"，全篇颤动着怅惘的情调，罪恶社会的阴影投射到孩童阿品的"洁白的纸一样的心"上，令人惋惜，愤慨。

孩子的马车

鲁彦

　　为了工作的关系，我带着家眷从故乡迁到上海来住了。收入是微薄的，我决定在离开热闹的区域较远的所在租下了两间房子。照着过去的习惯，这里是依然被称为乡下的，但我却很满意，觉得比那被称为上海的热闹区域还好。这里有火车、有汽车，交通颇方便，这里有田野、有树木，空气很新鲜，这里的房租相当的便宜，适合于我的经济情形；最后则是这里的邻居多和我一样的穷困，不至于对我射出轻蔑的眼光来。

　　于是我住下了，很安心的，而且一星期之后，甚至还发现了几个特点，几乎想永久地住下去了；第一是清静，合宜于我的工作；其次是朴素，合宜于我的孩子们的教养；再次是前后左右的邻居大部分是书店的编辑或学校的教员，颇可做做朋友的。

　　但是过了不久我不能安静地工作了。

　　"爸爸！爸爸！"我的两个孩子一天到晚地叫着，扯我的衣服，推我的椅子，爬到我的桌子上来，抢我的纸笔，扰乱我的工作。

　　为的什么呢？

　　"去买一个汽车来，红红的！像金生的那样！"

　　这真是天晓得，我那里去弄这许多钱？房租要付，衣服要做，饭要吃，每天还愁着支持不下来，却斜刺里来了这一个要求。

　　"金生是谁呀？"

　　"六号的小朋友！"他们已经交结下了朋友了。

　　红的！两个人好坐的，有玻璃，有喇叭——嘟……"

　　这就够了，我知道那样的车子是非三十几元钱不办的。

　　"去问妈妈，我没有钱。"我说。

　　他们去了，但又立刻跑了回来，叫着说：

　　"问爸爸呀！妈妈说的！"

我摇了一摇头：

"我没有钱。"

于是他们哭了，蹬着脚，挥着手，扭着身子，整个房子像要被震动得塌下来了似的。

"好呀，好呀，等我拿到钱去买呀！现在不准闹。"我终于把他们遏制住了。

但这也只是暂时的。第二天，他们又闹了，第三天又闹了，一直闹了下去，用眼泪，用叫号，仿佛永不会完结似的。

"唉，七岁了还这么不懂事，"妻对着大的孩子说。"你比妹妹大了两岁，应该知道呀！买这样贵的玩具的钱，可以给你做许多漂亮的衣服呢！"

"那你买一个脚踏车给我，像八号的！"大的孩子回答说，他算是让步了。

"好的，好的，等爸爸有了钱，是吗？"妻说，对我丢了一个眼色。

我点了一点头。

但这也是不可能的。像八号的孩子那样，就要八九元，而且是一个久坐的，买起来就得买两只。这希望，只好叫他们无限期地等待下去下。夏天已经来到，蚊子嗡嗡地叫了起来，帐子还没有做。我的身上的夹衣有点不能耐了，两件半新旧的单衫还寄在人家的箱子里。今天有人来收米账，明天有人来收煤账。偶然预支到一点薪水，没有留过夜，就分配完了。生活的重担紧紧地压迫着我透不过气来，我终于发气了，有一天，当他们又来扰乱我的工作的时候。

"滚开！"我捻着拳头，几乎往孩子的头上打了下去，一面愤怒地说着，忘记了他们是孩子。"不会偷，不会盗，又不会像人家似的向资本家讨好，我到哪里去弄这许多钱来呀？……"

孩子们害怕了，这次一点也不敢哭，睁着惊惧的眼睛，偷偷地溜着走了出去。

他们有好几天不曾来扰乱我的工作。尤其是大的孩子，一看见我就远远地躲了开去，一天到晚低着头没有走出门外去。我起初很满意自己的举动，觉得意外地发现了管束孩子的方法，但随后却渐渐看出了我的大孩子不仅对我冷淡，对什么人都冷淡了，他变得很沉默，没有一点笑脸。他的眼睛里含着失望的忧郁的光，常常一个人在屋角里坐着翕动着嘴唇，仿佛在自言自语似的。

"为了一个车子呵，"有一天，妻对我说，"这几天来变了样子，连饭也不大爱吃，昨夜还听见他说梦话，问你要一个车子呢！"

我的心立刻沉下了，想不到一个小小的孩子对于自己的欲望就行着这样的固执。

真的，他这几天来不但胃口坏得很，连颜色也变黄了。肌肉显然消瘦了许多，额上，颈上和手腕上都露出青筋来。看来，我这个做父亲的人须得实现他的希望了，无论怎样的困难。

"好了，好了，爸爸就给你去买来，好孩子，"我于是安慰着孩子说，"但可只有一个，和妹妹分着骑，你是哥哥不能和她争夺的，听话吗？"

他的眼中立刻射出闪烁的光来，满脸都是笑容，他的妹妹也喜欢得跳跃了。

"听话的！我让妹妹先骑！"大的孩子叫着说。

于是我戴上帽子，预备走了，但妻却止住了我：

"你做什么要哄骗孩子呢？回来没有车子，不是更使他们失望吗？你口袋里不是只有两元钱了，哪里够买一辆车子呀！"

"我自有办法，"我说着走了，"一定给买来的。"

我从报上知道有一家公司正在廉价，说是有一种车子只要一元几毛钱。那么我的孩子可以得到一辆了。

那是一种小小的马车，有着木做的白色的马头，但没有马的身子。坐人的地方是圈椅的形式，漆得红红的，也颇美丽，轮子是铁的，也有薄薄的橡皮围着。

"是牺牲品呢！"公司里的人说。"从前差不多要卖四元，现在只有两辆了。"

我检查了一遍，尚无什么损坏，就立刻付了一元七毛半的代价，提着走了。

来去的时间相当的长，下午二时出门，到家里已是黄昏时候。四个孩子正在弄堂外站着，据说是从我出门不到半点钟就在那里等候着的。

"啊，车子！啊！车子！"他们远远地就这样叫着，迎了上来，到了身边，一个抱住马头，一个扳住圈椅，便像要把它拆成两截一样。

"这车子，比人家的怎么样呀？"我按住了他们的手，问着。

"比人家的好！比人家的好！这是个马车，好看，好看！"两个孩子一致地回答说，欢喜得像要把它吞下去了似的。

"可不能争夺，一个一个轮着骑呢，听见了吗？"

"听见的。"

"谁先骑？"

"妹妹先骑吧。"大孩子说着放了手，但又像舍不得似的，热情地摸一摸那马头上的鬃毛，然后才怅惘地红着脸退了开去。

我不能知道他是怎样克服他自己的，我只看见他的眼睛里亮晶晶地闪动着泪珠。

他的心显然在强烈的跳跃着。

我发现这辆车子够好了，它很轻快，没有那汽车的呆笨，而且给大孩子骑不会太小，给小孩子骑不会太大。他们很快地就练习得纯熟了。

"得而！得而！"他们一面这样喊着，像是骑在真的马上一样。

这是我的大孩子记起来的，他到过北方，看见过许多马车和骡车。现在他居然成了沙漠上的旅行者了。而且他还很得意，说是六号的小汽车不如这马车。

"我的是汽车呀！嘟……"六号的孩子说。

"我的是马车！得而……"

"是匹死马呀！"

"是个假汽车哩！"

"看谁跑得快！"

"比赛一，二，三！"

我看见马车跑赢了，汽车到底是呆笨的，铁塔铁塔，既会响又吃力，不像马车的轻捷，尤其是转弯抹角，非跳出车子外，把它拖着走不可。尤其是跳进跳出，只能像绅士似的慢慢地来，不然就钓住了衣服，钩住了腿子。

我和妻都非常的喜悦。我们以前总以为穷人的孩子是没有享受幸福的命运的。

"早晓得这样，早就给他们买了，"我喃喃地说。

我从此可以安静地工作了，孩子们再也不来扰乱，他们一天到晚在外面玩那车子，甚至连饭也忘记吃，没有心思吃了。

然而这样幸福的时间，却继续得并不久。不到十天，那辆小小的马车完结了。

我听见孩子在弄堂里尖利的哭号的声音，跑出去看时，这辆马车已经倒在地上。它的头可怜地弯曲着，睁着损伤的眼暗，仿佛在那里流眼泪，它的前面的一个铁轮子折断了，不胜痛苦似的屈伏着。大孩子刚从地上爬起来，手背流着血。

"是他呀！他呀！"我的五岁的小孩叫着说，用手指指着。

那是六号的小孩。他坐在他的汽车里，睁着愤怒的眼望着我的孩子。

"是他来撞我的！"他说。

"是他呀！他对我一直冲了过来！"我的大孩子哭号着说。"他恨我的车子跑得快！"

"要你赔！"小的孩子叫着说。

"你把我车头的漆撞坏了，要你赔！"

他们开始争吵了，大家握着拳，像要相打起来。

"算了，算了，"我叫着说，"赶快回家！"

"我早就说过，买车子不如做衣服穿！果然没几天就撞坏了！"妻也走了出来说，"没有撞坏人，还算好的呀！"

我们拖着那可怜的马车，逼着孩子回到了家里。好不容易止住了大孩子的哭泣，细细检查那辆马车，已经没有一点救济的办法，只好把它丢到屋角去。

"一定是原来就坏的，所以这样便宜哪！"妻说。

"那自然，"我说，"即使不坏，也不会结实的，所以是牺牲品呵。这十天来也玩得够了，现在就废物利用，把木头的一部分拆下来烧饭吧。"

"那不能！"大孩子着急地叫着说，"我要的！"

他立刻跑去，把那个歪曲了的马头抱住了。许久许久，我还看见他露着忧郁的眼光，翕动着嘴唇在低声地说着什么，轻轻地抚摸着他所珍爱的结束了生命的马车。

一连几天，他没有开过笑脸。

阅读札记

孩子是天真的，他不会懂生活的内涵。大人也不应该把压力表现给孩子，他们天真的愿望，如果可以满足，就让他满足，这也是爱的一种表现吧。

晚　　宴

石评梅

有天晚晌，一个广东朋友请我在长安春吃饭。

他穿着青绿的短服，气度轩昂，英俊豪爽，比较在法国时的神态又两样了。他也算是北伐成功后的新贵之一呢！

来客都是广东人。只有苏小姐和我是例外。

说到广东朋友时，我可以附带说明一下，特别对广东人的好感。我常觉广东的民性之活泼好动、勇敢有为、敏慧刚健、忠诚坦白，是值得我们赞美的。凡中国那种腐败颓废的病态，他们都没有；而许多发扬国华、策励前进的精神，是全球都感到惊畏的。这无怪乎是革命的根据地，而首领大半是令人钦佩的广东人了。

寒暄后，文蕙拉了我手走到屋角。她悄悄指着一个穿翻领西装的青年说："这就是天下为婆的胡先生！"我笑着紧握了她手道："你真滑稽。"

想起来这是两月前的事了。我从山城回来后，文蕙姊妹们，请我到北海划船，那是黄昏日落时候，晚景真美，西方浅蓝深青的云堆中，掩映夹杂着绯红的彩霞，一颗赤日慢慢西沉下去。东方呢！一片白云，白云中又袭着几道青痕，在一个凄清冷静的氛圈中，月儿皎洁的银光射到碧清的海面。晚风徐徐吹过，双桨摇到莲花深处去了。

这种清凉的境地，洗涤着这尘灰封锁的灵魂。在他们的倩影中、笑语里，都深深感到恍非人间了。菡萏香里我们停了桨畅谈起来：偶然提到文蕙的一个同学，又引起革命时努力工作的女同志；谈着她们的事迹，有的真令我们敬钦，有的令我们惊异，有的也令我们失望而懊丧！

文蕙忽然告我，有一位朋友和她谈到妇女问题说："你们怕什么呢！这年头儿是天下为婆。"我笑起来了，问她这怎么解释呢，她说这位主张天下为婆的学者大概如此立论。

一国最紧要的是政治。而政治舞台上的政治伟人，运用政治手腕时的背景，有时却是操纵在女子手中。凡是大政治家、大革命家的鼓舞奋发、惨淡经营，又多半是天生丽质的爱人，或者是多才多艺的内助辅其成功。不过仅是少数出类拔萃的女子，大多数还是服务于家庭中，男子负荷着全责去赡养。

因此，男子们，都尽量地去寻觅职业，预备维护妻妾的饱暖；同时虚荣心的鼓励，又幻想着生活的美满和富裕。这样努力的结果，往往酿成许多的贪官污吏。据说这是女子间接应得的罪案。例如已打倒的旧军阀张宗昌，其妻妾衣饰杂费共需数十万。风闻如今革命伟人之妻妾，亦有衣饰费达十余万者。（这惊人的靡费我自然确信其为谣言无疑了。）男子一方面生产，女子一方面消费，这"天下为婆"似乎愤怨，似乎鄙笑的言论遂在滑稽刻薄的胡先生口中实现了。我们听见当然觉得有点侮辱女性，不无愤怒。但是静心想想，这话虽然俏皮，不过实际情形是如斯，又何能辩白呢！

试问现在女子有相当职业，经济独立，不让人供养的有几多？像有些知识阶级的贵妇人，依然沉浸于金迷纸醉、富裕挥霍的生活中，并不想以自己的劳力求换取面包，以自己的才能去服务社会。

不过我自己也很感慨呢！文蕙她们也正是失业者。整日想在能力范围内寻觅点工作,以自生活,并供养她五十余岁的病母。但是无论如何在北平就找不到工作,各机关没有女子可问津的道路。除非是和机关当局沾亲带故的体己人外,谁不是徘徊途中呢！意志薄弱点的女子,禁不住这磨炼挫折,受不了这风霜饥寒,慢慢就由奋斗彷徨途中,而回到养尊处优的家庭中去了。

这夜偶然又逢到胡先生。想起他的话来,我真想找个机会和他谈谈,不过事与愿违,他未终席就因有要事匆匆地去了。

阅读札记

男女平等、女权主义,绝不能喊喊口号那么简单。女性要走向独立,首先要有自己的职业,有自己的经济地位,否则,一切都只能流于空谈。

卸 装 之 夜

石评梅

蘅如偶然当了一个中学校的校长,校长是如何庄严伟大的事业,但是在蘅如只是偶然兴来的一幕扮演。上装后一切都失却自由,其实际情形无异是作了收罗万矢的箭垛。

如今箭垛的命运算是满了,她很觉得感谢上苍。双手将这顶辉煌的翠冠,递给愿意接受的朋友后,自己不禁偷偷地笑了！这来也匆匆,去也匆匆的命运。

在纷扰的社会里、嘈杂的会场上,奸狡万变的面孔、口是心非的微笑中,她悄悄推倒前面那块收罗万矢的箭垛,摘下那顶庄严伟大的峨冠,飘然回到她幽静的书斋去了。走进了深深院落,望见紫藤的绿荫掩着她的碧纱窗。那一排新种的杨柳也长高了,影子很婀娜地似在舞动,树荫下挂着她最爱的鹦哥,听见步履声,它抬起头来飞在横木上叫着："快开门,快开门！"

她举眸回盼了一下。湘帘沉沉中听见姨母唤她的声音。这时帘揭开了,双鬓如雪的姨母扶杖出来迎接蘅如。一般晚香玉的芬馥,由屋中照来,她猛然清醒！如午夜梦回一样。

晚餐后，她回到自己的屋里，卸下那一套"恰如其分"的装束，换上了件沾满泪痕酒渍的旧衣，坐在写字台前沙发上，深深地吐了一口气。觉得灵魂自由了，如天空的流云，如海上的飞鸟。瓶中有鲜艳的菡萏，清芬扑鼻，玻璃杯里斟着浓酽的绿茶，沁人心脾。磨好了墨。蘸饱了笔，雪亮的灯光下，她沉思对一迭稿纸支颐。

该从何处下笔呢！这半截惊惶纷乱、污浊冷酷的环境，狡诈奸险、可气可笑的事迹，都如电影一般在她脑中演映着。

辗转在荆棘中，灵魂身体都是一样创痛。虽然是已经受了她不曾受过的，但认识的深刻、见闻的广博，却也得到她不曾知道的。人生既是活动的变迁、力和智的奋争，那她今夜归来的情况，真有点儿像勇士由战壕沙场的梦中惊醒，抚摸着自己的创痕，而回忆那炮火弥漫、人仰马翻、赤血白骨、灰烬残堞，喟叹着身历的奇险恐怖一样。

丁零零门铃响了，张妈拿来了几封信。

她拆开来，都是学校里来的。

一封是焕之写来的。满纸都是愤慨语，一方面诅咒别人，一方面恭维着自己，无不是那一类奋类乎黄钟毁弃、瓦釜雷鸣的笔调。她读后笑了笑！心想何必发这无意义的牢骚。她完全不懂时势和社会的内容，假使社会或个人的环境，没有一点儿循环的变化，这世界就完全死寂了，许多好看热闹的戏也就闭幕了，那种人生有什么意味呢！

又一封信，笔迹写得很恶劣，内容大概说堂内同学素常对蘅如很有感情，不应对她忽然又翻脸攻击，更不应以一种卑鄙钻营的手段获得胜利。气了个愤填胸臆，骂了个痛快淋漓，那种怒发冲冠、拔剑相詈的情形，真仿佛如在目前。

但是蘅如看到信尾的签名，令她惊异了！原来这个王亚琼，就是在学校中反对蘅如最激烈的分子，喊打倒、贴标语、当主席、谒当局的都是她。

这真是奇迹呵！

蘅如拿着那封信对着灯光发呆，看见纸上那些怎样钦佩、怎样爱慕、怎样同情、怎样愤慨的话，每一字每一句都像毒刺深插入她的灵魂。她真不解：为什么那样天真活泼、伶俐可爱的女孩们，她洁白纯净的心田，如何也蒙蔽着社会中惯用的一套可憎恨的虚伪狡诈罪呢！明知道，爱和憎或是关乎切身的利害，这都是人人顾虑的私情，谁敢说是恶德呢！不过一方面喊"打倒"，一方面送秋波的伎俩，总不是我辈热血真诚的青年所应为的吧！她忏悔了，教育是失败了呢！还是力量小呢？

起始怀疑了，这样的冲突，赞美你的固然是好听，其本心不见得是真钦佩你；咒骂你的自然感到气愤，但是也不必认为真对你怎样厌恶。她想到这里，心境豁然开朗，漠然微笑中，把这两封信团了个球掷在纸筐里。

夜深了，秋风吹过时，可以听见树叶落地的声音。这凄清秋衣，轻轻掀动了宁静的心波，她又感动人间的崎岖冷酷和身世的畸零孤苦，过去一样是春梦烟痕；回想起来，已是秋风起后另有一番风景了。

她愿恢复了旧日天马行空的气魄，提起了久不温存的笔尖，捉摸那飘然来去的灵感。原来是游戏人间来的，因之绝不懊悔这一次偶然的扮演。胸中燃烧着热烈欲爆的火焰，盼这久抑的文思如霓虹一样，专在黯淡深奥处画出她美丽伟大的云彩，于是乎她迅速地提起了笔。

阅读札记

从污浊冷酷的环境里，终于当上了校长。此时发现，原来咒你恨你的人也开始来巴结你了。人性如此，千万不能被表面所蒙蔽。

当　铺

萧红

"你去当吧！你去当吧，我不去！"

"好，我去，我就愿意进当铺，进当铺我一点也不怕，理直气壮。"

新做起来的我的棉袍，一次还没有穿，就跟着我进当铺去了！在当铺门口稍微徘徊了一下，想起出门时郎华要的价目——非两元不当。

包袱送到柜台上，我是仰着脸，伸着腰，用脚尖站起来送上去的，真不晓得当铺为什么摆起这么高的柜台！

那戴帽头的人翻着衣裳看，还不等他问，我就说了：

"两块钱。"

他一定觉得我太不合理，不然怎么连看我一眼也没看，就把东西卷起来，他把包袄仿佛要丢在我的头上，他十分不耐烦的样子。

"两块钱不行，那么，多少钱呢？"

"多少钱不要。"他摇摇像长西瓜形的脑袋，小帽头顶尖的红帽球也跟着摇了摇。

我伸手去接包袱，我一点也不怕，我理直气壮，我明明知道他故意作难，正想把包袱接过来就走。猜得对对的，他并不把包袱真给我。

"五毛钱！这件衣服袖子太瘦，卖不出钱来……"

"不当。"我说。

"那么一块钱，再可不能多了，就是这个数目。"他把腰微微向后弯一点，柜台太高，看不出他突出的肚囊……

一只大手指，就比在和他太阳穴一般高低的地方。

带着一元票子和一张当票，我快快地走，走起路来感到很爽快，默认自己是很有钱的人。菜市，米店我都去过，臂上抱了很多东西，感到非常愿意抱这些东西，手冻得很痛，觉得这是应该，对于手一点也不感到可惜，本来手就应该给我服务，好像冻掉了也不可惜。走在一家包子铺门前，又买了十个包子，看一看自己带着这些东西，很骄傲，心血时时激动，至于手冻得怎样痛，一点也不可惜。路旁遇见一个老叫化子，又停下来给他一个大铜板，我想我有饭吃，他也是应该吃啊！然而没有多给，只给一个大铜板，那些我自己还要用呢！又摸一摸当票也没有丢，这才重新走，手痛得什么心思也没有了，快到家吧！快到家吧！但是，背上流了汗，腿觉得很软，眼睛有些刺痛，走到大门口，才想起来从搬家还没有出过一次街，走路腿也无力，太阳光也怕起来。

又摸一摸当票才走进院去。郎华仍躺在床上，和我出来的时候一样，他还不习惯于进当铺。拿包子给他看，他跳起来：

"我都饿啦，等你也不回来。"

十个包子吃去一大半，他才细问："当多少钱？当铺没欺负你？"

把当票给他，他瞧着那样少的数目：

"才一元，太少。"

虽然说当得的钱少，可是又愿意吃包子，那么结果很满足。他在吃包子的嘴，看起来比包子还大，一个跟着一个，包子消失尽了。

阅读札记

若不是生活艰难,怎么会走进当铺,吃了亏,还要忍受冷眼。即使在这样惨淡的环境里,作者仍充满了人情味,对生活有着乐观的看法,这是本文的一大特色。

破 落 之 街

萧红

天明了,白白的阳光空空地染了全室。

我们快穿衣服,折好被子,平结他自己的鞋带,我结我的鞋带。他到外面去打洗脸水,等他回来的时候,我气愤地坐在床沿。他手中的水盆被他忘记了,有水泼到地板。他问我,我气愤着不语,把鞋子给他看。

鞋带是断成三段了,现在又断了一段。他重新解开他的鞋子,我不知他在做什么,我看他向床间寻了寻,他是找剪刀,可是没买剪刀,他失望地用手把鞋带变成两段。一条鞋带也要分成两段,两个人束着一条鞋带。

他拾起桌上的铜板说:

"就是这些吗?"

"不,我的衣袋还有哩!"

那仅是半角钱,他皱眉,他不愿意拿这票子。终于下楼了,他说:"我们吃什么呢?"

用我的耳朵听他的话,用我的眼睛看我的鞋,一只是白鞋带,另一只是黄鞋带。

秋风是紧了,秋风的凄凉特别在破落之街道上。

苍蝇满集在饭馆的墙壁,一切人忙着吃喝,不闻苍蝇。

"伙计,我来一分钱的辣椒白菜。"

"我来二分钱的豆芽菜。"

别人又喊了,伙计满头是汗。

"我再来一斤饼。"

苍蝇在那里好像是哑静了，我们同别的一些人一样，不讲卫生体面，我觉得女人必须不应该和一些下流人同桌吃饭，然而我是吃了。

走出饭馆门时，我很痛苦，好像快要哭出来，可是我什么人都不能抱怨。平时他每次吃完饭都要问我：

"吃饱没有？"

我说："饱了！"其实仍有些不饱。

今天他让我自己上楼："你进屋去吧！我到外面有点事情。"

好像他不是我的爱人似的，转身下楼离我而去了。

在房间里，阳光不落在墙壁上，那是灰色的四面墙，好像匣子，好像笼子，墙壁在逼着我，使我的思想没有用，使我的力量不能与人接触，不能用于世。

我不愿意我的脑浆翻绞，又睡下，拉我的被子，在床上辗转，仿佛是个病人一样，我的肚子叫响，太阳西沉下去，平没有回来。我只吃过一碗玉米粥，那还是清早。

他回来，只是自己回来，不带馒头或别的充饥的东西回来。

肚子越响了，怕给他听着这肚子的呼唤，我把肚子翻向床，压住这呼唤。

"你肚疼吗？"我说不是，他又问我：

"你有病吗？"

我仍说不是。

"天快黑了，那么我们去吃饭吧！"

他是借到钱了吗？

"五角钱哩！"

泥泞的街道，沿路的屋顶和蜂巢样密挤着，平房屋顶，又生出一层平屋来。那是用板钉成的，看起像是楼房，也闭着窗子，歇着门。可是生在楼房里的不像人，是些猪猡，是污浊的一群。我们往来都看见这样的景致。现在街道是泥泞了，肚子是叫唤了！一心要奔到苍蝇堆里，要吃馒头。桌子的对边那个老头，他唠叨起来了，大概他是个油匠，胡子染着白色，不管衣襟或袖口，都有斑点花色的颜料，他用有颜料的手吃东西。并没能发现他是不讲卫生，因为我们是一道生活。

他嚷了起来，他看一看没有人理他，他升上木凳好像老旗杆样，人们举目看他。终归他不是造反的领袖，那是私事，他的粥碗里面睡着个苍蝇。

大家都笑了，笑他一定在发神经病。

"我是老头子了，你们拿苍蝇喂我！"他一面说，有点伤心。

一直到掌柜的呼唤伙计再给他换一碗粥来，他才从木凳降落下来。但他寂寞着，他的头摇曳着。

这破落之街我们一年没有到过了，我们的生活技术比他们高，和他们不同，我们是从水泥中向外爬。可是他们永远留在那里，那里淹没着他们的一生，也淹没着他们的子子孙孙，但是这要淹没到什么时代呢？

我们也是一条狗，和别的狗一样没有心肝。我们从水泥中自己向外爬，忘记别人，忘记别人。

阅读札记

破落之街，卫生条件脏乱差，人们粗俗不堪。作者自以为不同，"爬"出去了，但她终究还是怜悯那些贫穷的人们，也怜悯自己。

搬　　家

老舍

一提议说搬家，我就知道麻烦又来了。住着平安，不吵不闹，谁也不愿搬动。又不是光棍一条，搬起来也省事。既然称得起"家"，这至少起码是夫妇两个，往往彼此意见不合，先得开几次联席会议，结果大家的主张不得不折中。谁去找房，这个说，等我找到得几时，我又得教书、编讲义、写文章，而且专等星期日去找；况且我男人家又粗心又马虎，还是你去吧。那个说，一个女人家东家进、西家出，"眼观六路耳听八方"都得看仔细、打听明白，就是看妥了，和房东办交涉也是不着，全交在一人身上，这个责任，确是不轻。

没有法子，只得第二天就去实行，一路上什么也引不起注意，就看布告牌上的招租帖，墙角上、热闹口上都留神，这还不算。有的好房就不贴条子，也不请银行信托部来管，这可不好办。一来二去地自己有了点发现，凡是窗户上没有窗帘子，你就可拍门去问。虽然看不中意，但是比较起所看的房确是强得多。

住惯北平的房子，老希望能找到一个大院子。所以离开北平之后，无论到天津、济南、汉口、上海，以至青岛，能找到房子带个大院子，真是少有。特别是在青岛，你能找到独门独院，只花很少的租价，就简直可说没有。除非你真有腰包，可以大大地租上座全楼。

我就不喜欢一个楼，分楼上一家，楼下一家，或是楼分四家住。这样住在楼上的人多少总是占便宜的，楼下的可就倒霉。遇见清净、孩子少的还好，遇见好热闹、有嗜好的、孩子多的，那才叫活糟。而且还注意同楼是不是好养狗，这是经验告诉我，一条狗得看新养的，还是旧有的。青岛的狗种，可属全世界的了，三更半夜，嗥出的声真能吓得你半夜不能安睡。有了狗群，更不得安生，决斗声、求爱声、乳狗声，比什么声音都复杂热闹。这个可不敢领教了！

其次看同楼邻居如何。人口、年龄、籍贯、职业，都得在看房之际顺口答音地探听清楚。比如说吧，这家是南方人，老太太是湖北的，少奶奶是四川的，少爷是在港务局做事，孩子大小三个；这所楼我虽看的还合适，房间大，阳光充足，四壁厕所厨房都干净，可是一看这家邻居，心就凉爽了。第一老太太是南方的我先怕，这并不是说对于南方的老太太有什么仇恨，而是对于她们生活习惯都合不来。也不管什么日子，黑天白日，黄钱白钱——纸钱——足烧一气，口中念念有词，我确是看不下去。再有是在门前买东西，为了一分钱、一棵菜，绝不善罢甘休买成功，必得为少一两分量吵嚷半天，小贩们脸红脖子粗地走开。少奶奶管孩子，少爷吊嗓子，你能管得着么？碰巧还架上廉价无线电，吵得你"姑子不得睡，和尚不得安"，所以趁早不用找麻烦。

论到职业上，确是重大问题。如果同楼邻居是同行，当然不必每天见面，"今天天气，哈哈哈"，或者不至于遭人白眼，扭头不屑于理"你个穷酸教书匠"，大有"道不同不相为谋"的气概。有时还特别显示点大爷就是这股子劲，看着不顺眼，搬哪！于是乎下班之后约些朋友打打小牌。越是更深人静，红中白板叫得越响，碰巧就继续到天亮，叫车送客忙了一大阵，这且不提。

你遇见这样对头最好忍受。你若一干涉，好，事情更来得重，没事先拉拉胡琴，约个人唱两出。久而久之，来个"坐打二簧"，锣鼓一齐响，你不搬家还等着什么？想用功到时候了，人家却是该玩的时候；你说明天第一堂有课，人家十时多才上班。你想着票友散了，先睡一觉，人家楼上孩子全起来了，玩橄榄球，拉凳子，打铁壶又跟上了。心中老害怕薄薄一层楼板，早晚是全军覆没，盖上木头被褥，那才高兴呢！

一封客客气气的劝告信，满希望等楼上的先生下了班，送了过去，发生点效力。一会儿楼上老妈子推门进来说，我们太太不认识字，老爷不在家，太太说不收这封信。好吧，接过来，整个丢进字纸篓里。自愧没作公安局长。

一个月后，房子才算妥当了，半年为期，没有什么难堪条件。回来对她一说，她先摇头，难道楼下你还没住够？我说，这次可担保，一定没有以前所受的流弊。房子够住，地点适宜，离学校、菜市、大街都近，而且喜欢遇到整齐的院子，又带着一个大空后院，练球、跳远、打拳都行。再说楼上只住老夫妇俩，还是教育界。她点了点头。

两辆大敞车，把所有的动产，在一早晨都搬了过去，才又发现门口正对着某某宿舍三个敞口大垃圾箱。掩鼻而过可也！

阅读札记

作者写自己的搬家经历，读来感同身受。漂泊在外，搬家确实是件麻烦事，这在哪朝哪代都一样吧。

还乡后记

郁达夫

风烟俱净，天山共色，从流飘荡，任意东西，自富阳至桐庐一百许里，奇山异水，天下独绝。水皆缥碧，千丈见底，游鱼细石，直视无碍，急湍甚箭，猛浪若奔，隔岸高山，皆生寒树，负势竞上，互相轩邈，争高直指，千百成群。泉水激石，泠泠作响，好鸟相鸣，嘤嘤成韵。蝉则千啭不穷，猿则百叫无绝，鸢飞戾天者，望峰息心，经纶世务者，窥谷忘反，横柯上蔽，在昼犹昏，疏条交映，有时见日。

——吴均

一

"比在家庭的怀抱里觉得更好的地方，是什么地方？"像这样的地方，当然是没有的，法国的这一句古歌，实在是把人情世态道尽了。

当微雨潇潇之夜，你若身眠古驿，看看萧条的四壁，看看一点欲尽的寒灯，倘不想起家庭的人，这人便是没有心肠者，任它草堆也好，破窑也好，你儿时放摇篮的地方，便是你死后最好的葬身之所呀！我们在客中卧病的时候，每每要想及家乡，就是这事的明证。

我空拳只手地奔回家去。到了杭州，又把路费用尽，在赤日的底下，在车行的道上，我就不得不步行出城。缓步当车，说起来倒是好听，但是在二十世纪的堕落的文明里沉浸过的我，既贫贱而又多骄，最喜欢张张虚势，更何况平时是以享乐为主义的我，又哪里能够好好地安贫守分，和乡下人一样的蹀躞泥中呢！

这一天阴历的六月初三，天气倒好得很。但是炎炎的赤日，只能助长有钱有势的人的纳凉佳兴，与我这行路病者，却是丝毫无益的！我慢慢地出了风山门，立在城河桥上，一边用了我那半旧的夏布长衫襟袖，揩拭汗水，一边回头来看看杭州的城市，与杭州城上盖着的青天和城墙界上的一排山岭，真有万千的感慨，横亘在胸中。预言者自古不为其故乡所容，我今朝却只能对了故里的丘山，来求最后的荫庇，五柳先生的心事，痛可知了。

啊啊！亲爱的诸君，请你们不要误会，我并非是以预言者自命的人，不过说我流离颠沛，却是与预言者的境遇相同，社会错把我作了天才待遇罢了。即使罗秀才能行破石飞鸡的奇迹，然而他的品格，岂不和飘泊在欧洲大陆、猖狂乞食的其泊西（Gipsy）一样么？

我勉强走到了江干，腹中饥饿得很了。回故乡去的早班轮船，当然已经开出，等下午的快船出发，还有三个钟头。我在杂乱窄狭的南星桥市上漂流了一会，在靠江的一条冷清的夹道里找出了一家坍败的饭馆来。

饭店的房屋的骨骼，同我的胸腔一样，肋骨已经一条一条地数得出来了。幸亏还有左侧的一根木椽，从邻家墙上，横着支住在那里，否则怕去秋的潮汐，早就把它拉入了江心，作伍子胥的烧饭柴火去了。店里的几张板凳桌子，都积满了灰尘油腻，好像是前世纪的遗物。账柜上坐着一个四十内外的女人，在那里做鞋子。灰色的店里，并没有什么生动的气象，只有在门口柱上贴着翅一张"安寓客商"的尘蒙的红纸，还有些微现世的感觉。我因为脚下的钱已快完，不能更向热闹的街心去寻辉煌的菜馆，所以就慢慢地踱了进去。

啊啊，物以类聚！你这短翼差池的饭馆，你若是二足的走兽，那我正好和你分庭抗礼结为兄弟哩。

二

假使天公下一阵微雨，把钱塘江两岸的风景，罩得烟雨模糊，把江边的泥路，浸得污浊难行，那么这时候江干的旅客，必要减去一半，那么我乘船归去，至少可以少遇见几个晓得我的身世的同乡；即使旅客不因之而减少，只教天上有暗淡的愁云蒙着，阶前屋外有几点雨滴的声音，那么围绕在我周围的空气和自然的景物，总要比现在更带有些阴惨的色彩，总要比现在和我的心境更加相符。若希望再奢一点，我此刻更想有一具黑漆棺木在我的旁边。最好是秋风凉冷的九十月之交，时落的林中，阴森的江上，不断地筛着渺蒙的秋雨。我在凋残的芦苇里，雇了一叶扁舟，当日暮的时候，在送灵柩归去。小船除舟子而外，不要有第二个人。棺里卧着的，若不是和我寝处追随的一个年少妇人，至少也须是一个我的至亲骨肉。我在灰暗微明的黄昏江上，雨声淅沥的芦苇丛中，赤了足，张了油纸雨伞，提了一张灯笼，摸上船头去焚化纸帛。

我坐在靠江的一张桌子上，等那柜上的妇人下来替我炒蛋炒饭的时候，看看西兴对岸的青山绿树，看看江上的浩荡波光，又看看在江边沙渚的晴天赤日下来往的帆樯肩舆和舟子牛车，心里忽起了一种怨恨天帝的心思。我怨恨了一阵，痴想了一阵，就把我的心愿，原原本本地排演了出来。我一边在那里焚化纸帛，一边却对棺里的人说：

"Jeanne！我们要回去了，我们要开船了！怕有野鬼来麻烦，你就拿这一点纸帛送给他们罢！你可要饭吃？你可安稳？你可是伤心？你不要怕，我在这里，我什么地方也不去了，我只在你的边上……"

我幽幽地讲到最后的一句，咽喉就塞住了。我在座上拱了两手，把头伏了下去，两面额上，只感着了一道热气。我重新把我所欲爱的女人一个一个想了出来，见她们闭着口眼，冰冷地直卧在我的前头。我觉得隐忍不住了，竟任情地放了一声哭声。那个在炉灶上的妇人，以为我在催她的饭，她就同哄小孩子似的用了柔和的声气说：

"好了好了！就快好了，请再等一会儿！"

啊啊！我又想起来了，我又想起来了，年幼的时候，当我哭泣的时候，祖母母亲哄我的那一种声气！

"已故的老祖母，倚闾的老母亲！你们的不肖的儿孙，现在正落魄了在江干等回故里的船呀！"

我在自己制成的伤心的泪海里游泳了一会，那妇人捧了一碗汤，一碗炒饭，摆到了我的面前来。我仰起头来对她一看，她倒惊了一跳，对我呆看了一眼，她就去绞了一块手巾来递给我，叫我擦一擦面。我对了这半老妇人的殷勤，心里说不出的只在感谢。几日来因为睡眠不足，营养不良的缘故，已经是非常感觉衰弱，动着就要流泪的我，对她的这一种感谢也变成了两行清泪，噗嗒地滴下了腮来，她看了这种情形，就问我说：

"客人，你可是遇见了坏人？"

我摇了摇头，勉强地对她笑了一笑，什么话也不能回答。她呆呆地立了一回，看我不能讲话，也就留了一句"饭不够吃，再好炒的"安慰我的话，走向她的柜上去了。

<h2 style="text-align:center">三</h2>

我吃完了饭，付了她两角银角子，把找回来的八九个铜子，也送给了她，她却摇着头说："客人，你是赶船的么？船上要用钱的地方多得很哩，这几个铜子你收着用罢！"

我以为她怪我吝啬，只给她几个铜子的小账，所以又摸了两角银角子出来给她。她却睁大了眼睛对我说：

"尹尹！这算什么？这算什么？"

她硬不肯收，我才知道了她的真意，所以说："但是无论如何，我总要给你几个小账的。"

她又接了一会，才收了三个铜子说：

"小账已经有了。"

啊啊，我自回中国以来，遇见的都是些卑污贪暴的野心狼子，我万万想不到在浇薄的杭州城外，有这样的一个真诚的妇人的。妇人呀妇人，你的坍败的屋椽，你的凋零的店铺，大约就是你的真诚的结果，社会对你的报酬！啊啊，我真恨我没有黄金十万，为你建造一家华丽的酒楼。

"再会再会！"

"顺风顺风！船上要小心一点。"

"谢谢！"

我受妇人的怜惜，这可算是平生的第一次。

我出了饭馆，从太阳晒着的冷静的这条夹道，走上轮船公司的那条大街上去。大约是将近午饭的时候了,街上的行人,比曩时少了许多。我走到轮船公司门口,向窗里一看,见账房内有五六个男子围了桌子,赤了膊在那里说笑吃饭。卖票的窗前的屋里,在角头椅上,只坐着两个乡下人,在那里等候,从他们的衣服、态度上看来,他们必是临浦萧山一带的农民,也不知他们有什么心事,他们的眉毛却蹙得紧紧的。

我走近了他们,在他们旁边坐下之后,两人中间的一个看了我一眼,问我说:

"鲜散(先生)! 到临浦严办(烟篷)几个脸(钱)?"

"我也不知道,大约是一二角角子罢。"

"喏(你)到啥地方起(去)咯?"

"我上富阳去的。"

"哎(我们)是为得打官司到杭州来咯。"

我并不问他,他却把这一回因为一个学堂里出身的先生告了他的状,不得不到杭州来的事情对我详细地诉说了:

"哎! 真勿要打官司啦! 格煞(现在)田里已(又)忙,宁(人)也走勿开,真真苦煞哉啦! 汉(那)个学堂里个(的)鲜散,心也脱凶哉,哎请啦宁刚(讲)过好两遍,情愿拿出八十块洋钿不(给)其(他),其(他)要哎百念块。喏(你)看,格煞五荒六月,教哎啥地方去变出一百念块洋钿来呢!"

他说着似乎是很伤心的样子。

"唉唉! 你这老实的农民,我若有钱,我就给你一百二十块钱救你出险了。但是

Thou's met me in an evil hour;

To spare thee now is past my power。"

我心里这样地一想,又重新起了一阵身世之悲。他看我默默地不语,便也住了口,仍复沉入悲愁的境里去了。

四

我坐在轮船公司的那只角上,默默地与那农民相对,耳里断断续续地听了些在账房里吃饭的人的笑语,只觉得一阵一阵的哀心隐痛,绝似临盆的孕妇,要产产不出来的样子。

杭州城外,自闸口至南星,绕江干一带,本是我旧游之地,我记得没有去国之先,在岸边花艇里,金尊檀板,也曾眠醉过几场。江上的明月、月下的青山,与越郡的鸡酒、佐酒的歌姬,当然依旧在那里助长人生的乐趣。但是我呢? 我身上的变化呢? 我

的同干柴似的一双手里，只捏了三个两角的银角子，在这里等买船票！

过了一点多钟，轮船公司的那间屋里，挤满了旅人，我因为怕逢知我的同乡，只俯了首，默默地坐着不敢吐气。啊啊，窗外的被阳光晒着的长街，在街上手轻脚健快快活活来往的行人，请你们饶恕我的罪罢，这时候我心里真恨不得丢一个炸弹，与你们同归于尽呀。

跟了那两个农民，在窗口买了一张烟篷船票，我就走出公司，走上码头，走上跳板，走上驳船去。

原来钱塘江岸，浅滩颇多，码头下有一排很长的跳板，接在那里。我跟了众人，一步一步地从跳板上走到驳船里去的时候，却看见了一个我自家的影子，斜映在江水里，慢慢地在那里前进。等走到跳板尽处，将上驳船的时候，我心里忽而想起了一段我女人写给我的信上的话来：

我从来没有一个人单独出过门，那天晚上，我对你说的让我一个人回去的话，原是激于一时的意气而发，我实不知道抱着一个六个月的孩子的妇人的单独旅行，是如何的苦法的。那天午后，你送我上车，车开之后，我抱了龙儿，看看车里坐着的男女，觉得都比我快乐。我又探头出来，遥向你住着的上海一望，只见了几家工厂和屋上排列在那里的一列烟囱。我对龙儿看了一眼，就不知不觉地涌出了两滴眼泪。龙儿看了我这样子，也好像有知识似的对我呆住了。他跳也不跳了，笑也不笑了，默默地对我呆看。我看了这种样子，更觉得伤心难耐，就把我的颜面俯上他的脸去，紧紧地吻了他一回。他呆了一会，就在我的怀里睡着了。

火车行行前进，我看看车窗外的野景，忽而想起去年你带我出来的时候的景象。啊啊！去岁的初秋，你我一路出来上 a 地去的快乐的旅行，和这一回惨败了回来的情状一比，当时的感慨如何，大约是你所能推想得出的罢！

在江干的旅馆里过了一夜，第二天的早晨，我差茶房送了一个信给住在江干的我的母舅，他就来了。

把我的行李送上轮船之后，买了票子，他又来陪我上船去。龙儿硬不要他抱，所以我只能抱着龙儿，跟在他后面，一步一步地走上那骇人的跳板去，等跳板走尽的时候，我想把龙儿交给母舅，纵身一跳，跳入钱塘江里去的。但是仔细一想，在昏夜的扬子江边还淹不死的我，在白日的这浅渚里，又哪里能达到我的目的？弄得半死不活，走回家去，反而要被人家笑话，还不如忍着罢。

我到家以后，这几天里，简直还没有取过饮食，所以也没有气力写信给你，请你谅我。……

五

啊啊，贫贱夫妻百事哀！我的女人呵，我累你不少了。

我走上了驳船，在船篷下坐定之后，就把三个月前在上海北站，送我女人回家的事情想了出来。忘记了我的周围坐着的同行者，忘记了在那里摇动的驳船，并且忘记了我自家的失意的情怀，我只见清瘦的我的女人抱了我们的营养不良的小孩在火车窗里，在对我流泪。火车随着蒸汽机关在那里前进，她的洒满眼泪的苍白的脸儿，也和车轮合着了拍子，一隐一现地在那里窥探我。我对她点一点头，她也对我点一点头。我对她手招一招，教她等我一忽，她也对我手招一招。我想使尽我的死力，跳上火车去和她坐一块儿，但是心里又怕跳不上去，要跌下来。我迟疑了许久，看她在窗里的愁容，渐渐地远下去、淡下去了，才抱定了决心，站起来向前面伸出了一只手去。我攀着了一根铁杆，听见了一声咚咚的冲击的声音，纵身向上一跳，觉得双脚踏在木板上了。忽有许多嘈杂的人声，逼上我的耳膜来，并且有几只强有力的手，突突地向我背后推打了几下。我回转头来一看，方知是驳船到了轮船身边，大家在争先地跳上轮船来，我刚才所攀着的铁杆，并不是火车的回栏，我的两脚也并不是在火车中间，却踏在小轮船的舷上了。

我随着众人挤到后面的烟篷角上去占了一个位置，静坐了几分钟，把头脑休息了一下，方才从刚才的幻梦状态里醒了转来。

向窗外一望，我看见透明的淡蓝色的江水，在那里返射日光。更抬头起来，望到了对岸，我看见一条黄色的沙滩、一排苍翠的杂树，静静地躺在午后的阳光里吐气。

我弯了腰背孤伶伶地坐了一忽，轮船开了。在闸口停了一停，这一只同小孩子的玩具似的小轮船就仆独仆独地奔向西去。两岸的树林沙渚，旋转了好几次，江岸的草舍、农夫，和偶然出现的鸡犬小孩，都好像是和平的神话里的材料，在那里等赫西奥特（Hesiod）的吟咏似的。

经过了闻家堰，不多一会，船就到了东江嘴，上临浦义桥的船客，是从此地换入更小的轮船，溯支江而去的。买票前和我坐在一起的那两个农民，被茶房拉来拉去地拉到了船边，将换入那只等在那里的小轮船去的时候，一个和我讲话过的人，忽而回转头来对我看了一眼，我也不知不觉地回了他一个目礼。啊啊！我真想跟了他们跳上那只小轮船去，因为一个钟头之后，我的轮船就要到富阳了，这回前去停船的第一个码头，就是富阳了，我有什么面目回家去见我的衰亲，见我的女人和小孩呢？

但是命运注定的最坏的事情，终究是避不掉的。轮船将近我故里的县城的时候，我的心脏的鼓动也和轮船的机器一样，仆独仆独地响了起来。等船一靠岸，我就杂在众人堆里，披了一身使人眩晕的斜阳，俯着首走上岸来。上岸之后，我却走向和回家的路径方向相反的一个冷街上的土地庙去坐了两点多钟。等太阳下山，人家都在吃晚饭的时候，我方才乘了夜阴，走上我们家里的后门边去。我侧耳一听，听见大家都在庭前吃晚饭，偶尔传过来的一声我女人和母亲的说话的声音，使我按不住想奔上前去，和她们去说一句话，但我终究忍住了。乘后门边没有一个人在，我就放大了胆，轻轻推开了门，不声不响地摸上楼上我的女人的房里去睡了。

晚上我的女人到房里来睡的时候，如何的惊惶，我和她如何的对泣，我们如何的又想了许多谋生的方法，我在此地不记下来了，因为怕人家说我是为欲引起人家的同情的缘故，故意地在夸张我自家的苦处。

阅读札记

作者一生漂泊，当他终"空拳只手地奔回家去"，到了杭州，"又把路费用尽"，这般的落魄回家，更是添了几分情绪，从来衣锦还乡都是风光无限，落魄归家只落得是讥讽揶揄，作者便是将这份情绪描写得淋漓尽致，跃然纸上。

紧张气氛的回忆

夏丏尊

前后约二十年的中学教师生活中，回忆起来自己觉得最像教师生活的，要算在 X 省 X 校担任舍监，和学生晨夕相共的七八年，尤其是最初的一二年。至于其余只任教课或在几校兼课的几年，跑来跑去简直松懈得近于帮闲。

我的最初担任舍监是自告奋勇的，其时是民国元年。那时学校习惯把人员截然划分为教员与职员二种，教书的是教员，管事务的是职员，教员只管自己教书，管理学生被认为职员的责任。饭厅闹翻了，或是寄宿舍里出了什么乱子了，做教员的即使看见了照例可"顾而之他"或袖手旁观，把责任委诸职员身上，而所谓职员者又有在事务所的与在寄宿舍的之分，各不相关。舍监一职，待遇甚低，其地位力量易为学生所轻视，狡黠的学生竟胆敢和舍监先生开玩笑，有时用粉笔在他的马褂上偷偷地画乌龟，或乘其不意把草圈套在他的瓜皮帽结子上。至于被学生赶跑，是不足为奇的。舍监在当时是一个屈辱的位置，做舍监的怕学生，对学生要讲感情，只要大家说"X 先生和学生感情很好"，这就是漂亮的舍监。

有一次，X 校舍监因为受不过学生的气，向校长辞职了。一时找不到相当的替人，我在 X 校教书，颇不满于这种情形，遂向校长自荐，去兼充了这个屈辱的职位，这职位的月薪记得当时是三十元。

我有一个朋友在第 X 中学做教员，因在风潮中被学生打了一记耳光，辞职后就抑郁病死了，我任舍监和这事的发生没有多日。心情激昂得很，以为真正要作教育事业须不怕打，或者竟须拼死。所以就职之初，就抱定了硬干的决心：非校长免职或自觉不能胜任时决不走，不怕挨打，凡事讲合理与否，不讲感情。

X 校有学生四百多人，我在 X 校虽担任功课有年，实际只教一二班，差不多有十分之七八是不相识的。其中年龄最大的和我相去只几岁。当时轻视舍监已成了风气，我新充舍监，最初曾受到种种的试炼。因为我是抱了不顾一切的决心去的，什么都不计较，凡事皆用坦率强硬的态度去对付，决不迁就。在饭厅中，如有学生远远地发出"嘘嘘"的鼓动风潮的暗号，我就立在凳子上去注视发"嘘嘘"之声的是谁？饭厅风潮要发动了，我就对学生说，"你们试闹吧，我不怕。看你们闹出什么来。"人丛中有人喊"打"了，我就大胆地回答说，"我不怕打，你来打吧。"

学生无故请假外出，我必死不答应，宁愿与之争论至一二小时才止。每晨起床铃一摇，我就到宿舍里去视察，如有睡着未起者，一一叫起。夜间在规定的自修时间内，如有人在喧扰，就去干涉制止，熄灯以后见有私点洋烛者，立刻赶进去把洋烛没收。我不记学生的过，有事不去告诉校长，只是自己用一张嘴和一副神情去直接应付。每日起得甚早，睡得甚迟，最初几天向教务处取了全体学生的相片来，一沓沓地摆在案上，像打扑克或认方块字似地翻动，以期认识学生的面貌名字及其年龄籍贯学历等。

我在那时颇努力于自己的修养，读教育的论著，翻宋元明的性理书类，又搜集了许多关于青年的研究的东西来读。非星期日不出校门，除在教室授课的时间外，全部埋身于自己读书与对付学生之中。自己俨然以教育界的志士自期，而学生之间却与我以各种各样的绰号。当时我的绰号，据我所知道的，先后有"阎罗""鬼王""戆大""木瓜"几个，此外也许还有更不好听的，可是我不知道了。

我做舍监，原是预备去挨打与拼命的，结果却并未遇到什么。一连做了七八年，到后来什么都很顺手，差不多可以"无为而治"了。事隔多年，新就职时那种紧张的气氛，至今回忆起来还能大概在心中复现。遇到老学生们，也常会大家谈起当时的旧事来，相对共笑。

阅读札记

学高为师，身正为范，作者充分做到了这一点。他作为老师绝不停下学习的脚步，为解决学生的问题能"以身作则"，无不彰显出一个教育家的风范。

第四辑／朋友之情，交往旧闻

漱 玉

石评梅

永不能忘记那一夜。

黄昏时候，我们由嚣扰的城市，走进了公园，过白玉牌坊时，似乎听见你由心灵深处发出的叹息，你抬头望着青天闲云，低吟着："望云惭高鸟，临水愧游鱼……"

你挽着我的手靠在一棵盘蜷虬曲的松根上，夕阳的余晖，照临在脸上，觉着疲倦极了，我的心忽然搏跳起来！沉默了几分钟，你深呼了一口气说："波微！流水年华，春光又在含媚地微笑了，但是我只有新泪落在旧泪的帕上，新愁埋在旧愁的坟里。"我笑了笑，抬头忽见你淡红的眼圈内，流转着晶莹的清泪。我惊疑想要追问时，你已跑过松林，同一位梳着双髻的少女说话去了。

从此像微风吹皱了一池春水，似深涧潜伏的蛟龙蠕动，那纤细的网，又紧缚住我。不知何时我们已坐在红泥炉畔，我伏在桌上，想静静我的心。你忽然狂笑摇着我的肩说："你又要自找苦恼了！今夜的月色如斯凄清，这园内又如斯寂静，那能让眼底的风景逝去不来享受呢？振起精神来，我们狂饮个醺醉，我不能骑长鲸，也想跨白云，由白云坠入人寰时，我想这活尸也可跌她个粉碎！"你又哈哈地笑起来了！

葡萄酒一口一口地啜着，冷月由交织的树纹里，偷觑着我们，暮鸦栖在树荫深处，闭上眼静听这凄楚的酸语。想来这静寂的园里，只有我们是明灯绿帷玛瑙杯映着葡萄酒，晶莹的泪映着桃红的腮。

沉寂中你忽然提高了玉琴般的声音，似乎要哭，但莫有哭，轻微地咽着悲酸说："朋友！我有八年埋葬在心头的隐恨！"经你明白的叙述之后，我怎能不哭，怎能不哭？我欣慰由深邃死静的古塔下，掘出了遍觅天涯找不到的同情！我这几滴滴在你手上的热泪，今夜才找到承受的玉盂。真未料到红泥炉畔，这不灿烂、不热烈的微光，能照透了你严密的心幕，揭露了这八年未示人的隐痛！上帝呵！你知道吗？虚渺高清的天空里，飘放着两颗永无归宿的小心。

在那夜以前，莫有想到地球上还有同我一样的一颗心，同我共溺的一个海，爱慰抚藉我的你！去年我在古庙的厢房卧病时，你坐在我病榻前讲了许多幼小时的过去，提到母亲死时，你也告过我关乎醒的故事。但是我哪能想到，悲惨的命运系着我同时又系着你呢？

漱玉！我在你面前流过不能在别人面前流的泪，叙述过不能在别人面前泄露的事，因此，你成了比母亲有时还要亲切的朋友。母亲何曾知道她的女儿心头埋着紫兰的荒冢，母亲何曾知道她的女儿怀抱着深沉在死湖的素心——唯有你是地球上握我库门金钥的使者！我生时你知道我为了什么生，我死时你知道我是为了什么死；假如我一朝悄悄地曳着羽纱，踏着银浪在月光下舞蹈的时候，漱玉！唯有你了解，波微是只有海可以收容她的心。

那夜我们狂饮着醇醴，共流着酸泪，小小杯里盛着不知是酒，是泪？咽到心里去的，更不知是泪，是酒？

红泥炉中的火也熄了，杯中的酒也空了。月影娟娟地移到窗上；我推开门向外边看看，深暗的松林里，闪耀着星光似的小灯；我们紧紧依偎着，心里低唤着自己的名字，高一步、低一步地走到社稷坛上，一进了那圆形的宫门，顿觉心神清爽，明月吻着我焦炙的双腮，凉风吹乱了我额上的散发，我们都沉默地领略这刹那留在眼上的美景。

那时我想不管她是梦回、酒醒，总之，一个人来到世界的，还是一个人离开世界；在这来去的中间，我们都是陷溺在酿中沉醉着，奔波在梦境中的游历者。明知世界无可爱恋，但是我们不能不在这月明星灿的林下痛哭！这时偌大的园儿，大约只剩我两人，谁能同情我们呢？我们何必向冷酷的人间招揽同情，只愿你的泪流到我的心里，我的泪流到你的心里。

那夜是悱恻哀婉的一首诗，那夜是幽静孤凄的一幅画，是写不出的诗，是画不出的画；只有心可以印着她、念着她！归途上月儿由树纹内，微笑地送我们；那时踏着春神唤醒的小草，死静卧在地上的斑驳花纹，冉冉地飘浮着一双瘦影，一片模糊中，辨不出什么是树影，什么是人影。

可怜我们都是在静寂的深夜，追逐着不能捉摸的黑影，而驰骋于荒冢与墓间的人！

"宛如风波统治了的心海，忽然因一点外物的诱惑，转换成几于死寂的沉静；又猛然为了不经意的遭逢，又变成汹涌山立的波涛，簸动了整个的心神。我们不了解，海涛为什么忽起忽灭；但我们可以这样想，只是因那里有个心，只是因那里有个海吧！"

我是卷入这样波涛中的人,未曾想到你也悄悄地沉溺了!因为有心,而且心中有罗曼舞踏着,这心就难以了解了吗?因为有海,而且海中有巨涛起伏着,这海就难以深测了吗?明知道我们是错误了,但我们的心情,何曾受了理智的警告而节制呢!既无力自由处置自己的命运,更何力逃避系缠如毒蟒般的烦闷?它是用一双冷冰的手腕,紧握住生命的火焰。

纵然有天辛飞溅着血泪,由病榻上跃起,想拯救我沉溺的心魂;哪知我潜伏着的旧影,常常没有现在,忆到过去的苦痛着!不过这个心的汹涌,她不久是要平静;你是知道的,自我去年一月十八日坚决地藏裹起一切之后,我的愿望既如虹桥的消失,因之灵感也似乎麻木,现在的急掠如燕影般的烦闷,是最容易令她更归死寂的。

我现在恨我自己,为什么去年不死,如今苦了自己,又陷溺了别人,使我更在隐恨之上建了隐痛;坐看着忠诚的朋友,反遭了我的摧残,使他幸福的鲜花,植在枯寂的沙漠,时时受着狂风飞沙的撼击!

漱玉!今天我看见你时,我不敢抬起头来;你双眉的郁结,面目的黄瘦,似乎告诉我你正在苦闷着呢!我应该用什么心情安慰你,我应该用什么言语劝慰你?

什么是痛苦和幸福呢?都是一个心的趋避,但是地球上谁又能了解我们?我常说:"在可能范围内赐给我们的,我们同情地承受着;在不可能而不可希望的,我们不必违犯心志去破坏他。"现在我很平静,正为了枯骨的生命鼓舞愉乐!同时又觉着可以骄傲!

这几天我的生活很孤清,去了学校时,更感着淡漠的凄楚;今天接到 Celia 的信,说她这次病,几次很危险地要被死神接引了去,现在躺在床上,尚不敢转动;割的时候误伤了血管,所以时时头晕发烧。她写的信很长,在这草草的字迹里,我抖颤地感到过去的恐怖!我这不幸的人,她肯用爱的柔荑,捡起这荒草野冢间遗失的碎心,盛入她温馨美丽的花篮内休养着,我该如何地感谢她呢?上帝!祝福她健康!祝福她健康如往日一样!

这几夜月光真爱人,昨夜我很早就睡了,窗上的花影树影,混成一片;静极了,虽然在这雕梁画栋的朱门里,但是景致宛如在三号一样;只缺少那古苍的茅亭和盘蜷的老松树。我看着月光由窗上移到案上,案上移到地上,地上移到床上,洒满在我的身上,洒满在我的身上。那时我静静地想到故乡锁闭的栖云阁,门前环抱的桃花潭,和高冈上姐姐的孤坟。母亲上了栖云阁,望见桃花潭后姐姐的坟墓,一定要想到漂泊异乡的女儿。

这时月儿是照了我,照了母亲,照着一切异地而怀念的人。

在作者看来，漱玉，或许是个比母亲还要亲切的朋友。她们经历相似，感情相通，彼此挂念，互相扶持。作者也通过本文表达了对亲人朋友们的感谢和怀念。

寄海滨故人

石评梅

一

这时候我的心流沸腾得像红炉里的红焰，一支一支怒射着，我仿佛要烧毁了这宇宙似的；推门站在寒风里吹了一会，抬头看见冷月畔的孤星，我忽然想到给你写这封信。

露沙！你听见我这样喊你时，不知你是惊奇还是抖颤！假如你在我面前，听了我这样喊你的声音，你一定要扑到我怀中痛哭的。世界上爱你的母亲和涵都死了，知道你同情你可怜你，看你由畸零而走到幸福，由幸福又走到畸零的却是我。露沙！我是盼望着我们最近能见面，我握住你的手，由你饱经忧患的面容上，细认你逝去的生命和啼痕呢！

半年来，我们音信的沉寂，是我有意地隔绝，在这狂风恶浪中扎挣的你，在这痛哭哀泣中辗转的你，我是希望这时你不要想到我，我也勉强要忘记你的。我愿你掩着泪痕望着你这一段生命火焰，由残余而化为灰烬，再从凭吊悼亡这灰烬的哀思里，埋伏另一火种，爆发你将来生命的火焰。这工作不是我能帮助你，也不是一切人所能帮助你，是要你自己在深更闭门暗自呜咽时去沉思，是要你自己在人情炎凉、世事幻变中去觉醒，是要你自己披刈荆棘、跋涉山川时去寻觅。如今，谢谢上帝，你已经有了新的信念，你已经有了新的生命的火焰，你已经有了新的发现；我除了为你庆慰外，便是一种自私的欣喜，我总觉如今的你可以和我携手了，我们偕行着去走完这生的路程，希望在沿途把我们心胸中的热血烈火尽量地挥洒，尽量地燃烧，"焚毁世界一切不幸者的手铐足镣，扫尽人间一切愁惨的阴霾"；假使不能如意，也愿让热血烈火淹沉烧枯了我们自己。这才不辜负我们认识一场，和这几年我所鼓励你希望你的心，两年前我寄给你信里曾这样说过：

你我无端邂逅，无端缔交，上帝的安排，有时原觉多事；我于是常奢望你在锦帷绣幕之中，较量柴米油盐之外，要承继着你从前的希望，努力去做未竟的事业，因之不惮烦厌，在你香梦正酣时，我常督促你的惊醒。不过相信一个人，由青山碧水，到了崎岖荆棘的山路，由崎岖荆棘中又到了柳暗花明的村庄，已感到人世的疲倦，在这期内彻悟了的自然又是一种人生。

在学校时我看见你激昂慷慨的态度，我曾和婉说你是女儿英雄，有时我逢见你和莹坐在公园茅亭中大嚼时，我曾和婉说你是名士风流。想到《扶桑余影》，当你握着利如宝剑的笔锋，铺着云霞天样的素纸，立在万崖峰头，俯望着千仞飞瀑的华严泷，凝视神往时，原也曾独立苍茫，对着眼底的河山，吹弹出雄壮的悲歌；曾几何时，栉风沐雨的苍松，化作了醺醉阳光的蔷薇。

原谅我，露沙！那时我真不满意你，所以我常要劝你不要消沉，湮灭了你文学的天才和神妙的灵思。不过，你那时不甘雌伏的雄志，已被柔情万缕来纠结，我也常叹息你实有不得已的苦衷。涵的噩耗传来时，我自然为了你可怜的遭遇而痛心，对你此后畸零漂泊的身世更同情，想你经此重创一定能造成一个不可限量的女作家，只要你自己肯努力；但是这仅仅是远方故人对你在心头未灰的一星火烬，奢望你能由悲痛颓丧中自拔超脱，以你自己所受的创痛、所体验的人生，替多少有苦说不出来的朋友们泄泄怨恨，也是我们自己借此忏悔、借此寄托的一件善事。万想不到露沙，你已经驰驱赴敌、荷枪实弹地立在阵前了。我真喜欢，你说："朋友！我现在已另找到途径了，我要收纳宇宙间所有的悲哀之泪泉，使注入我的灵海，方能兴风作浪，并且以我灵海中深渊不尽的百流填满这宇宙无底的缺陷。吾友！我所望的太奢吗？但是我绝不以此灰心，只要我能做的时候，总要这样做，就是我的躯壳成灰，倘我的一灵不泯，必不停止地继续我的工作。"

我不知你现在心情到底怎样？不过，我相信你心是冷寂宁静的，况且上帝又特赐你那样幽雅辽阔的境地，正宜于一个饱经征战的勇士，退休隐息。你仔细去追忆那似真似梦的人生吧，你沉思也好，你低泣也好，你对着睡了的萱儿微笑也好，我想这样美妙的缺陷，未尝不是宇宙间一种艺术。露沙！原谅我这话说得过分的残忍冷酷吧！

暑假前我和俊因、文菊常常念着你，为了减少你的悲绪，我们都盼望你能北来。不过，露沙，那时候的北京和现在一样，是一座伟大的死城，里边乌烟瘴气，呼吸紧促，一点生气都没有，街市上只看见些活骷髅和迷人眉目的沙尘。教育界更穷苦、更无耻，说起来都令人掩鼻。在现在我们无力建设合理的新社会、新环境之前，只好退一步求暂时的维持，你既觉在沪尚好，那你不来这死城里呼吸自然是我最庆欣的事。

这两年来，我在北京看见不少惊心动魄的事，我才知道世界原来是罪恶之薮，置身此中，常常恍非人间，咽下去的眼泪和愤慨不知有多少了，我自然不能具体地告诉你；不过你也许可以体会到吧，这人为刀俎、我为鱼肉的生活。

二

如今，说到我自己了。

说到我自己时，真觉羞愧，也觉悲凄；除了日浸于愁城恨海之外，我依然故我，毫无寸进可述。对家庭对社会，我都是个流浪漂泊的闲人。读了《蔷薇》中的《涛语》，你已经知道了。值得令你释念的，便是我已经由积沙岩石的旋涡中，流入了坦平的海道，我只是这样寂然无语地从生之泉流到了死之海；我已不是先前那样呜咽哀号、颓丧沉沦，我如今是沉默深刻，容忍含蓄人间一切的哀痛，努力去寻求真实生命的战士。对于一切的过去，我仍不愿抛弃，不能忘记，我仍想在波涛落处、沙痕灭处，我独自踯躅徘徊凭吊那逝去的生命，像一个受伤的战士，在月下醒来，望着零乱烬余、人马倒毙的战场而沉思一样。

玉薇说她常愿读到我的信，因为我信中有"人生真实的眼泪"，其实，我是一个不幸的使者，我是一个死的石像，一手执着红滟的酒杯，一手执着锐利的宝剑，这酒杯沉醉了自己又沉醉了别人，这宝剑刺伤了自己又刺伤了别人。这双锋的剑永远插在我心上，鲜血也永远是流在我身边的；不过，露沙，有时我卧在血泊中抚着插在心上的剑柄会微笑的，因为我似乎觉得骄傲！

露沙！让我再说说我们过去的梦吧！入你心海最深的大概是梅窠吧，那时是柴门半掩、茅草满屋顶的一间荒斋。那里有我们不少浪漫的遗痕，狂笑、高歌、长啸低泣、酒杯伴着诗集。想起来真不像个女孩儿家的行径。你呢，还可加个名士文人自来放浪不羁的头衔；我呢，本来就没有那种豪爽的气魄，但是我随着你亦步亦趋地也学着喝酒吟诗。有一次秋天，我们在白屋中约好去梅窠吃菊花面，你和晶清两个人，吃了我四盆白菊花。她的冷香洁质都由你们的樱唇咽到心底，我私自为伴我一月的白菊庆欣，她能不受风霜的欺凌摧残，而以你们温暖的心房，做埋香殡骨之地。露沙！那时距今已有两年余，不知你心深处的冷香洁质是否还依然存在？

自从搬出梅窠后，我连那条胡同都未敢进去过，听人说已不是往年残颓凄凉的荒斋，如今是朱漆门金扣环的高楼大厦了。从前我们的遗痕豪兴都被压埋在土底，像一个古旧无人知的僵尸或骨殖一样。只有我们在天涯一样漂泊、一样畸零的三个女孩儿，偶然间还可忆起那幅残颓凄凉的旧景，而惊叹已经葬送了的幻梦之无凭。

前几天飞雪中，我在公园社稷台上想起海滨故人中，你们有一次在月光下跳舞的记述。你想我想到什么呢？我忽然想到由美国归来，在中途卧病，沉尸在大海中的瑜，她不是也曾在海滨故人中当过一角吗？这消息传到北京许久了，你大概早已在一星那里知道这件惨剧了。她是多么聪慧伶俐可爱的女郎，然而上帝不愿她在这污浊的人间久滞留，把她由苍碧的海中接引了去。露沙！我不知你如今有没有勇气再读《海滨故人》？真怅惘，那里边多是些不堪回首的往事。

有时我很盼能忘记了这些系人心魂的往事，不过我为了生活，还不能抛弃了我每天驻息的白屋，不能抛弃，自然便有许多触目伤心的事来袭击我，尤其是你那瘦肩双耸、愁眉深锁的印影，常常在我凝神沉思时涌现到我的眼底。自从得到涵的噩耗后，每次我在深夜醒来，便想到抱着萱儿偷偷流泪的你，也许你的泪都流到萱儿可爱的玫瑰小脸上。可怜她，她不知道在母亲怀里睡眠时，母亲是如何的悲苦凄伤，在她柔嫩的桃腮上便沾染了母亲心碎的泪痕！露沙！我常常这样想到你，也想到如今唯一能寄托你母爱的薇萱。

如今，多少朋友都沉尸海底，埋骨荒丘！他们遗留在人间的不知是什么？他们由人间带走的也不知是什么？只要我们尚有灵思，还能忆起梅窠旧梦；你能远道寄来海滨的消息，安慰我这"踞石崖而参禅"的老僧，我该如何地感谢呢！

三

《寄天涯一孤鸿》我已读过了。你是成功了，"读后竟为之流泪，而至于痛哭！"那天是很黯淡的阴天，我在灰尘的十字街头逢见女师大的仪君，她告我《小说月报》最近期有你寄给我的一封信，我问什么题目，她告诉我后我已知道内容了。我心海深处忽然汹涌起惊涛骇浪，令我整个的心身受其拨动而晕厥！那时已近黄昏，雇了车在一种恍惚迷惘中到了商务印书馆。一只手我按着搏跳的心，一只手抖颤着接过那本书，我翻见了"寄天涯一孤鸿"六字后，才抱着怆痛的心走出来。这时天幕上罩了黑的影，一重一重地逼近像一个黑色的巨兽；我不能在车上读，只好把你这纸上的心情，握在我抖颤的手中温存着。车过顺治门桥梁时，我看着护城河两堤的枯柳，一口一口把我的凄哀咽下去。到了家在灯光下含着泪看完，我又欣慰又伤感，欣慰的是我在这冷酷的人间居然能找到这样热烈的同情，伤感的是我不幸我何幸也能劳你濡泪滴血的笔锋，来替我宣泄积闷。

那一夜我是又回复到去年此日的心境。我在灯光下把你寄我的信反复再读，我真不知泪从何来，把你那四页纸都染遍了湿痕，露沙！露沙！你一个字一个字上边都有我碎心落泪的遗迹。你该胜利地一笑吧！为了你这封在别人视为平淡在我视为箭镞的信，我一年来勉强扎挣起来的心灵身躯，都被你一字一字打倒，我又躺在床上掩被痛哭！一直哭到窗外风停云霁、朝霞照临，我才换上笑靥走出这冷森的小屋，又混入那可怕的人间。露沙！从那天直到如今，我心里总是深画着怆痛，我愿把这凄痛寄在这封信里，愿你接受了去，伴你孤清时的怀忆。

许久未痛哭了，今年暑假由山城离开母亲重登漂泊之途时，我在石家庄正太饭店曾睡在梅隐的怀里痛哭了一场。因为我不能而且不忍把我的悲哀露了，重伤我年高双亲的心；所以我不能把眼泪流在他们面前，我走到中途停息时才能尽量地大哭。梅隐她也是漂泊归来又去漂泊的人，自然也尝了不少的人世滋味，那夜我俩相伴着哭到天明。不幸到北京时，我就病了。半年来我这是第二次痛哭，读完你寄天涯一孤鸿的信。

我总想这一瞥如梦的人生，能笑时便笑，想哭时便哭；我们在坎坷的人生道上，大概可哭的事比可笑的事多，所以我们的泪泉不会枯干。你来信说自涵死你痛哭后，未曾再哭，我不知怎样有这个奢望，我觉你读了我这封信时你不能全忘情吧？

这些话可以说都是前尘了，现在我心又回到死寂冷静，对一切不易兴感；很想合着眼摸索一条坦平大道，卜卜我将来的命运呢！你释念罢，露沙！我如今不令过分的凄哀伤及我身体的。

晶清或将在最近期内赴沪，我告她到沪时去看你，你见了她梅窠中相逢的故人，也和见了我一样；而且她的受伤、她的畸零，也同我们一样。请你好好抚慰她那跋涉崎岖惊颤之心，我在京漂泊详状她可告你。这或者是你欢迎的好消息吧！

这又是一个冬夜，狂风在窗外怒吼，卷着尘沙扑着我的窗纱像一个猛兽的来袭，我惊惧着执了破笔写这沥血滴泪的心痕给你。露沙！你呢？也许是在睁着枯眼遥望银河畔的孤星而咽泪，也许是拥抱着可爱的萱儿在沉睡。这时候呵！露沙！是我写信的时候。

阅读札记

此文作于作者的爱人高君宇病逝的次年,显然作者心灵的创伤还未完全平复,然而她却在劝慰不幸的露沙"不要消沉,湮灭了你文学的天才和神妙的灵思",并奢望她"能由悲痛颓丧中自拔超脱",以自己所受的创痛,所体验的人生,替"有苦说不出来的朋友们泄泄怨恨",这也是自己"借此忏悔借此寄托的一件善事"。

蕙娟的一封信

石评梅

你万想不到,我已决定了走这条路,信收到时我已在海天渺茫的路程中了,这未卜前途的摸索,自然充满了危险和艰苦,但是我不能不走这条路。玲弟!我的境遇太惨苦了!你望着我这渐泥于黑暗的后影也觉得黯然吗?

请你转告姑母,我已走,就这样悄悄地走了。你们不必怀念,任我去吧!我希望你们都忘掉我和我死了一样,因为假如忆到我,这不祥多难的身世徒令人不欢——我愿我自己承受并躲到天之一角去,不愿让亲爱我的人介怀着这黯淡的一切而惆怅!

来到这里本是想排解我的忧愁,但孰料结果又是这样惨淡!无意中又演了一幕悲剧。玲弟,我真不知世界为什么这样小,总捉弄着我,使我处处受窘。人间多少事太偶然了,偶然这样,偶然那样;结果又是这般同样的方式,为什么人的能力灵感不能挣脱斩断这密布的网罗呢!我这次虽然逃脱,但前途依然有的是陷阱网罗,何处不是弋人和埋伏呢!玲弟!我该怎样解脱我才好?这世界太小了。

这次走,素君完全不知道。现在他一定正在悲苦中,希望你能替我安慰劝解他,他前程远大,不要留恋着我,耽误他的努力。他希望于我的,希望于这世界的,虽然很小,但是绝对的不可能,你知道我现在一直到死的心,是永不能转移的。他也很清楚,但是他沉溺了又不能自由意志地振拔自己,这真令我抱歉悲苦到万分。我这玩弄人间的心太狠毒了,但是我不能不忍再去捉弄素君,我忏悔着罪恶的时候,我又哪能

137

重履罪恶呢！天呵！让我隐没于山林中吧！让我独居于海滨吧！我不能再游于这扰攘的人寰了。

素君喜欢听我的诗歌，我愿从此搁笔不再做那些悲苦欲泣的哀调以引他的同情。素君喜欢读我过去记录，我愿从此不再提到往事前尘以动他的感慨。素君喜欢听我抚琴，我愿从此不再向他弹琴以乱他的心曲。素君喜欢我的行止丰韵，我愿此后不再见他以表示绝决。玲弟！我已走了，你们升天入地怕也觅不到我的踪迹，我是向远远的天之角地之涯独自漂流去了。不必虑到什么，也许不久就毁灭了这躯壳呢！那时我可以释去此生的罪戾，很清洁光明地去见上帝。姑母的小套间内储存着一只大皮箱，上面有我的封条。我屋里中间桌上抽屉内有钥匙，请你开开，那里边就是我的一生，我一生的痕迹都在那里。你像看戏或者读小说一样检收我那些遗物，你不必难受。有些东西也不要让姑母表妹她们知道，我希望你能知道我了解我，我不愿使不了解不知道我的人妄加品评。那些东西都是分别束缚着。你不是快放暑假了吗？你在闲暇时不妨解开看看，你可以完了了解我这苦悲的境界和一切偶然的捉弄，一直逼我到我离开这世界。这些都是刺伤我的毒箭，上边都沾着我淋漓的血痕和粉碎的心瓣。

唉！让我追忆一下吧！小时候，姑父说蕙儿太聪慧了，怕没有什么福气，她的神韵也太清峭了。父亲笑道：我不喜欢一个女孩儿生得笨蠢如牛、一窍不通。那时大家都笑了，我也笑了！如今才知道自己的命运，已早由姑父鉴定了；我很希望黄泉下的姑父能知道如今流落无归到处荆棘的蕙儿，而一援手指示她一条光明超脱的路境以自救并以救人哩！

不说闲话吧！你如觉这些东西可以给素君看时，不妨让他看看。他如果看完我那些日记和书信，他一定能了然他自己的命运，不是我过分地薄情，而是他自己的际遇使然了。这样可以减轻我许多罪恶，也可以表示我是怎样的一个女子，不然怕诅咒我的人连你们也要在内呢！如果素君对于我这次走不能谅解时，你还是不必让他再伤心看这些悲惨的遗物，最好你多寻点证据来证明我是怎样一个堕落无聊自努力的女子，叫他把我给他那点稀薄的印象完全毁灭掉才好，皮箱内有几件好玩具珍贵的东西，你最好替我分散给表姊妹们。但是素君，你千万不能把我的东西给他，你能原谅我这番心才对，我是完全想用一个消极的方法来毁灭了我在他的心境内的。

皮箱上边夹内有一个银行存款折子，我这里边的钱是留给母亲的一点礼物，你可以代收存着；过一两个月，你用我名义写一封信汇一些钱去给母亲，一直到款子完了再说，那时这世界也许已变过了。这件事比什么都重要，你一定要念我的可怜、念我的孤苦、念我母亲的遭遇，替我办到这很重要的事。另有一笔款子，那是特别给文哥修理坟墓用的。今年春天清明节我已重新给文哥种植了许多松树，我最后去时，已葱茏勃然大有生气，我是希望这一生的血泪来培植这几株树的，但是连这点微小的希望环境都不允许我呢！我走后，他墓头将永永远远地寂寞了，永永远远再看不见缟素衣裳的女郎来挥泪来献花了，将永永远远不能再到那湖滨那土丘看晚霞和春霭了。秋林枫叶、冬郊寒雪、芦苇花开，稻香弥漫时，只剩了孤寂无人凭吊的墓了，这也许是永永远远的寂寞泯灭吧！以后谁还知道这块黄土下埋着谁呢？更有谁想到我的下落，已和文哥隔离了千万里呢！

深山村居的老母，此后孤凄仃伶地生活，真不堪设想，暮年晚景伤心如此，这都是我重重不孝的女儿造成的，事已到此，夫复何言。黄泉深埋的文哥，此后异乡孤魂，谁来扫祭？这孤冢石碑、环墓朽树，谁来灌浇？也许没有几年就冢平碑倒，树枯骨暴呢！我也只好尽我的力量来保存他，因此又要劳你照拂一下，这笔款子就是预备给他修饰用的。玲弟！我不敢说我怎样对你好，但是我知道你是这世界上能够了解我、可怜我、同情我的一个人。这些麻烦的未了之事也只有你可以解决了。我用全生命来感谢你的盛意，玲弟！你允许我这最后的请求吗？

这世界上，事业我是无望了，什么事业我都做过，但什么都归失败了。这失败不是我的不努力而是环境的恶劣使然。名誉我也无望了。什么虚荣的名誉我都得到了，结果还是空虚的粉饰。而且牺牲了无数真诚的精神和宝贵的光阴去博那不值一晒的虚荣，如今，我还是依然故我，徒害得心身俱碎。我悔，悔我为了一时虚名博得终身的怨愤。有一个时期我也曾做过英雄梦，想轰轰烈烈、掀天踏海地演一幕悲壮武剧。结果，我还未入梦，而多少英雄都在梦中死了，也有侥幸逃出了梦而惊醒的，原来也是一出趣剧，和我自己心里理想的事迹绝不是一件事，相去有万万里，而这万万里又是黑暗崎岖的险途，光明还是在九霄云外。

有时自己骗自己说："不要分析，不要深究，不要清楚，昏昏沉沉糊涂混日子吧！"因此奔波匆忙、微笑着、敷衍着、玩弄面具、掉换枪花，当时未尝不觉圆满光彩。但是你一沉思凝想，才会感觉到灵魂上的尘土封锁创痕斑驳的痛苦，能令你鄙弃自己、痛悔所为，而想跃入苍海一洗这重重的污痕和尘土呢！这时候，怎样富贵荣华的物质供奉，那都不能安慰这灵魂高洁纯真的需要。这痛苦，深夜梦醒，独自沉思忏悔着时，玲弟！我不知应该怎样毁灭这世界和自己。

社会——我也大略认识了，人类——我也依稀会晤了。不幸得，我都觉那些一律无讳言吧，罪恶、虚伪的窝薮和趣剧表演的舞台而已。虽然不少真诚忠实的朋友，可以令我感到人世的安慰和乐趣，但这些同情好意，也许有时一样同为罪恶，揭开面具还是侵夺霸占、自利自私而已。这世界上什么是值得我留恋的事，可以说如今都在毁灭之列了。

这样在人间世上，没有一样东西能系连着继续着我生命的活跃，我觉得这是一件最痛苦的事。不过我还希望上帝能给我一小点自由能让我的灵魂静静地蜷伏着，不让外界的闲杂来扰乱我；有这点自由我也许可以混下去，混下去和人类自然生存着、自然死亡着一样。这三年中的生活，我就是秉此心志延长下来的。我自己又幻想任一个心灵上的信仰寄托我的情趣，那就是文哥的墓地和他在天的灵魂，我想就这样百年如一日过去。谁会想到，偶然中又有素君来破坏捣乱我这残余的自由和生活，使我躲避到不能不离开母亲，和文哥而奔我渺茫不知栖止的前程。

苦难都是在人间不可避免的，我想避免只好另觅道路了。但是那样乱哄哄内争外患的中国，什么地方能让我避免呢？回去山里伴母亲渡这残生，也是一个良策，但是我的家乡正在枪林弹雨下横扫着，我又怎能归去？绕道回去，这行路难一段，怕我就没有勇气再扎挣奋斗了，我只恨生在如此时代之中国，如此时代之社会，如此环境中之自我；除此外，我不能再说什么了。

珍弟！这是蕙姊最后的申诉，也是我最后向人间忏悔的记录，你能用文学家的眼光鉴明时，这也许是偶然心灵的组合，人生皆假，何须认真，心情阴晴不定，人事变化难测，也许这只是一封信而已。

姑母前替我问好，告诉她我去南洋群岛一个华侨合资集办的电影公司去做悲剧明星去了。素君问到时，也可以告诉他说蕙姊到上海后已和一个富翁结婚，现在正在西湖度蜜月呢。

阅读札记

茫茫人海，知己难求。在本文中，作者觉得自己走在了"渺茫的路程中"，在未卜的前路中摸索着向前，虽然路途充满了艰辛和险阻，但也没有其他的道路可选，只能向着天之涯海之角独自漂去……

惜　　别

叶灵凤

　　我将眼睛闭起，想象在一间小房之内，两人面对面俯首坐着，黯然无语；时间是深夜，空气极静谧。灯油尽了，台上只有一支洋烛，被从没有关紧的窗隙中透进的夜风吹得火焰摇摇不定，一颗颗的白热的融蜡只是从上面继续地淋下……

　　啊！蜡烛有心还惜别，替人垂泪到天明！

　　被自己的声音一惊，我的幻象破灭了。悠悠地将两只倦眼睁开，望望桌上的表，时针正指着午夜的十二时，房中只有我一人。

　　啊，朋友，今夜我真不能不惊异我自己的性格的改变！我是少小离家、长年飘泊、多年没有归过家的人；然而无论是在落寞的春宵，是在凄凉的秋夜，任是听过多少遍哀怨的鹃声，任是看过多少遍圆缺的秋月，总不能打动我的归思，我也从没有做过还家的乡梦。我又是自标孤高、自矜冷洁的人；我见了少女的情书，能微笑着折起放在一边，毫无所动；我见了朋友们在读恋爱小说，能笑他们还没有做醒少年时的迷梦。然而料想不到今夜，这个余寒料峭的春宵，我想起了你明朝便要离开此地，竟不知不觉地重堕红尘，恢复了我少年人善感的心情。我想起了你要走，我心中生出了无限的惆怅！

　　呵，朋友！人事无常，沧桑多变，在这莽莽的尘世间，沧海一粟的我们，能忽然做了几个月静默的邻居，在表面看去似是平常，而仔细想起来实非偶然，这其中实有冥冥的操纵。不料现在桃琼未报，我们遽尔又要分离，这叫我怎得不惆怅？

　　我在悄静的黄昏，一人肩了书架从郊外作画归来的时候，看见了路旁成浪的丛坟，我总要生一种空漠的悲哀。我回来拿镜子照照自己的颜容，朋友，我们虽同是年轻，然而今日的玉貌绮年，却是来日的荒丘白骨，这叫我想起来怎不寒心？想起了这些，人世的荣禄又有什么滋味？名誉是什么？金钱是什么？画学好了有什么？文章做好了又为什么？短短的人世几十春秋，我们若失去眼前实在的享乐，那身后的芳名，所给

141

我们的功效，恐怕还及不上棺外的黄土。哲学家教人去追求永恒，宗教家教人去信仰天国，在我看来这都是虚诞，都是欺人之谈。我们所应追求的只有眼前的现实，只有现实的青春！

呵，朋友！你、我、我们现今同是在青春的年华，这一点，这是我们自己所应当知道的事，这也是我们应当警悟的事。我有时在电车上看见对面或旁边坐了老年或中年的人们，我总要生嫌恶。我起先还以为这是我的习惯不好，后来才知道这正是应当的事。呵，朋友！你拿镜子去照照自己的颜容，你再回眼看看那将近三十或过了三十的人们，你当知道我的话实非过甚。那失去了青春的人们正是应当被嫌恶的，只有我们才足以骄傲。他们在我们面前不过是些以往的残墟与败叶，仅有我们才是青春的王者！尤其是你，发上圈了玫瑰花冠的人儿！

啊，我发上圈了玫瑰花冠的人儿，我为什么要向你写出这些伤感的话？这便是完全因为你不久便要离开此地；因为你要走，使我所生出的惆怅！

啊，朋友！人世是这样的无常，人生是这样的虚幻，红颜易老，好景不长，我们同是在青春的年纪，能忽然相逢在一起，这实非偶然的事。我虽没有同你作过深谈，然我深知道你的私衷当与我一样，当同在感谢这苍天的厚赐。我们同在无语的静默中，在偶尔进出时相遇的一面中，能永远地将我们这幸福继续下去，使我们的青春不致于寂寞。哪知好事多磨，我们遽尔又要分离，你要搬开，我不久也要离去此地。

啊，朋友！当这个消息传来的时候，我心中是怎样的伤感，这恐怕除了与我处同样境地之下的你以外，没有第二人能想象得出。这十几日以来，我的灵魂像预知将要失去唯一的依靠一般，总是彷徨不定。我不能再安心读书，我不能定心作画，我每日只是无目的地沉思。朋友们都说我近来的神情改变，我也自惊我举止与往日的不同。我曾经与过最知心的朋友永别，我曾经送过最亲密的家人远行，我都不曾动心，我料想不到这一次，我们不过是才结识了一两个月并没有深谈过的邻居，因了你要走，竟使我变动得这样厉害！啊，这是什么缘故？

我虽明知即使到我们都搬开了以后，我们的相隔依然不远，在路途中依然或可得到无意的会面，然而我总止不住要生出万端的惆怅。呵，朋友！人世是这样的多变，青春是这样的易逝，或许在冷静的今宵，有无情的恶魔会将我攫去离开这不幸的世界；或许在未来的明朝，有多情的天使，要将你带到更幸福的乐土。那这漫漫的一别，便要结束了我们几个月以来同享着的幸福，这想起来令人怎不惆怅？

总之，想起了我们不能再这样在门前或楼梯上得到不意的会面，不能再住在一起，我对于这次的分离，是感到了无限的惋惜！这几个月中的情形，是永远镌刻在我的心头，我但愿你也永远莫轻易忘记。

我从不曾写过这样的东西给人，然而今夜，无名的惆怅熏陶得我惝惝不眠的今夜，我望望台上的洋蜡，听听四周息息的夜声，再站起来看看窗外天上闪烁的春星，我想起了你不久便要离开此地，我不觉万感迸集，便写出了这些。啊，飞蓬飘絮，聚散无常，这叫我怎得不惆怅？

如今正是天晓的一刻，春寒料峭得非常，你安睡在温暖的柔被中，或许正在做着青春的佳梦；你大约总不知道在这间房内，有一个人，因为你要走而惆怅不眠，伏案深思。我适才听见你从睡梦中发了微微的一声叹息，啊！你有怎样不如意的心事？你莫非也在深心痛惜我们这不情愿的分离？

这篇东西，你看了或许要低眉浅笑，笑我这平日并没有和你多谈过的人，也居然能缕缕状出你心中的蕴藏。是么？好了，我并不要多求，我只求你莫轻易忘记我们这几个月静默的邻缘。至于这几个月中，我或许有一二惊犯之处，也都望你原谅。

恕我扰乱了你宁静的心房。

阅读札记

好朋友第二天就要离开，作者生了惋惜之情，又想起人生诸事的变化无常，愈发伤感了，只希望朋友走了之后不要忘记彼此的情分，即便分离也要相互牵挂。

鲁彦走了

章衣萍

偌大的北京城，一年以来，我每星期必到的有三个地方：一处是钟鼓寺，一处是后局大院，一处是东高房。但是如今，为了意外的变故，钟鼓寺是不能去了，后局大院是不愿去了，两星期以来，只有东高房的鲁彦那里，还可以暂时安慰我的寂寞的生命。

　　夕阳西下的时节，我坐着洋车，到东城去。晚风吹动我的头发，脑中显出许多的幻景：北河沿的月夜，断树的影子在灰尘中荡漾。我和伊携着手儿闲步。伊穿着红花格的棉衣，红绫面的鞋子。"好一个大孩子呵！这样满身是红的。"我含笑对着伊说。"你又笑我了。我也穿过白鞋，但我的妈妈要骂我，伊说穿白鞋是带孝的。"月光照着伊粉红的面庞，显出似嗔似羞的样子。"是大学生了，还相信妈妈的荒谬话。"我低声责伊，伊把我的手紧紧地握了一下，这是伊阻止我说话的表示，我只好忍住不响了。这是我最难忘记的一个月夜！从前，两星期以前，我坐在洋车上想起这些事时，总觉得前途有无穷的希望，好像天国就在目前了。但是如今，如今一想起这些事便心痛。我要哭了，只可惜没有眼泪！

　　"到东高房去！"车儿到了马神庙了，我便这么说了一句。鲁彦的影子仿佛在我的眼前。他永远是含笑的面庞，手里弹着琵琶。"喂，又来了。为什么又发呆？哈！又想女子了！不要想，让我弹一个好听的曲子给你听。"鲁彦是一个赤心的大孩子，他在闷热的时节，不是弹琵琶，便是睡觉，半年以来，他替爱罗先珂君做书记，受了爱罗君不少的影响，他的性格有些和爱罗先珂君相像。他们都是耐不住寂寞的人，他们最爱热烘烘的，他们永远是小孩子一般的心情。

　　"鲁先生出去了！"我刚走进门，公寓中的伙计便这么告诉我。我茫然上洋车，但不知道要到那里去好，夜色苍苍地包围着我，没奈何回到寂寞荒凉的古庙里。

　　"章先生，信呐！"我还没有起来，仆人在房门外喊我。"把信拿进来让我看……"仆人手里拿着一封信，还有一卷书籍。仿佛信封上是鲁彦写的字，我便连忙把它打开看了："……这世界不是我所留恋的世界了，我所以决计离开北京。……我爱上——是大家知道的。我向来不将心中的事瞒人，在去年我就告诉了许多朋友了，就是她的哥也知道。我明知这是梦，但我总是离不开这梦，我明知道她的年龄小，她的脾气不好，她的说话太虚伪。我明知道我不能和她恋爱，明知道不应和她恋爱，明知道不值和她恋爱。然而不知为什么，我总是忘不了她！我现在感觉万分痛苦……总之世界上的人是不能相爱的……我并不稀罕什么生命和名誉。琵琶是我生死离不开的朋友，带去了。爱罗先珂的琴，可请周作人先生保留。爱罗君恐怕有回来的时候的。别了！"这真是天上飞来的事！我万料不到从来不谈爱情的鲁彦，竟为了很为难的爱情而一跑了之！鲁彦走了，我对于他的情史不愿多谈。也许鲁彦要给人们骂为不道德的。然而道德究竟是什么东西呢？戴着有色眼镜的老爷们，以为中央公园内的男子同女子一块走路是不道德的；吃饱饭不做事的太太们，以为男子打电话给女子是不道德的；甚至于提倡新文化的有名先生，为了一个青年男子陪他的女儿去看戏要大发脾气；还有从外国留学回来的洋翰林，每天用包车送女儿上学时，要叫车夫严重地监视。哈哈！这就是道德！

我不忍用中国式的道德眼光来批评鲁彦，鲁彦的行为也许有可以议论的地方，然而我相信鲁彦的心是真实的。我爱真实的"恶"人，我不爱虚伪的君子！

有一卷书也是鲁彦君寄来的，内中有一本世界语小说，是叫我代还周作人先生的。还有一本是鲁彦的诗集，鲁彦做的诗不多，他的诗多是真情的流露。他的诗发表的只有《文学旬刊》上的一首《给我的最亲爱的》。假如我有工夫，一定替他多抄几首诗拿出来发表，叫大家从鲁彦的诗中认识鲁彦的人格！鲁彦的信是从天津寄来的，鲁彦现在是在什么地方呢？是在天津？是在南京？是在上海？我哪里知道！我总痴想他还在人间，只好静夜祷祝他平安罢。失恋人只有两种办法：一种办法是自杀，一种办法是忍耐。恋爱是世界上最大的事！如果有人因恋爱而自杀，我决不反对。因为我是相信 Love is better than life 的。卑鄙无耻的下流中国人！他们用金钱欺骗女子！他们用手段诱惑女子！在这样黑夜漫漫的社会里，如果有用性命去换得爱情的人，或是用性命牺牲爱情的人，都是难能可贵、值得崇拜的。但总希望鲁彦没有自杀，因为暂时的失恋也许可以博得永久的成功的。Where is life, there is hope，鲁彦总应该知道罢。但我怎样能够叫鲁彦听见我的话呢？我把我的话写在纸上，我又怎样能够叫鲁彦看得见呢？我的朋友中两个很相反的人，一个是思永，一个是鲁彦。思永好像冬夜的明月，鲁彦好像夏天的太阳。明月早已西沉了，太阳如今没落了。在我前面的只有黑漆漆的浮云。呵，我觉得寂寞！呵，我想我那不能见面的情人！天呵！假如我再到东城，叫我还去找谁呢？

（附记）鲁彦现在是儿女成行的人了。但，这篇小文也不妨留着，因为他究竟是"走了"过的。

阅读札记

鲁彦为了很为难的爱情而出走了，对此，作者无意从道德的高度对他进行批评，反而对他追求恋爱自由的决心表示赞赏。联想到自己的恋爱经历，也许鲁彦的出走对自己而言是个启示吧。

胡适先生给我的印象

章衣萍

记得从前读汤玛士（Calvin Thomas）的《歌德传》，他曾说："每个学者都有他自己的但丁（Dante）、自己的莎士比亚（Shakespeare）、自己的歌德（Goethe）。"他的《歌德传》是他自己在大学校中多年教授研究的结果。胡适先生（为行文便利起见，以后有时简称胡适，对于胡先生表示抱歉。），无论你是教授、学生、政客、官僚、商人、农民，只要你能够看白话著作的人，在中国，你总得应该知道他的大名，无论你是赞成他、反对他，或是漫骂他。每个看白话文的人，心中都有他自己的胡适。在我们的家乡绩溪，胡适的名字已经成为神话了。在那里的三岔路口、道旁亭中，有冒牌的胡适所写的对联，有冒牌的胡适所写的匾额。在上海南京，听说也有冒牌的胡适的哥哥和弟弟。究竟胡适是怎样的人呢？这本书所讲的，是我自己所知道的胡适。

想起来，是十几年前的事了。那时我才十九岁，在南京一个中学毕业，便在东南大学当书记。那年的夏天，东南大学办了一个暑期学校，请了胡适到南京讲演。他到南京，便住东南大学校园内的梅庵。我们没见面以前，已经通了几次信了，我那一天第一次去见他，胡先生很欢喜。他第一次给我的印象非常好，胡先生的脸，正如周作人先生一次说笑话所说，是个"聪明脸"。他的瘦削而有神的面孔，眼光非常锐利，说话时常带微笑，但议论毫不苟且。后来我才知道，胡适先生最佩服杜威（John Dewey），杜威先生说话，没有一句不是深刻地思想过的，胡先生也是一样，不说一句自己不深信的话。胡先生是实验主义者、白话文学的提倡者，所以暑期学校听讲的学生非常多。他那时讲的是"白话文法"与"中国哲学史"。那时梅光迪也在暑期学校讲"文学概论"，他在课堂上大骂胡适。记得有一次，梅光迪请了胡先辅，到课堂上讲了一点钟宋诗，胡先辅也借端把胡适大骂。但那时的学生，信仰胡适的，究竟比信仰梅光迪的人多。梅光迪的崇论宏议，似乎没有几个人去听。高语罕那时也是暑期学校的学生，就在课堂上同梅光迪吵过嘴。（参看高语罕《白话书信》）

我那时还是一个什么也不懂的中学生，暇时也挤去听胡先生的课。每次都挤得一身大汗，课堂上真是人山人海。他的讲演正如他的散文一样，清晰而有趣味。（在中国，我只听见两个会讲演的教授，一个是胡适，一个是鲁迅。）他每天会客的时间，花去真不少。许多教授、学生，都流连梅庵，叩门进谒。记得有一天，东南的怪杰顾铁僧教授也去看他，并且带了他的《中国文学史》去给他看，那《文学史》的头两句，就是："文学者，文学也；文学史者，科学也。"

我那时很喜欢做诗。我住在兴皋旅馆，曾和北京的胡思永（适之先生的令侄，不幸早死，著有《胡思永遗诗》），杭州的静之、仰之、佩声一起结社做诗。那时我们的诗，自然多受了《尝试集》的影响。我们一班人中，思永和静之都做得一些好诗，佩声天才很高，但不肯多作。那时我们做诗，实在不免滥作，有时一天做好几首。胡先生反对我们，他说："你们做那些没有底子的诗，何不专心学英文？"

我从少高傲，不以胡先生的话为然。我写了几句打油诗来反对他：

你劝我不要做诗，

你说我的诗没有"底子"。

究竟诗是怎样的东西？

他要什么样的"底子"？

我既不想学什么"诗人"，

我也不想学什么"名士"。

我只做我自己所不得不做的诗，

因为我不能将我的感情生生地闭死！

胡先生究竟是一个能容忍（tolerance）的人，他居然赞成我的打油诗，说是做得很好。

有一天，一个暑期学校的学生去看他，问他生平有没有情史，《尝试集》（那时初版方出）中似乎有几首是恋爱诗。那天晚上，胡先生就写成一首《一笑》：

十几年前，

一个人对我笑了一笑。

我当时不懂得什么，

只觉得他笑得很好。

那个人后来不知怎样了，

只是他那一笑还在。

我不但忘不了他，

还觉得他越久越可爱。

我借他做了许多情诗，

我替他想出种种境地。

有的人读了伤心，

有的人读了欢喜。

欢喜也罢，伤心也罢，

其实只是那一笑。

我也许不会再见着那笑的，

但我很感谢他笑得真好。

这首诗中的他，当然是个女性，应该是"她"。我们知道胡先生的人，多知道胡先生是一个"多情"的人。但他的感情被他的理智压住了，不敢奔放，不会做出狂恋的诗。所以他曾对我们说："我写情诗，到'多谢殷勤我友，能容我傲骨狂思'便够了，这是含蓄的巧法。"

那首《一笑》，后来也收入《尝试集》里。那是民国九年八月间的事情。暑期学校关门，胡先生北返了，后来遂生了很重的病：心脏炎与肾脏炎。

我于民国九年十二月间到北京，住在斗鸡坑的工读互助团里。那时工读互助团中的事业，如饭馆、英文夜校，等等全失败了。铁民靠着翻译书卖给一个朋友过日子，译的是关于音乐的书。

此外有忘我（鲁彦）、何孟雄、缪伯英、钱初雅等，全没有职业。我到北京后，便去看胡先生，那时他的病已经好得多了，还是每天用大锅熬着，吃着陆仲安的补药。胡太太是个很温和的旧式女子，待我也很好。最同我意气相投的是胡思永，一个通信已久刚才见面的好朋友。（在这里说一件小孩子的故事，仰之后来替思永编遗诗，把关于我的名字的句子，全涂抹了，原因是仰之报仇。思永未死以前，我和他总骂仰之是"奸雄"。）

那时胡先生的家，住在后门内钟鼓寺十四号。那房子，据说从前是一个庙，后来改建民房的。思永住在右面的厢房内。对面是胡先生的书房。四面堆的都是重重叠叠的旧书籍和新书籍。胡先生大部分的时间是埋在书堆里。

我那时和思永同替胡先生抄书，每千字的价格是二角伍分。但胡先生对我们很好。每次总是多算些钱，价格是说说罢了。思永那年也没有进学校，在家自修。胡先生晚上有暇，也同我们讲《诗经》，讲《楚辞》，《胡适文存》有一篇怀疑屈原的文章，就是那时的一个晚上同我们讲的。

我们有一次，请胡先生替我们讲"文学概论"，胡先生笑着说道："我的文学概论吗？一点钟就讲完了。"但是他的"文学概论"如何，究竟没有讲，我们也不知道。胡先生的文学嗜好，我们是知道的。他欢喜莫泊桑、乞呵夫、易卜生，他有莫泊桑、易卜生的英译本全集。他最欢喜乞呵夫，他曾告诉北京饭店的西书掌柜，有新出的乞呵夫英译本，赶快送到他家里来。在文学上，他是一个写实主义者，他说："中国的新文学创作，应该经过写实主义的洗礼，前途才有希望。"他不很喜欢梅德林克，一次，思永曾问他："梅德林克的《青鸟》怎样？"他说："那是给小孩子看的。"

胡先生很喜欢做诗，但他自己说不是一个诗人，因为他的生活没有什么神秘。有一次我们曾拿郭沫若的《女神》给他看，他看了，说："我看不懂！"后来，我们看他的日记上写着："郭沫若有诗的天才，艺术的技巧还不大好。"（大意如此，原文忘记了。）他却恭维过郁达夫，说他的《沉沦》是写得好，颓废也有颓废的经验。

他最喜欢鲁迅的《阿Q正传》，《阿Q正传》在《晨报》副刊上发表，他每次看了，总欢喜赞叹，说，"写得真好。"有一次，他曾说："如果《阿Q正传》是用绍兴话写，那一定更有生气呀！"同时的人，他最喜欢鲁迅与周作人两先生，他常说，"周氏兄弟真可爱！"

每个作家写文章都有他的脾气与习惯，例如鲁迅先生，他写文章的时间，大概多在晚间。他晚上写文章，睡得很晚，所以次日起得很迟。鲁迅先生写文章，还有一个习惯，就是环境一定要十分寂静。窗下的轻微的脚步声，有时也会使鲁迅先生搁下笔来的。我还记得一个笑话：有一晚，外面下了很大的雪，鲁迅先生在房内写文章，写得很迟了。蓦地里，听见屋檐上面，有两只猫在打架，呼声震破了肃静的黑夜。鲁迅先生恼了，投下笔，踏着雪，到外面去打猫。猫走了，鲁迅先生的气也平了，于是回到房里，关起门，仍旧写文章。次日早晨，家里人起来，看见雪地里有一条很清楚的足印，直达房门口。家里的人都急了，以为是失了窃，晚上贼来过了。但查查房内的东西，并无失落。后来鲁迅先生醒了，这一幕喜剧也明白了。

可是胡先生写文章的习惯，却没有这样严肃。他有时一面和客人谈话，一面写文章，当然，那时节，他写的文章并不是创作。他很喜欢抽烟，他写文章时似乎离不开香烟。常常一只手夹着香烟，一只手写字。他写文章可写得很快，一提起笔来就是上万字。他是有"历史癖与考据癖"的，所以写一篇文章得查许多参考书。他的书桌上总是堆满了中西书籍，看来很杂乱，其实，他有他自己的条理。你千万别动他的书桌，一动，他就找不着材料了，他会动气的。

那时章洛声也住在胡先生家内，在北大出版部做事。洛声曾告诉我一个笑话。他说陈独秀先生写文章，有一个怪脾气，他欢喜把袜子脱下来，用手摸自己的肉脚，并且把摸过脚的手放在鼻子去闻，这样，文思便滔滔而来了。

有一次，我们在胡先生的书架上，找着一本英译本的《共产党宣言》。我们高兴极了，便带到工读互助团里去看。那时工读互助团里的人，如忘我（鲁彦），他是一个安那其主义者，如孟雄，是马克斯信徒，后来成为共产党重要人物，被杀在上海。初雅崇拜托尔斯泰。我同铁民没有什么信仰，但我们也喜欢说说马克斯，克鲁泡特金。常往来胡先生的家里的，有党家斌，他崇拜尼采（Nietzsche），我们大家替他取了一个"超人"的绰号。胡思永虽然崇拜他的叔叔胡适，私下叫他"胡圣人"，但他自己却挂上英雄主义的招牌。老实说，我们这一群浪漫少年，当时似乎并不曾受了胡先生的科学方法的影响。

胡先生自己说，他的思想受两个人影响最大："一个是赫胥黎，一个是杜威先生。赫胥黎教我怎样怀疑，教我不信仰一切没有充分证据的东西。杜威先生教我怎样思想，教我处处顾到当前的问题，教我把一切学说思想都看作待证的假设，教我处处顾到思想的结果。"

胡先生反对青年妄谈主义，不肯研究问题。他骂过我们："你们连《资本论》（Das Kapital）也没有看过，谈什么马克斯？"是的，《资本论》的英译本，我们也买过，但那时我们一班小朋友，没有人看得懂。有一次，我问胡先生研究社会学该先看什么书，他说，有中译本的爱尔乌德（Ellwood）的《社会学》（《世界丛书》本）可看。在政治上，胡先生始终是一个改良主义者（他自己并没有说过改良主义，这是我们送给他的一个名称），他主张"一点一滴"地解放与改造。但那时的青年，大家都主张"革命要革得彻底"，虽然革命大旗上的招牌各各不同。那时朱谦之先生，曾主张"革命要革得虚空破碎，大地平沉"，这总算最彻底的话了。可是虚空如何破碎？大地如何平沉？朱先生没有说，我们也不知道。朱谦之那时住在马神庙的光明学舍，有一次，他同我说："实验主义，詹姆士（Wlliam James）还可以算是对的，杜威是不对了，适之更是不对。"

我不懂哲学，也不懂朱谦之的话。但以人而论，朱谦之的确是一个好人。那时他没有遇见杨没累女士，所以见着女人还是要发抖。他很穷，几星期没有钱买油点灯，便在床上想成一部《革命哲学》。有一次，梁启超在北大公开讲演，批评胡适之哲学史大纲，朱谦之去听了回来，告诉我，他怒极了，梁的态度很不好，他真想上讲台把他拖了下来。

胡先生也还看得起朱谦之，说他的思想虽然杂乱，人格却还很好。

我到北京之后，就住在斗鸡坑，后来，斗鸡坑愈斗愈穷了，但我们仍旧高谈主义，不事生产，胡先生骂："你们这班小名士，饿也会把你们饿死了！"思永也时常提着Stick，到斗鸡坑谈天。我们想革命，想暗杀军阀、官僚。记得有几个朋友，在北大理科听讲，便偷了一些硝酸、硫磺、棉花、铁片，想在斗鸡坑做炸弹。炸弹做成了，半夜里起来，偷偷地到中央公园假山后去放，说是声音很响，次二日去看，却不曾炸坏一块泥土。后来，那些杜撰的炸弹，也炸过一只小黄狗，它却丝毫没有受伤，逃到远处去了。那时我们的革命行动，不过如此。

铁民曾问胡先生："读书有什么方法？"胡先生说："读书最要紧的是应该克期。"什么叫作克期？克期是，一本书拿来，定多少时读完，就多少时读完。五四运动后的铁民，是一个狂人。他曾写信给他的父亲，说："某月某日起，我不叫你父亲了，大家都是平等的。"他的父亲接着信，大气一场，说："反了，儿子念书念到大学，连父亲也不要了！"

可是后来，铁民的父亲死了，他却做了一首很悲哀的《孤儿思归引》。铁民又曾写信给蔡先生，直称元培而不称先生。胡先生知道了，把铁民叫去大骂一顿，说，"就是蔡先生的长辈写信给他，也该客气一点，不应该如此无礼！"铁民说，"这不是无礼！不写先生，一来呢，省时间；二来呢，省纸省墨！"胡先生气得没有话说。

胡先生在北大讲 New Poetry，我曾和铁民去听，教室是在北大四楼。有一次，胡先生正讲得起劲，忽然停住讲，走到教室的前面把窗儿关上。当窗而坐的是两个女学生，那时正是冰天冻地的冬天，北风很紧。我们回头一看，那两个女学生脸儿全红了。

我到北京以后的四五年，从斗鸡坑的朋友穷得散伙以后，简直以钟鼓寺为我的第二家庭。胡先生的书籍，我们可以随便取来看览，他找书找不着，总说我们拿去了，骂了一场，又去买新的。胡先生是一个最能原谅人的人，他在美国式的教育底下，训练成他的 Gentlemen 态度。他对他的小孩思祖，也很客气，思祖替他做事，他也说谢谢。有一次，胡先生带了思祖，到北大上课，一个学生靠着楼窗高声地大嚷：

我不要儿子，
儿子自己来了！

胡先生抬头一望，不禁微笑。

他最爱他的小女儿，他不喜吃粥，为了女儿要吃粥，有时也只得吃粥。他总说他的女儿聪明。后来，他的女儿得了肺病，死了，胡先生与胡太大相对大哭。我们只知道胡先生为了他的女儿，流过一次的热泪。我们还知道，胡先生有一个脾气，不喜欢吃甜的东西。

我们绩溪人总有一种习气，无论到什么地方，绩溪人同绩溪人在一处，总是不改乡谈。所以我们在胡先生家中，说的全是绩溪话。胡先生打起绩溪调来读诗词，是在他有牢骚的时候。在病中，他很喜欢读《樵歌》（南宋朱希真著，有我的校点本，商务印书馆刊行），曾对我和思永说："这是一剂药，可以医你们这些恨人的！"他又曾集《樵歌》的句子成一对：

伊是浮云依是梦。
爱他风雪耐他寒。

胡先生很喜欢朱希真，也喜欢辛稼轩、苏东坡（他对于词的见解，可看他的《词的起源》与《词选自序》）。我们很喜欢纳兰性德，但胡先生却不喜欢他，他说："纳兰性德还不如我们绩溪的石鹤舫，石鹤舫的词比纳兰性德还好些。"（石鹤舫，清道光时人，他著有诗词集一卷，无流行本）这是他的偏见。

那几年，胡先生的家中，接连发生了几次不幸的事。十二年四月思永死了，后几年思聪（思永的堂哥）死了，胡先生的小女儿也因肺病死去。最使我难忘记的，思永死后，有一个故事：思永死后若干天，他的房子用纸重新糊了，纱窗的纸也改糊过。思聪睡在思永的房内。一夜，思聪正在睡眼蒙眬的时节，忽然看见思永的影子，提着 Stick，走近床前。思聪嘴里说不出话，心里明白，有些怕起来了。他望见思永的影子，用力向他吹气，他也说不出话，向着影子对吹。时间花了很久，思聪急得要命，又哭不出声，正在吱吱唔唔的时节，对房的思聪的父亲——胡觉先生闻声起来，才把思聪喊醒。第二天，思聪起来一看，窗上新糊的纸一个个洞地破了，像是用 stick 插破似的。思聪说是有鬼，胡先生听见，很不以为然，说："哪里有什么鬼！窗上的洞是猫抓破的！"

胡先生是相信范缜的《神灭论》的人，自然不相信有鬼。这件事也许是思聪的幻觉。但思聪两三年后也死了。现在我把这件可入《阅微草堂笔记》的故事写起来，也算一个纪念。

胡先生是个乐观的人，他的永远的寂寞的微笑的颜色最动我的记忆。思永、思聪死后，胡先生很悲哀。他们都很聪明、年轻，死得太早了！思永留下的有一册《胡思永的遗诗》，胡思聪遗下有几张油画，挂在胡先生的客厅上，他还替我的祖父画过一张照相的木炭画。《每周评论》上登过他一篇小说，其余没有什么，他们的聪明和才气，都随黄土消灭了。当思永死后两天，胡先生曾带了我们几个小朋友到中央公园去玩。他知道思永之病，当然了为了结核症。但也有一个原因，是为了"后来他在南方，恋爱着一个女子，而那个女子不能爱他"。思永生前，曾有一次跑去问他的叔叔，"爱情究竟是什么？"胡先生想了一会，笑着答："这很难说。"可是胡先生那天，在中央公园曾告诉我们一班小朋友："恋爱譬如赛跑，只有一个人可跑第一，然而即使失败，我们也还要向前跑。"这是他对于青年人的教训。

为了做《中国哲学史大纲》和考证文学史上的史料，胡先生大买中国古书。在琉璃厂的旧书店，遇着有罕见的旧书，总送到胡先生家中去。胡先生说："我多买旧书，是要看中国的古人，究竟傻得怎样！"有一次，他又在中央公园，对孙伏园发过牢骚。他说："中国不亡，是无天理。"为什么呢？八股是最无用的东西，做八股做了千年，缠足是最腐败的陋俗，缠足也缠了千年。世界上还有哪一国有这样的傻事情吗？所以中国不亡，是无天理。

以上的印象，说得很零碎。我们到泰山去玩，有的人欣赏它的松树的清奇，有的人欣赏它的岩石的幽古，有的人欢喜踏南天门的积雪，有的人欢喜绝顶上的落日。印象各人不同，做泰山游记的文章也各人不同了。伟大的泰山，永远直立那里，不减它的崇高与雄峻。零碎的记载，对于泰山有什么关系呢？无论怎样说，胡先生总是我国学术界的泰山，我的讲话虽是一鳞一爪，也值得一看的吧。

自民国十六年以后，我忙于衣食，胡先生的家也渐渐少去了。胡先生的家从钟鼓寺迁到景山后林长民旧居之后，我只去过一次。那几年间，胡先生南北奔波，到欧美去了一趟，为了中英文化基金会事。他出国以前，我在来今雨轩请他吃饭，陪同的有周作人、刘半农、川岛诸先生，他来坐了一会，手里拿着是托尔斯泰（Leo Tolstoy）的短篇故事（英译本）。他对我们说："这几天正看托尔斯泰的故事，几乎每个故事里都有一个魔鬼。"

胡先生是从西伯利亚方面去的，在莫斯科住了几天，当时写信给志摩，很有恭维俄国的话，他的话很使一班共产党高兴。李大钊先生被捕之前，我的朋友叶君见着他，谈起胡先生，李先生说："我想写信给适之，劝他从莫斯科回来，不要让他从美国回来。"后来胡先生从美国回到上海，我到极司非尔路四十九号去看他，并且把李大钊先生的话告诉他。他说，"俄国是学美国的，我个人还觉得美国有希望。俄国学美国的地方，如工厂式的管理法、广告式的宣传、买卖人的训练……"胡先生是希望中国走美国的路的。

中国究竟走那条路呢？走俄国的路也罢，走美国的路也罢，就是走意大利的路也罢，总比糊里糊涂没有路走好些，我想。

胡先生是一个实验主义者，他是看不起辩证法的唯物论的。前几年，社会科学书籍很流行，胡先生的家搬到北平以后，大前年，他一个人来到上海，住在沧洲饭店，同去看他的，有我和李小峰、赵景深。谈话之间，他大骂今日中国的出版界。他说，"把 Dietzgen 的 The Positive Outcome of Philosphy 改个名字，叫作《辩证法的逻辑》，译得莫名其妙，便可一版再版地销行，这真是中国出版界的羞耻！狄慈根是一个第三四流的学者，他的书也值得这样销行吗？青年们渐渐肯买书了，这是好事。但出版界是操青年生杀之权的。耶稣说得好：'需要面包的，不要把石头给他。'我希望中国出版界不要把石头当面包卖。"后来赵景深问他："你以为做煤油的辛克莱怎样？"他说，"从艺术上看来，还是得诺贝尔奖金的辛克莱·罗意斯好些。"我又问他，"胡先生，你对于中国的普罗文学有什么意见吗？""我还没有看见中国有什么普罗文学。"他答。

胡适先生是一个怎样的人呢？他是一个聪明人，一个"好人"、一个"学者"、一个有"不朽"（Social Immortality）的宗教的信仰的人，他也许有他的偏见与他的缺点，但是，一根大树，我应该从它的根干上去瞻仰它的伟大的。上面的印象只是一枝一叶，我的力量还不够看到他的伟大的深处呀，在他的文学与哲学方面再去观察他的思想的全体罢。此时，一种新的力量在我的心里，一种新的希望在我的日前。辞别了 Polevoy 先生与 Mrs. Lorskaya 回来，在黑暗的归途里，我不知道天上有没有稀疏的、无力的、虚伪的、薄弱的、光明的星辰，只觉得晚风乱吹的灰尘的街道上，有无数的、可爱的、劳动的、污秽而饥饿的父老、兄弟、姊妹，他们在那里彷惶着、奔走着、寻求着、奋斗着，为了他们困难的生活。高楼上的大时钟的短针指明已经十一时了。春夜的温柔呵！那洋房大厦里的老爷太太们正怀抱而呢语在锦绣的床榻中罢。不仁道的上帝呵！我愿意毕生飘泊在灰尘的街道中，伴着可怜的朋友们，那是我的永久的归宿！

阅读札记

民国时期，胡适名气很大，甚至成为一个神话。作者与胡适交往很多，生活中的胡适，包容、"多情"、平易近人、家庭情结重……是一个"好人"，他或许有自己的偏见和缺点，但那一点都不影响他的伟大。

怀 鲁 迅

郁达夫

真是晴天的霹雳，在南台的宴会席上，忽而听到了鲁迅的死！

发出了几通电报，会萃了一夜行李，第二天我就匆匆跳上了开往上海的轮船。

二十二日上午十时船靠了岸，到家洗了一个澡，吞了两口饭，跑到胶州路万国殡仪馆去，遇见的只是真诚的脸、热烈的脸、悲愤的脸和千千万万将要破裂似的青年男女的心肺与紧捏的拳头。

这不是寻常的丧事，这也不是沉郁的悲哀，这正像是大地震要来，或黎时将到时充塞在天地之间的一瞬间的寂静。

生死、肉体、灵魂、眼泪、悲叹，这些问题与感觉，在此地似乎太渺小了，在鲁迅的死的彼岸，还照耀着一道更伟大、更猛烈的寂光。

没有伟大的人物出现的民族，是世界上最可怜的生物之群；有了伟大的人物，而不知拥护、爱戴、崇仰的国家，是没有希望的奴隶之邦。因鲁迅的一死，使人自觉出了民族的尚可以有为，也因鲁迅之一死，使人家看出了中国还是奴隶性很浓厚的半绝望的国家。

鲁迅的灵柩，在夜阴里被埋入浅土中去了；西天角却出现了一片微红的新月。

本文开头写了鲁迅去世对自己的震动，之后又交代了自己匆匆赶去悼念鲁迅的经过，行文简练而有条理，在平实的语言中蕴含着深深的悲痛。鲁迅在中国的影响力是没有人能够超越的，而郁达夫对他发自内心的崇敬之情在对鲁迅的回忆中发挥得淋漓尽致。这是一种朋友去世之悲、战友去世之痛、知音去世之哀，更是出自一种对国家失去鲁迅的惋惜。

回忆鲁迅先生

萧红

鲁迅先生的笑声是明朗的，是从心里的欢喜。若有人说了什么可笑的话，鲁迅先生笑得连烟卷都拿不住了，常常是笑得咳嗽起来。

鲁迅先生走路很轻捷，尤其他人记得清楚的，是他刚抓起帽子来往头上一扣，同时左腿就伸出去了，仿佛不顾一切地走去。

鲁迅先生不大注意人的衣裳，他说："谁穿什么衣裳我看不见得……"

鲁迅先生生的病，刚好了一点，他坐在躺椅上，抽着烟，那天我穿着新奇的大红的上衣，很宽的袖子。

鲁迅先生说："这天气闷热起来，这就是梅雨天。"他把他装在象牙烟嘴上的香烟，又用手装得紧一点，往下又说了别的。

许先生忙着家务，跑来跑去，也没有对我的衣裳加以鉴赏。

于是我说："周先生，我的衣裳漂亮不漂亮？"

鲁迅先生从上往下看了一眼："不大漂亮。"

过了一会又接着说："你的裙子配的颜色不对，并不是红上衣不好看，各种颜色都是好看的，红上衣要配红裙子，不然就是黑裙子，咖啡色的就不行了；这两种颜色放在一起很浑浊……你没看到外国人在街上走的吗？绝没有下边穿一件绿裙子，上边穿一件紫上衣，也没有穿一件红裙子而后穿一件白上衣的……"

鲁迅先生就在躺椅上看着我："你这裙子是咖啡色的，还带格子，颜色浑浊得很，所以把红色衣裳也弄得不漂亮了。"

"……人瘦不要穿黑衣裳，人胖不要穿白衣裳；脚长的女人一定要穿黑鞋子，脚短就一定要穿白鞋子；方格子的衣裳胖人不能穿，但比横格子的还好；横格子的胖人穿上，就把胖子更往两边裂着，更横宽了，胖子要穿竖条子的，竖的把人显得长，横的把人显得宽……"

那天鲁迅先生很有兴致，把我一双短统靴子也略略批评一下，说我的短靴是军人穿的，因为靴子的前后都有一条线织的拉手，这拉手据鲁迅先生说是放在裤子下边的……我说："周先生，为什么那靴子我穿了多久了而不告诉我，怎么现在才想起来呢？现在我不是不穿了吗？我穿的这不是另外的鞋吗？"

"你不穿我才说的，你穿的时候，我一说你该不穿了。"

那天下午要赴一个宴会去，我要许先生给我找一点布条或绸条束一束头发。许先生拿了来米色的、绿色的、还有桃红色的，经我和许先生共同选定的是米色的。为着取美，把那桃红色的，许先生举起来放在我的头发上，并且许先生很开心地说着：

"好看吧！多漂亮！"

我也非常得意，很规矩又顽皮地在等着鲁迅先生往这边看我们。

鲁迅先生这一看，脸是严肃的，他的眼皮往下一放向着我们这边看着：

"不要那样装饰她……"

许先生有点窘了。

我也安静下来。

鲁迅先生在北平教书时，从不发脾气，但常常好用这种眼光看人，许先生常跟我讲。她在女师大读书时，周先生在课堂上，一生气就用眼睛往下一掠，看着他们，这种眼光是鲁迅先生在记范爱农先生的文字曾自己述说过，而谁曾接触过这种眼光的人就会感到一个时代的全智者的催逼。

我开始问："周先生怎么也晓得女人穿衣裳的这些事情呢？"

"看过书的，关于美学的。"

"什么时候看的……"

"大概是在日本读书的时候……"

"买的书吗?"

"不一定是买的,也许是从什么地方抓到就看的……"

"看了有趣味吗?!"

"随便看看……"

"周先生看这书做什么?"

"……"没有回答,好像很难以答。

许先生在旁说:"周先生什么书都看的。"

在鲁迅先生家里作客人,刚开始是从法租界来到虹口,搭电车也要差不多一个钟头的工夫,所以那时候来的次数比较少。记得有一次谈到半夜了,一过十二点电车就没有了,但那天不知讲了些什么,讲到一个段落就看看旁边小长桌上的圆钟,十一点半了,十一点四十五分了,电车没有了。

"反正已十二点,电车也没有,那么再坐一会。"许先生如此劝着。

鲁迅先生好像听了所讲的什么引起了幻想,安顿地举着象牙烟嘴在沉思着。

一点钟以后,送我(还有别的朋友)出来的是许先生,外边下着蒙蒙的小雨,弄堂里灯光全然灭掉了,鲁迅先生嘱咐许先生一定让坐小汽车回去,并且一定嘱咐许先生付钱。

以后也住到北四川路来,就每夜饭后必到大陆新村来了,刮风的天、下雨的天,几乎没有间断的时候。

鲁迅先生很喜欢北方饭,还喜欢吃油炸的东西和硬的东西,就是后来生病的时候,也不大吃牛奶,鸡汤端到旁边用调羹舀了一二下就算了事。

有一天约好我去包饺子吃,那还是住在法租界,所以带了外国酸菜和用绞肉机绞成的牛肉,就和许先生站在客厅后边的方桌边包起来。海婴公子围着闹得起劲,一会按成圆饼的面拿去了,他说做了一只船来,送在我们的眼前,我们不看他,转身他又做了一只小鸡。许先生和我都不去看他,对他竭力避免加以赞美,若一赞美起来,怕他更做得起劲。

客厅后边没到黄昏就先黑了,背上感到些微微的寒凉,知道衣裳不够了,但为着忙,没有加衣裳去。等把饺子包完了看看那数目并不多,这才知道我们谈话谈得太多,误了工作。其间,许先生告诉我她是怎样离开家的,怎样到天津读书的,在女师大读书时怎样做了家庭教师。她去考家庭教师的那一段经历,非常艰难,只取一名,可是报名的有好几十人,她能够当选算是难的了。做家庭教师是指望对于学费有点补助。

当时，冬天来了，北平又冷，那家离学校又远，每月除了车子钱之外，若伤风感冒还得自己拿出买阿司匹林的钱来，每月薪金十元要从西城跑到东城……

饺子煮好，一上楼梯，就听到楼上明朗的鲁迅先生的笑声冲下楼梯来，原来有几个朋友在楼上也正谈得热闹。那一天吃得是很好的。

以后我们又做过韭菜合子，又做过荷叶饼，我一提议鲁迅先生必然赞成，而我做的又不好，可是鲁迅还是在桌上举着筷子问许先生："我再吃几个吗？"

因为鲁迅先生胃不大好，每次饭后必吃"脾自美"药丸一二粒。

有一天下午，鲁迅先生正在校对着瞿秋白的《海上述林》，我一走进卧室去，从那圆转椅上鲁迅先生转过来了，向着我，还微微站起了一点。

"好久不见，好久不见。"一边说着一边向我点头。

刚刚我不是来过了吗？怎么会好久不见？就是上午我来的那次周先生忘记了，可是我也每天来呀……怎么都忘记了吗？

周先生转身坐在躺椅上才自己笑起来，他是在开着玩笑。

梅雨季，很少有晴天，一天的上午刚一放晴，我高兴极了，就到鲁迅先生家去了，跑得上楼还喘着。鲁迅先生说：

"来啦！"我说："来啦！"

我喘着连茶也喝不下。

鲁迅先生就问我：

"有什么事吗？"

我说："天晴啦，太阳出来啦。"

许先生和鲁迅先生都笑着，一种对于冲破忧郁心境的崭然的会心的笑。

海婴一看到我非拉我到院子里和他一道玩不可，拉我的头发或拉我的衣裳。

为什么他不拉别人呢？据周先生说："他看你梳着辫子，和他差不多，别人在他眼里都是大人，就看你小。"

许先生问着海婴："你为什么喜欢她呢？不喜欢别人？"

"她有小辫子。"说着就来拉我的头发。

鲁迅先生家生客人很少，几乎没有，尤其是住在他家里的人更没有。一个礼拜六的晚上，在二楼上鲁迅先生的卧室里摆好了晚饭，围着桌子坐满了人。每逢礼拜六晚上都是这样的，周建人先生带着全家来拜访。在桌子边坐着一个很瘦的很高的穿着中国小背心的人，鲁迅先生介绍说："这是位同乡，是商人。"

初看似乎对的，穿着中国裤子，头发剃得很短。当吃饭时，他还让别人酒，也给我倒一盅，态度很活泼，不大像个商人；等吃完了饭，又谈到《伪自由书》及《二心集》。这个商人，开明得很，在中国不常见。没有见过的就总不大放心。

下一次是在楼下客厅后的方桌上吃晚饭，那天很晴，一阵阵的刮着热风，虽然黄昏了，客厅后还不昏黑。鲁迅先生是新剪的头发，还能记得桌上有一盘黄花鱼，大概是顺着鲁迅先生的口味，是用油煎的。鲁迅先生前面摆着一碗酒，酒碗是扁扁的，好像用做吃饭的饭碗。那位商人先生也能喝酒，酒瓶就站在他的旁边。他说蒙古人什么样，苗人什么样，从西藏经过时，那西藏女人见了男人追她，她就如何如何。

这商人可真怪，怎么专门走地方，而不做买卖？并且鲁迅先生的书他也全读过，一开口这个，一开口那个，并且海婴叫他×先生，我一听那×字就明白他是谁了。×先生常常回来得很迟，从鲁迅先生家里出来，在弄堂里遇到了几次。

有一天晚上×先生从三楼下来，手里提着小箱子，身上穿着长袍子，站在鲁迅先生的面前，他说他要搬了。他告了辞，许先生送他下楼去了。这时候周先生在地板上绕了两个圈子，问我说：

"你看他到底是商人吗？"

"是的。"我说。

鲁迅先生很有意思地在地板上走几步，而后向我说："他是贩卖私货的商人，是贩卖精神上的……"

×先生走过二万五千里回来的。

青年人写信，写得太草率，鲁迅先生是深恶痛绝之的。

"字不一定要写得好，但必须得使人一看了就认识，年轻人现在都太忙了……他自己赶快胡乱写完了事，别人看了三遍五遍看不明白，这费了多少工夫，他不管，反正这费了工夫不是他的。这存心是不太好的。"

但他还是展读着每封由不同角落里投来的青年的信，眼睛不济时，便戴起眼镜来看，常常看到夜里很深的时光。

鲁迅先生坐在××电影院楼上的第一排，那片名忘记了，新闻片是苏联纪念五一节的红场。

"这个我怕看不到的……你们将来可以看得到。"鲁迅先生向我们周围的人说。

珂勒惠支的画，鲁迅先生最佩服，同时也很佩服她的做人。珂勒惠支受希特拉的压迫，不准她做教授，不准她画画，鲁迅先生常讲到她。

史沫特烈，鲁迅先生也讲到，她是美国女子，帮助印度独立运动，现在又在援助中国。

鲁迅先生介绍人去看的电影：《夏伯阳》、《复仇艳遇》……其余的如《人猿泰山》……或者非洲的怪兽这一类的影片，也常介绍给人的。鲁迅先生说："电影没有什么好的，看看鸟兽之类倒可以增加些对于动物的知识。"

鲁迅先生不游公园，住在上海十年，兆丰公园没有进过，虹口公园这么近也没有进过。春天一到了，我常告诉周先生，我说公园里的土松软了，公园里的风多么柔和。周先生答应选个晴好的天气，选个礼拜日，海婴休假日，好一道去，坐一乘小汽车一直开到兆丰公园，也算是短途旅行。但这只是想着而未有做到，并且把公园给下了定义。鲁迅先生说："公园的样子我知道的……一进门分做两条路，一条通左边，一条通右边，沿着路种着点柳树什么树的，树下摆着几张长椅子，再远一点有个水池子。"

我是去过兆丰公园的，也去过虹口公园或是法国公园的，仿佛这个定义适用在任何国度的公园设计者。

鲁迅先生不戴手套，不围围巾，冬天穿着黑土蓝的棉布袍子，头上戴着灰色毡帽，脚穿黑帆布胶皮底鞋。

胶皮底鞋夏天特别热，冬天又凉又湿，鲁迅先生的身体不算好，大家都提议把这鞋子换掉。鲁迅先生不肯，他说胶皮底鞋子走路方便。

"周先生一天走多少路呢？也不就一转弯到×××书店走一趟吗？"

鲁迅先生笑而不答。

"周先生不是很容易伤风吗？不围巾子，风一吹不就伤风了吗？"

鲁迅先生这些个都不习惯，他说：

"从小就没戴过手套围巾，戴不惯。"

鲁迅先生一推开门从家里出来时，两只手露在外边，很宽的袖口冲着风就向前走，腋下夹着个黑绸子印花的包袱，里边包着书或者是信，到老靶子路书店去了。

那包袱每天出去必带出去，回来必带回来。出去时带着给青年们的信，回来又从书店带来新的信和青年请鲁迅先生看的稿子。

鲁迅先生抱着印花包袱从外边回来，还提着一把伞，一进门客厅早坐着客人，把伞挂在衣架上就陪客人谈起话来。谈了很久了，伞上的水滴顺着伞杆在地板上已经聚了一堆水。

鲁迅先生上楼去拿香烟，抱着印花包袱，而那把伞也没有忘记，顺手也带到楼上去。

鲁迅先生的记忆力非常之强，他的东西从不随便散置在任何地方。鲁迅先生很喜欢北方口味。许先生想请一个北方厨子，鲁迅先生以为开销太大，请不得的，男佣人，至少要十五元钱的工钱。

所以买米买炭都是许先生下手。我问许先生为什么用两个女佣人都是年老的，都是六七十岁的？许先生说她们做惯了，海婴的保姆，海婴几个月时就在这里。

正说着那矮胖胖的保姆走下楼梯来了，和我们打了个迎面。

"先生，没吃茶吗？"她赶快拿了杯子去倒茶，那刚刚下楼时气喘的声音还在喉管里咕噜咕噜的，她确实年老了。

来了客人，许先生没有不下厨房的，菜食很丰富，鱼、肉……都是用大碗装着，起码四五碗，多则七八碗。可是平常就只三碗菜：一碗素炒豌豆苗，一碗笋炒咸菜，再一碗黄花鱼。

这菜简单到极点。

鲁迅先生的原稿，在拉都路一家炸油条的那里用着包油条，我得到了一张，是译《死魂灵》的原稿，写信告诉了鲁迅先生。鲁迅先生不以为稀奇，许先生倒很生气。

鲁迅先生出书的校样，都用来揩桌，或做什么的。请客人在家里吃饭，吃到半道，鲁迅先生回身去拿来校样给大家分着。客人接到手里一看，这怎么可以？鲁迅先生说：

"擦一擦，拿着鸡吃，手是腻的。"

到洗澡间去，那边也摆着校样纸。

许先生从早晨忙到晚上，在楼下陪客人，一边还手里打着毛线。不然就是一边谈着话一边站起来用手摘掉花盆里花上已干枯了的叶子。许先生每送一个客人，都要送到楼下门口，替客人把门开开，客人走出去而后轻轻地关了门再上楼来。

来了客人还到街上去买鱼或买鸡，买回来还要到厨房里去工作。

鲁迅先生临时要寄一封信，就得许先生换起皮鞋子来到邮局或者大陆新村旁边信筒那里去。落着雨天，许先生就打起伞来。

许先生是忙的，许先生的笑是愉快的，但是头发有一些是白了的。

夜里去看电影，施高塔路的汽车房只有一辆车，鲁迅先生一定不坐，一定让我们坐。许先生、周建人夫人……海婴、周建人先生的三位女公子。我们上车了。

鲁迅先生和周建人先生，还有别的一二位朋友在后边。

看完了电影出来，又只叫到一部汽车，鲁迅先生又一定不肯坐，让周建人先生的全家坐着先走了。

鲁迅先生旁边走着海婴，过了苏州河的大桥去等电车去了。等了二三十分钟电车还没有来，鲁迅先生依着沿苏州河的铁栏杆坐在桥边的石围上了，并且拿出香烟来，装上烟嘴，悠然地吸着烟。

海婴不安地来回地乱跑，鲁迅先生还招呼他和自己并排坐下。

鲁迅先生坐在那里和一个乡下的安静老人一样。

鲁迅先生吃的是清茶，其余不吃别的饮料。咖啡、可可、牛奶、汽水之类，家里都不预备。

鲁迅先生陪客人到深夜，必同客人一道吃些点心。那饼干就是从铺子里买来的，装在饼干盒里，到夜深许先生拿着碟子取出来，摆在鲁迅先生的书桌上。吃完了，许先生打开立柜再取一碟，还有向日葵子差不多每来客人必不可少。鲁迅先生一边抽着烟，一边剥着瓜子吃，吃完了一碟鲁迅先生必请许先生再拿一碟来。

鲁迅先生备有两种纸烟，一种价钱贵的，一种便宜的。便宜的是绿听子的，我不认识那是什么牌子，只记得烟头上带着黄纸的嘴，每五十支的价钱大概是四角到五角，是鲁迅先生自己平日用的。另一种是白听子的，是前门烟，用来招待客人的，白听烟放在鲁迅先生书桌的抽屉里。来客人鲁迅先生下楼，把它带到楼下去，客人走了，又带回楼上来照样放在抽屉里。而绿听子的永远放在书桌上，是鲁迅先生随时吸着的。

鲁迅先生的休息，不听留声机，不出去散步，也不倒在床上睡觉，鲁迅先生自己说："坐在椅子上翻一翻书就是休息了。"

鲁迅先生从下午二三点钟起就陪客人，陪到五点钟，陪到六点钟，客人若在家吃饭，吃完饭又必要在一起喝茶，或者刚刚吃完茶走了，或者还没走又来了客人，于是又陪下去，陪到八点钟、十点钟，常常陪到十二点钟。从下午三点钟起，陪到夜里十二点，这么长的时间，鲁迅先生都是坐在藤躺椅上，不断地吸着烟。

客人一走，已经是下半夜了，本来已经是睡觉的时候了，可是鲁迅先生正要开始工作。

在工作之前，他稍微阖一阖眼睛，燃起一支烟来，躺在床边上，这一支烟还没有吸完，许先生差不多就在床里睡着了。（许先生为什么睡得这样快？因为第二天早晨六七点钟就要来管理家务。）海婴这时在三楼和保姆一道睡着了。

全楼都寂静下去，窗外也一点声音没有了，鲁迅先生站起来，坐到书桌边，在那绿色的台灯下开始写文章了。许先生说鸡鸣的时候，鲁迅先生还是坐着，街上的汽车嘟嘟地叫起来了，鲁迅先生还是坐着。

有时许先生醒了，看着玻璃窗白萨萨的了，灯光也不显得怎么亮了，鲁迅先生的背影不像夜里那样高大。

鲁迅先生的背影是灰黑色的，仍旧坐在那里。

人家都起来了，鲁迅先生才睡下。

海婴从三楼下来了，背着书包，保姆送他到学校去，经过鲁迅先生的门前，保姆总是吩咐他说："轻一点走，轻一点走。"

鲁迅先生刚一睡下，太阳就高起来了，太阳照着隔院子的人家，明亮亮的，照着鲁迅先生花园的夹竹桃，明亮亮的。

鲁迅先生的书桌整整齐齐的，写好的文章压在书下边，毛笔在烧瓷的小龟背上站着。

一双拖鞋停在床下，鲁迅先生在枕头上边睡着了。

鲁迅先生喜欢吃一点酒，但是不多吃，吃半小碗或一碗。

鲁迅先生吃的是中国酒，多半是花雕。

老靶子路有一家小吃茶店，只有门面一间，在门面里边设座，座少，安静，光线不充足，有些冷落。鲁迅先生常到这个吃茶店来，有约会多半是在这里边，老板是犹太也许是白俄，胖胖的，中国话大概他听不懂。

鲁迅先生这一位老人，穿着布袍子，有时到这里来，泡一壶红茶，和青年人坐在一道谈了一两个钟头。

有一天鲁迅先生的背后那茶座里边坐着一位摩登女子，身穿紫裙子黄衣裳，头戴花帽子……那女子临走时，鲁迅先生一看她，用眼瞪着她，很生气地看了她半天。而后说："是做什么的呢?"

鲁迅先生对于穿着紫裙子黄衣裳、花帽子的人就是这样看法的。

鬼到底是有的没有的? 传说上有人见过，还跟鬼说过话，还有人被鬼在后边追赶过，吊死鬼一见了人就贴在墙上，但没有一个人捉住一个鬼给大家看看。

鲁迅先生讲了他看见过鬼的故事给大家听:

"是在绍兴……"鲁迅先生说，"三十年前……"

那时鲁迅先生从日本读书回来，在一个师范学堂里也不知是什么学堂里教书，晚上没有事时，鲁迅先生总是到朋友家去谈天。这朋友住的离学堂几里路，几里路不算远，但必得经过一片坟地。谈天有的时候就谈得晚了，十一二点钟才回学堂的事也常有，有一天鲁迅先生就回去得很晚，天空有很大的月亮。

鲁迅先生向着归路走得很起劲时，往远处一看，远远有一个白影。

鲁迅先生不相信鬼的，在日本留学时是学的医，常常把死人抬来解剖的，鲁迅先生解剖过二十几个，不但不怕鬼，对死人也不怕，所以对坟地也就根本不怕。仍旧是向前走的。

走了不几步，那远处的白影没有了，再看突然又有了，并且时小时大，时高时低，正和鬼一样。鬼不就是变幻无常的吗？

鲁迅先生有点踌躇了，到底向前走呢？还是回过头来走？

本来回学堂不止这一条路，这不过是最近的一条就是了。

鲁迅先生仍是向前走，到底要看一看鬼是什么样，虽然那时候也怕了。

鲁迅先生那时从日本回来不久，所以还穿着硬底皮鞋。鲁迅先生决心要给那鬼一个致命的打击，等走到那白影旁边时，那白影缩小了，蹲下了，一声不响地靠住了一个坟堆。

鲁迅先生就用了他的硬皮鞋踢了出去。

那白影噢的一声叫起来，随着就站起来，鲁迅先生定眼看去，他却是个人。

鲁迅先生说在他踢的时候，他是很害怕的，好像若一下不把那东西踢死，自己反而会遭殃的，所以用了全力踢出去。

原来是个盗墓的人在坟场上半夜做着工作。

鲁迅先生说到这里就笑了起来。

"鬼也是怕踢的，踢他一脚就立刻变成人了。"

我想，倘若是鬼常常让鲁迅先生踢踢倒是好的，因为给了他一个做人的机会。

从福建菜馆叫的菜，有一碗鱼做的丸子。

海婴一吃就说不新鲜，许先生不信，别的人也都不信。因为那丸子有的新鲜，有的不新鲜，别人吃到嘴里的恰好都是没有改味的。

许先生又给海婴一个，海婴一吃，又不是好的，他又嚷嚷着。别人都不注意，鲁迅先生把海婴碟里的拿来尝尝，果然不是新鲜的。鲁迅先生说："他说不新鲜，一定也有他的道理，不加以查看就抹杀是不对的。"

以后我想起这件事来，私下和许先生谈过，许先生说："周先生的做人，真是我们学不了的。哪怕一点点小事。"

鲁迅先生包一个纸包也要包得整整齐齐，常常把要寄出的书，鲁迅先生从许先生手里拿过来自己包，许先生本来包得多么好，而鲁迅先生还要亲自动手。

鲁迅先生把书包好了，用细绳捆上，那包方方正正的，连一个角也不准歪一点或扁一点，而后拿着剪刀，把捆书的那绳头都剪得整整齐齐。

就是包这书的纸都不是新的，都是从街上买东西回来留下来的。许先生上街回来把买来的东西一打开随手就把包东西的牛皮纸折起来，随手把小细绳卷了一个卷。若小细绳上有一个疙瘩，也要随手把它解开的。准备着随时用随时方便。

鲁迅先生住的是大陆新村九号。

一进弄堂口，满地铺着大方块的水门汀，院子里不怎样嘈杂，从这院子出入的有时候是外国人，也能够看到外国小孩在院子里零星地玩着。

鲁迅先生隔壁挂着一块大的牌子，上面写着一个"茶"字。

在一九三五年十月一日。

鲁迅先生的客厅里摆着长桌，长桌是黑色的，油漆不十分新鲜，但也并不破旧，桌上没有铺什么桌布，只在长桌的当心摆着一个绿豆青色的花瓶，花瓶里长着几株大叶子的万年青。围着长桌有七八张木椅子。尤其是在夜里，全弄堂一点什么声音也听不到。

那夜，就和鲁迅先生和许先生一道坐在长桌旁边喝茶的。当夜谈了许多关于伪满洲国的事情，从饭后谈起，一直谈到九点钟十点钟而后到十一点钟。时时想退出来，让鲁迅先生好早点休息，因为我看出来鲁迅先生身体不大好，又加上听许先生说过，鲁迅先生伤风了一个多月，刚好了的。

但鲁迅先生并没有疲倦的样子。虽然客厅里也摆着一张可以卧倒的藤椅，我们劝他几次想让他坐在藤椅上休息一下，但是他没有去，仍旧坐在椅子上。并且还上楼一次，去加穿了一件皮袍子。

那夜鲁迅先生到底讲了些什么，现在记不起来了。也许想起来的不是那夜讲的而是以后讲的也说不定。过了十一点，天就落雨了，雨点淅沥淅沥地打在玻璃窗上，窗子没有窗帘，所以偶一回头，就看到玻璃窗上有小水流往下流。夜已深了，并且落了雨，心里十分着急，几次站起来想要走，但是鲁迅先生和许先生一再说再坐一下："十二点以前终归有车子可搭的。"所以一直坐到将近十二点，才穿起雨衣来，打开客厅外边的响着的铁门，鲁迅先生非要送到铁门外不可。我想为什么他一定要送呢？对于这样年轻的客人，这样的送是应该的吗？雨不会打湿了头发，受了寒伤风不又要继续下去吗？站在铁门外边，鲁迅先生说，并且指着隔壁那家写着"茶"字的大牌子："下次来记住这个'茶'字，就是这个'茶'的隔壁。"而且伸出手去，几乎是触到了钉在锁门旁边的那个九号的'九'字，"下次来记住茶的旁边九号。"

于是脚踏着方块的水门汀，走出弄堂来，回过身去往院子里边看了一看，鲁迅先生那一排房子统统是黑洞洞的，若不是告诉的那样清楚，下次来恐怕要记不住的。

鲁迅先生的卧室，一张铁架大床，床顶上遮着许先生亲手做的白布刺花的围子，顺着床的一边折着两床被子，都是很厚的，是花洋布的被面。挨着门口的床头的方面站着抽屉柜，一进门的左手摆着八仙桌，桌子的两旁藤椅各一，立柜站在和方桌一排的墙角，立柜本是挂衣服的，衣裳却很少，都让糖盒子、饼干桶子、瓜子罐合塞满了。有一次××老板的太太来拿版权的图章花，鲁迅先生就从立柜下边大抽屉里取出的。沿着墙角往窗子那边走，有一张装饰台，桌子上有一个方形的满浮着绿草的玻璃养鱼池，里边游着的不是金鱼而是灰色的扁肚子的小鱼。除了鱼池之外另有一只圆的表，其余那上边满装着书。铁床架靠窗子的那头的书柜里书柜外都是书。最后是鲁迅先生的写字台，那上边也都是书。

鲁迅先生家里，从楼上到楼下，没有一个沙发。鲁迅先生工作时坐的椅子是硬的，到楼下陪客人时坐的椅子又是硬的。

鲁迅先生的写字台面向着窗子，上海弄堂房子的窗子差不多满一面墙那么大，鲁迅先生把它关起来，因为鲁迅先生工作起来有一个习惯，怕吹风，风一吹，纸就动，时时防备着纸跑，文章就写不好。所以屋子里热得和蒸笼似的，请鲁迅先生到楼下去，他又不肯，鲁迅先生的习惯是不换地方。有时太阳照进来，许先生劝他把书桌移开一点都不肯，只有满身流汗。

鲁迅先生的写字桌，铺了张蓝格子的油漆布，四角都用图钉按着。桌子上有小砚台一方，墨一块，毛笔站在笔架上。笔架是烧瓷的，在我看来不很细致，是一个龟，龟背上带着好几个洞，笔就插在那洞里。鲁迅先生多半是用毛笔的，钢笔也不是没有，是放在抽屉里。桌上有一个方大的白瓷的烟灰盒，还有一个茶杯，杯子上戴着盖。

鲁迅先生的习惯与别人不同，写文章用的材料和来信都压在桌子上，把桌子都压得满满的，几乎只有写字的地方可以伸开手，其余桌子的一半被书或纸张占有着。

左手边的桌角上有一个带绿灯罩的台灯，那灯泡是横着装的，在上海那是极普通的台灯。

冬天在楼上吃饭，鲁迅先生自己拉着电线把台灯的机关从棚顶的灯头上拔下，而后装上灯泡子。等饭吃过，许先生再把电线装起来，鲁迅先生的台灯就是这样做成的，拖着一根长长的电线在棚顶上。

鲁迅先生的文章，多半是在这台灯下写。因为鲁迅先生的工作时间，多半是下半夜一两点起，天将明了休息。

卧室就是如此，墙上挂着海婴公子一个月婴孩的油画像。

挨着卧室的后楼里边，完全是书了，不十分整齐，报纸和杂志或洋装的书，都混在这间屋子里，一走进去多少还有些纸张气味。地板被书遮盖得太小了，几乎没有了，大网篮也堆在书中。墙上拉着一条绳子或者是铁丝，就在那上边系了小提盒、铁丝笼之类。风干荸荠就盛在铁丝笼，扯着的那铁丝几乎被压断了在弯弯着。一推开藏书室的窗子，窗子外边还挂着一筐风干荸荠。

"吃吧，多得很，风干的，格外甜。"许先生说。

楼下厨房传来了煎菜的锅铲的响声，并且两个年老的娘姨慢重重地在讲一些什么。

厨房是家庭最热闹的一部分。整个三层楼都是静静的，喊娘姨的声音没有，在楼梯上跑来跑去的声音没有。鲁迅先生家里五六间房子只住着五个人，三位是先生的全家，余下的二位是年老的女佣人。

来了客人都是许先生亲自倒茶，即或是麻烦到娘姨时，也是许先生下楼去吩咐，绝没有站到楼梯口就大声呼唤的时候。

所以整个房子都在静悄悄之中。

只有厨房比较热闹了一点，自来水哗哗地流着，洋瓷盆在水门汀的水池子上每拖一下磨着嚓嚓地响，洗米的声音也是嚓嚓的。鲁迅先生很喜欢吃竹笋的，在菜板上切着笋片笋丝时，刀刃每划下去都是很响的。其实比起别人家的厨房来却冷清极了，所以洗米声和切笋声都分开来听得样样清清晰晰。

客厅的一边摆着并排的两个书架，书架是带玻璃橱的，里边有朵斯托益夫斯基的全集和别的外国作家的全集，大半都是日文译本。地板上没有地毯，但擦得非常干净。

海婴公子的玩具橱也站在客厅里，里边是些毛猴子、橡皮人、火车汽车之类，里边装得满满的，别人是数不清的，只有海婴自己伸手到里边找些什么就有什么。过新年时在街上买的兔子灯，纸毛上已经落了灰尘了，仍摆在玩具橱顶上。

客厅只有一个灯头，大概五十烛光。客厅的后门对着上楼的楼梯，前门一打开有一个一方丈大小的花园，花园里没有什么花看，只有一株很高的七八尺高的小树，大概那树是柳桃，一到了春天，喜欢生长蚜虫，忙得许先生拿着喷蚊虫的机器，一边陪着谈话，一边喷着杀虫药水。沿着墙根，种了一排玉米，许先生说："这玉米长不大的，这土是没有养料的，海婴一定要种。"

春天，海婴在花园里掘着泥沙，培植着各种玩艺。

三楼则特别静了，向着太阳开着两扇玻璃门，门外有一个水门汀的突出的小廊子，春天很温暖地抚摸着门口长垂着的帘子，有时帘子被风打得很高。那时候隔院的绿树照进玻璃门扇里边来了。

海婴坐在地板上装着小工程师在修着一座楼房，他那楼房是用椅子横倒了架起来修的，而后遮起一张被单来算作屋瓦，全个房子在他自己拍着手的赞誉声中完成了。

这间屋感到些空旷和寂寞，既不像女工住的屋子，又不像儿童室。海婴的眠床靠着屋子的一边放着，那大圆顶帐子日里也不打起来，长拖拖的好像从栅顶一直拖到地板上，那床是非常讲究的，属于刻花的木器一类的。许先生讲过，租这房子时，从前一个房客转留下来的。海婴和他的保姆，就睡在五六尺宽的大床上。

冬天烧过的火炉，三月里还冷冰冰地在地板上站着。

海婴不大在三楼上玩的，除了到学校去，就是在院里踏脚踏车，他非常欢喜跑跳，所以厨房、客厅、二楼，他是无处不跑的。

三楼整天在高处空着，三楼的后楼住着另一个老女工，一天很少上楼来，所以楼梯擦过之后，一天到晚干净的溜明。

一九三六年三月里鲁迅先生病了，靠在二楼的躺椅上，心脏跳动得比平日厉害，脸色微灰了一点。

许先生正相反的，脸色是红的，眼睛显得大了，讲话的声音是平静的，态度并没有比平日慌张。在楼下一走进客厅来许先生就告诉说："周先生病了，气喘……喘得厉害，在楼上靠在躺椅上。"

鲁迅先生呼喘的声音，不用走到他的旁边，一进了卧室就听得到的。鼻子和胡须在扇着，胸部一起一落。眼睛闭着，差不多永久不离开手的纸烟，也放弃了。藤椅后边靠着枕头，鲁迅先生的头有些向后，两只手空闲地垂着。眉头仍和平日一样没有聚皱，脸上是平静的、舒展的，似乎并没有任何痛苦加在身上。

"来了吧?"鲁迅先生睁一睁眼睛，"不小心，着了凉呼吸困难……到藏书的房子去翻一翻书……那房子因为没有人住，特别凉……回来就……"

许先生看周先生说话吃力，赶紧接着说周先生是怎样气喘的。

医生看过了，吃了药，但喘并未停。下午医生又来过，刚刚走。

卧室在黄昏里边一点一点地暗下去，外边起了一点小风，隔院的树被风摇着发响。

别人家的窗子有的被风打着发出自动关开的响声，家家的流水道都是哗啦哗啦地响着水声，一定是晚餐之后洗着杯盘的剩水。晚餐后该散步的散步去了，该会朋友的会友去了，弄堂里来去的稀疏不断地走着人，而娘姨们还没有解掉围裙呢，就依着后门彼此搭讪起来。小孩子们三五一伙前门后门地跑着，弄堂外汽车穿来穿去。

鲁迅先生坐在躺椅上，沉静地，不动地阖着眼睛，略微灰了的脸色被炉里的火染红了一点。纸烟听子蹲在书桌上，盖着盖子，茶杯也蹲在桌子上。

许先生轻轻地在楼梯上走着，许先生一到楼下去，二楼就只剩了鲁迅先生一个人坐在椅子上，呼喘把鲁迅先生的胸部有规律性地抬得高高的。

"鲁迅先生必得休息的，"须藤医生这样说的。可是鲁迅先生从此不但没有休息，并且脑子里所想的更多了，要做的事情都像非立刻就做不可，校《海上述林》的校样，印珂勒惠支的画、翻译《死魂灵》下部，刚好了，这些就都一起开始了，还计算着出三十年集（即《鲁迅全集》）。

鲁迅先生感到自己的身体不好，就更没有时间注意身体，所以要多作，赶快作。当时大家不解其中的意思，都以为鲁迅先生不加以休息不以为然，后来读了鲁迅先生《死》的那篇文章才了然了。

鲁迅先生知道自己的健康不成了，工作的时间没有几年了，死了是不要紧的，只要留给人类更多，鲁迅先生就是这样。

不久书桌上德文字典和日文字典都摆起来了，果戈里的《死魂灵》，又开始翻译了。

鲁迅先生的身体不大好，容易伤风，伤风之后，照常要陪客人、回信、校稿子。所以伤风之后总要拖下去一个月或半个月的。

瞿秋白的，《海上述林》校样，一九三五年冬，一九三六年的春天，鲁迅先生不断地校着，几十万字的校样，要看三遍，而印刷所送校样来总是十页八页的，并不是统统一道地送来，所以鲁迅先生不断地被这校样催索着，鲁迅先生竟说："看吧，一边陪着你们谈话，一边看校样，眼睛可以看，耳朵可以听……"

有时客人来了，一边说着笑话，鲁迅先生一边放下了笔。

有的时候也说："几个字了……请坐一坐……"

一九三五年冬天许先生说："周先生的身体是不如从前了。"

有一次鲁迅先生到饭馆里去请客，来的时候兴致很好，还记得那次吃了一只烤鸭子，整个的鸭子用大钢叉子叉上来时，大家看这鸭子烤得又油又亮的，鲁迅先生也笑了。

菜刚上满了，鲁迅先生就到躺椅上吸一支烟，并且阖一阖眼睛。一吃完了饭，有的喝了酒的，大家都闹乱了起来，彼此抢着苹果，彼此讽刺着玩，说着一些人可笑的话。而鲁迅先生这时候坐在躺椅上，阖着眼睛，很庄严地在沉默着，让拿在手上纸烟的烟丝，袅袅地上升着。

别人以为鲁迅先生也是喝多了酒吧！

许先生说，并不的。

"周先生的身体是不如从前了，吃过了饭总要闭一闭眼睛稍微休息一下，从前一向没有这习惯。"

周先生从椅子上站起来了，大概说他喝多了酒的话让他听到了。

"我不多喝酒的。小的时候，母亲常提到父亲喝了酒，脾气怎样坏，母亲说，长大了不要喝酒，不要像父亲那样子……所以我不多喝的……从来没喝醉过……"

鲁迅先生休息好了，换了一支烟，站起来也去拿苹果吃，可是苹果没有了。鲁迅先生说："我争不过你们了，苹果让你们抢没了。"

有人抢到手的还在保存着的苹果，奉献出来，鲁迅先生没有吃，只在吸烟。

一九三六年春，鲁迅先生的身体不大好，但没有什么病，吃过了夜饭，坐在躺椅上，总要闭一闭眼睛沉静一会。

许先生对我说，周先生在北平时，有时开着玩笑，手按着桌子一跃就能够跃过去，而近年来没有这么做过。大概没有以前那么灵便了。

这话许先生和我是私下讲的，鲁迅先生没有听见，仍靠在躺椅上沉默着呢。

许先生开了火炉门，装着煤炭哗哗地响，把鲁迅先生震醒了。一讲起话来鲁迅先生的精神又照常一样。

鲁迅先生睡在二楼的床上已经一个多月了，气喘虽然停止，但每天发热，尤其是在下午热度总在三十八度三十九度之间，有时也到三十九度多，那时鲁迅先生的脸是微红的，目力是疲弱的，不吃东西，不大多睡，没有一些呻吟，似乎全身都没有什么痛楚的地方。躺在床上的时候张开眼睛看着，有的时候似睡非睡地安静地躺着，茶吃得很少。差不多一刻也不停地吸烟，而今几乎完全放弃了，纸烟听子不放在床边，而仍很远地蹲在书桌上，若想吸一支，是请许先生付给的。

许先生从鲁迅先生病起，更过度地忙了。按着时间给鲁迅先生吃药，按着时间给鲁迅先生试温度表，试过了之后还要把一张医生发给的表格填好，那表格是一张硬纸，上面画了无数根线，许先生就在这张纸上拿着米度尺画着度数，那表画得和尖尖的小山丘似的，又像尖尖的水晶石，高的低的一排连地站着。许先生虽每天画，但那像是一条接连不断的线，不过从低处到高处，从高处到低处，这高峰越高越不好，也就是鲁迅先生的热度越高了。

来看鲁迅先生的人，多半都不到楼上来了，为的请鲁迅先生好好地静养，所以把客人这些事也推到许先生身上来了，还有书、报、信，都要许先生看过，必要的就告诉鲁迅先生，不十分必要的，就先把它放在一处放一放，等鲁迅先生好些了再取出来交给他。然而这家庭里边还有许多琐事，比方年老的娘姨病了，要请两天假；海婴的牙齿脱掉一个要到牙医那里去看过，但是带他去的人没有，又得许先生。海婴在幼稚园里读书，又是买铅笔、买皮球，还有临时出些个花头，跑上楼来了，说要吃什么花生糖，什么牛奶糖，他上楼来是一边跑着一边喊着，许先生连忙拉住了他，拉他下了楼才跟他讲："爸爸病啦。"而后拿出钱来，嘱咐好了娘姨，只买几块糖而不准让他格外地多买。

收电灯费的来了，在楼下一打门，许先生就得赶快往楼下跑，怕的是再多打几下，就要惊醒了鲁迅先生。

海婴最喜欢听讲故事，这也是无限地麻烦，许先生除了陪海婴讲故事之外，还要在长桌上偷一点工夫来看鲁迅先生为有病耽搁下来尚未校完的校样。

在这期间，许先生比鲁迅先生更要担当一切了。

鲁迅先生吃饭，是在楼上单开一桌，那仅仅是一个方木桌，许先生每餐亲手端到楼上去，每样都用小吃碟盛着，那小吃碟直径不过二寸，一碟豌豆苗或菠菜或苋菜，把黄花鱼或者鸡之类也放在小碟里端上楼去。若是鸡，那鸡也是全鸡身上最好的一块地方拣下来的肉；若是鱼，也是鱼身上最好一部分，许先生才把它拣下放在小碟里。

许先生用筷子来回地翻着楼下的饭桌上菜碗里的东西，菜拣嫩的，不要茎，只要叶，鱼肉之类，拣烧得软的，没有骨头没有刺的。

心里存着无限的期望、无限的要求，用了比祈祷更虔诚的目光，许先生看着她自己手里选得精精致致的菜盘子，而后脚板触了楼梯上了楼。

许先生希望鲁迅先生多吃一口、多动一动筷、多喝一口鸡汤。鸡汤和牛奶是医生所嘱的，一定要多吃一些的。

把饭送上去，有时许先生陪在旁边，有时走下楼来又做些别的事，半个钟头之后，到楼上去取这盘子。这盘子装得满满的，有时竟照原样一动也没有动又端下来了，这时候许先生的眉头微微地皱了一点。旁边若有什么朋友，许先生就说："周先生的热度高，什么也吃不下，连茶也不愿意吃，人很苦，人很吃力。"

有一天许先生用波浪式的专门切面包的刀切着面包，是在客厅后边方桌上切的，许先生一边切着一边对我说："劝周先生多吃东西，周先生说，人好了再保养，现在勉强吃也是没有用的。"

许先生接着似乎问着我："这也是对的?"

而后把牛奶面包送上楼去了。一碗烧好的鸡汤，许先生从方盘里把它端出来了，就摆在客厅后的方桌上。许先生上楼去了，那碗热的鸡汤在方桌上自己悠然地冒着热气。

许先生由楼上回来还说呢："周先生平常就不喜欢吃汤之类，在病里，更勉强不下了。"

许先生似乎安慰着自己似的："周先生人强，喜欢吃硬的，油炸的，就是吃饭也喜欢吃硬饭……"

许先生楼上楼下地跑，呼吸有些不平静，坐在她旁边，似乎可以听到她心脏的跳动。

鲁迅先生开始独桌吃饭以后，客人多半不上楼来了，经许先生婉言把鲁迅先生健康的经过报告了之后就走了。

鲁迅先生在楼上一天一天地睡下去，睡了许多日子，都寂寞了，有时大概热度低了点就问许先生："什么人来过吗?"

看鲁迅先生好些，就一一地报告过。

有时也问到有什么刊物来吗?

鲁迅先生病了一个多月了。

证明了鲁迅先生是肺病，并且是肋膜炎，须藤老医生每天来了，为鲁迅先生把肋膜积水用打针的方法抽净，共抽过两三次。

这样的病，为什么鲁迅先生一点也不晓得呢? 许先生说，周先生有时觉得肋痛了就自己忍着不说，所以连许先生也不知道，鲁迅先生怕别人晓得了又要不放心，又要看医生，医生一定又要说休息。鲁迅先生自己知道做不到的。

福民医院美国医生的检查，说鲁迅先生肺病已经二十年了。这次发了怕是很严重。

医生规定个日子，请鲁迅先生到福民医院去详细检查，要照 X 光的。但鲁迅先生当时就下楼是下不得的，又过了许多天，鲁迅先生到福民医院去检查病去了。照 X 光后给鲁迅先生照了一个全部的肺部的照片。

这照片取来的那天许先生在楼下给大家看了，右肺的上尖是黑的，中部也黑了一块，左肺的下半部都不大好，而沿着左肺的边边黑了一大圈。

这之后，鲁迅先生的热度仍高，若再这样热度不退，就很难抵抗。

那查病的美国医生，只查病，而不给药吃，他相信药是没有用的。

须藤老医生，鲁迅先生早就认识，所以每天来，他给鲁迅先生吃了些退热药，还吃停止肺病菌活动的药。他说若肺不再坏下去，就停止在这里，热自然就退了，人是不危险的。

在楼下的客厅里，许先生哭了。许先生手里拿着一团毛线，那是海婴的毛线衣拆了洗过之后又团起来的。

鲁迅先生在无欲望状态中，什么也不吃，什么也不想，睡觉似睡非睡的。

天气热起来了，客厅的门窗都打开着，阳光跳跃在门外的花园里。麻雀来了停在夹竹桃上叫了三两声就飞去，院子里的小孩们唧唧喳喳地玩耍着，风吹进来好像带着热气，扑到人的身上，天气刚刚发芽的春天，变为夏天了。

楼上老医生和鲁迅先生谈话的声音隐约可以听到。

楼下又来客人，来的人总要问：

"周先生好一点吗？"

许先生照常说："还是那样子。"

但今天说了眼泪又流了满脸。一边拿起杯子来给客人倒茶，一边用左手拿着手帕按着鼻子。

客人问："周先生又不大好吗？"

许先生说："没有的，是我心窄。"

过了一会鲁迅先生要找什么东西，喊许先生上楼去，许先生连忙擦着眼睛，想说她不上楼的，但左右看了一看，没有人能代替了她，于是带着她那团还没有缠完的毛线球上楼去了。

楼上坐着老医生，还有两位探望鲁迅先生的客人。许先生一看了他们就自己低了头不好意思地笑了，她不敢到鲁迅先生的面前去，背转着身问鲁迅先生要什么呢，而后又是慌忙地把线缕挂在手上缠了起来。

一直到送老医生下楼，许先生都是把背向着鲁迅先生而站着的。

每次老医生走，许先生都是替老医生提着皮提包送到前门外的。许先生愉快地、沉静地带着笑容打开铁门闩，很恭敬地把皮包交给老医生，眼看着老医生走了才进来关了门。

这老医生出入在鲁迅先生的家里，连老娘姨对他都是尊敬的，医生从楼上下来时，娘姨若在楼梯的半道，赶快下来躲开，站到楼梯的旁边。有一天老娘姨端着一个杯子上楼，楼上医生和许先生一道下来了，那老娘姨躲闪不灵，急得把杯里的茶都颠出来了。等医生走过去，已经走出了前门，老娘姨还在那里呆呆地望着。

"周先生好了点吧？"

有一天许先生不在家，我问着老娘姨。她说："谁晓得，医生天天看过了不声不响地就走了。"

可见老娘姨对医生每天是怀着期望的眼光看着他的。

许先生很镇静，没有紊乱的神色，虽然说那天当着人哭过一次，但该做什么，仍是做什么，毛线该洗的已经洗了，晒的已经晒起，晒干了的随手就把它团起团子。

"海婴的毛线衣，每年拆一次，洗过之后再重打起，人一年一年地长，衣裳一年穿过，一年就小了。"

在楼下陪着熟的客人，一边谈着，一边开始手里动着竹针。

这种事情许先生是偷空就做的，夏天就开始预备着冬天的，冬天就做夏天的。

许先生自己常常说："我是无事忙。"

这话很客气，但忙是真的，每一餐饭，都好像没有安静地吃过。海婴一会要这个，要那个；若一有客人，上街临时买菜，下厨房煎炒还不说，就是摆到桌子上来，还要从菜碗里为着客人选好的夹过去。饭后又是吃水果，若吃苹果还要把皮削掉，若吃荸荠看客人削得慢而不好，也要削了送给客人吃，那时鲁迅先生还没有生病。

许先生除了打毛线衣之外，还用机器缝衣裳，剪裁了许多件海婴的内衫裤在窗下缝。

因此许先生对自己忽略了，每天上下楼跑着，所穿的衣裳都是旧的，次数洗得太多，纽扣都洗脱了，也磨破了，都是几年前的旧衣裳，春天时许先生穿了一个紫红宁绸袍子，那料子是海婴在婴孩时候别人送给海婴做被子的礼物。做被子，许先生说很可惜，就拣起来做一件袍子。正说着，海婴来了，许先生使眼神，且不要提到，若提到海婴又要麻烦起来了，一要说是他的，他就要要。

许先生冬天穿一双大棉鞋，是她自己做的，一直到二三月早晚冷时还穿着。

有一次我和许先生在小花园里拍一张照片，许先生说她的纽扣掉了，还拉着我站在她前边遮着她。

许先生买东西也总是到便宜的店铺去买，再不然，到减价的地方去买。

处处俭省，把俭省下来的钱，都印了书和印了画。

现在许先生在窗下缝着衣裳，机器声格哒格哒的，震着玻璃门有些颤抖。

窗外的黄昏，窗内许先生低着的头，楼上鲁迅先生的咳嗽声，都搅混在一起了，重续着、埋藏着力量。在痛苦中，在悲哀中，一种对于生的强烈的愿望像强烈的火焰那样坚定。

许先生的手指把捉了在缝的那张布片，头有时随着机器的力量低沉了一两下。

许先生的面容是宁静的、庄严的、没有恐惧的，她坦荡地在使用着机器。

海婴在玩着一大堆黄色的小药瓶，用一个纸盒子盛着，端起来楼上楼下地跑。向着阳光照是金色的，平放着是咖啡色的，他召集了小朋友来，他向他们展览，向他们夸耀，这种玩艺只有他有而别人不能有。他说："这是爸爸打药针的药瓶，你们有吗？"

别人不能有，于是他拍着手骄傲地呼叫起来。

许先生一边招呼着他，不叫他喊，一边下楼来了。

"周先生好了些？"见了许先生大家都是这样问的。

"还是那样子，"许先生说，随手抓起一个海婴的药瓶来："这不是么，这许多瓶子，每天打针，药瓶也积了一大堆。"

许先生一拿起那药瓶，海婴上来就要过去，很宝贵地赶快把那小瓶摆到纸盒里。

在长桌上摆着许先生自己亲手做的蒙着茶壶的棉罩子，从那蓝缎子的花罩下拿着茶壶倒着茶。

楼上楼下都是静的了，只有海婴快活地和小朋友们的吵嚷躲在太阳里跳荡。

海婴每晚临睡时必向爸爸妈妈说："明朝会！"

有一天他站在上三楼去的楼梯口上喊着："爸爸，明朝会！"

鲁迅先生那时正病的沉重，喉咙里边似乎有痰，那回答的声音很小，海婴没有听到，于是他又喊："爸爸，明朝会！"他等一等，听不到回答的声音，他就大声地连串地喊起来："爸爸，明朝会，爸爸，明朝会，……爸爸，明朝会……"

他的保姆在前边往楼上拖他，说是爸爸睡下了，不要喊了。可是他怎么能够听呢，仍旧喊。

这时鲁迅先生说"明朝会"，还没有说出来喉咙里边就像有东西在那里堵塞着，声音无论如何放不大。到后来，鲁迅先生挣扎着把头抬起来才很大声地说出："明朝会，明朝会。"说完了就咳嗽起来。

许先生被惊动得从楼下跑来了，不住地训斥着海婴。

海婴一边哭着一边上楼去了，嘴里唠叨着："爸爸是个聋人呐！"

鲁迅先生没有听到海婴的话，还在那里咳嗽着。

鲁迅先生在四月里，曾经好了一点，有一天下楼去赴一个约会，把衣裳穿得整整齐齐，手下夹着黑花布包袱，戴起帽子来，出门就走。

许先生在楼下正陪客人，看鲁迅先生下来了，赶快说："走不得吧，还是坐车子去吧。"

鲁迅先生说："不要紧，走得动的。"

许先生再加以劝说，又去拿零钱给鲁迅先生带着。

鲁迅先生说不要不要，坚决地走了。

"鲁迅先生的脾气很刚强。"许先生无可奈何的，只说了这一句。

鲁迅先生晚上回来，热度增高了。

鲁迅先生说："坐车子实在麻烦，没有几步路，一走就到。还有，好久不出去，愿意走走……动一动就出毛病……还是动不得……"

病压服着鲁迅先生又躺下了。

七月里，鲁迅先生又好些。

药每天吃，记温度的表格照例每天好几次在那里画，老医生还是照常地来，说鲁迅先生就要好起来了。说肺部的菌已经停止了一大半，肋膜也好了。

客人来差不多都要到楼上来拜望拜望。鲁迅先生带着久病初愈的心情，又谈起话来，披了一张毛巾子坐在躺椅上，纸烟又拿在手里了，又谈翻译，又谈某刊物。

一个月没有上楼去，忽然上楼还有些心不安，我一进卧室的门，觉得站也没地方站，坐也不知坐在哪里。

许先生让我吃茶，我就依着桌子边站着。好像没有看见那茶杯似的。

鲁迅先生大概看出我的不安来了，便说："人瘦了，这样瘦是不成的，要多吃点。"鲁迅先生又在说玩笑话了。

"多吃就胖了，那么周先生为什么不多吃点?"

鲁迅先生听了这话就笑了，笑声是明朗的。

从七月以后鲁迅先生一天天地好起来了，牛奶、鸡汤之类，为了医生所嘱也隔三岔五地吃着，人虽是瘦了，但精神是好的。

鲁迅先生说自己体质的本质是好的，若差一点的，就让病打倒了。

这一次鲁迅先生保持了很长时间，没有下楼更没有到外边去过。

在病中，鲁迅先生不看报，不看书，只是安静地躺着。但有一张小画是鲁迅先生放在床边上不断看着的。

那张画，鲁迅先生未生病时，和许多画一道拿给大家看过的，小得和纸烟包里抽出来的那画片差不多。那上边画着一个穿大长裙子飞散着头发的女人在大风里边跑，在她旁边的地面上还有小小的红玫瑰的花朵。

记得是一张苏联某画家着色的木刻。

鲁迅先生有很多画，为什么只选了这张放在枕边？

许先生告诉我的，她也不知道鲁迅先生为什么常常看这小画。

有人来问他这样那样的，他说："你们自己学着做，若没有我呢！"

这一次鲁迅先生好了。

还有一样不同的，觉得做事要多做……

鲁迅先生以为自己好了，别人也以为鲁迅先生好了。

准备冬天要庆祝鲁迅先生工作三十年。

又过了三个月。

一九三六年十月十七日，鲁迅先生病又发了，又是气喘。

十七日，一夜未眠。

十八日，终日喘着。

十九日的下半夜，人衰弱到极点了。天将发白时，鲁迅先生就像他平日一样，工作完了，他休息了。

阅读札记

在萧红的回忆的笔下，勾勒出了一个生活化的鲁迅、一个亲切的鲁迅，而非神非圣。他也就是一个平凡的人、一个朋友、一个好伴侣、一个好父亲，并且以一个再平凡不过的人的形象呈现着，亲切而又可爱！

飘　零

朱自清

一个秋夜，我和 P 坐在他的小书房里，在晕黄的电灯光下，谈到 W 的小说。

"他还在河南吧？ C 大学那边很好吧？"我随便问着。

"不，他上美国去了。"

"美国？做什么去？"

"你觉得很奇怪吧？——波定谟约翰郝勃金医院打电报约他做助手去。"

"哦！就是他研究心理学的地方？他在那边成绩总很好？这回去他很愿意吧？"

"不见得愿意。他动身前到北京来过，我请他在启新吃饭，他很不高兴的样子。"

"这又为什么呢？"

"他觉得中国没有他做事的地方。"

"他回来才一年呢，C 大学那边没有钱吧？"

"不但没有钱，他们说他是疯子！"

"疯子！"

我们默然相对，暂时无话可说。

我想起第一回认识 W 的名字，是在《新生》杂志上。那时我在 P 大学读书，W 也在那里。我在《新生》上看见的是他的小说，但一个朋友告诉我，他心理学的书读得真多，P 大学图书馆里所有的，他都读了，文学书他也读得不少。他说他是无一刻不读书的。我第一次见他的面，是在 P 大学宿舍的走道上，他正和朋友走着，有人告诉我，这就是 W 了。微曲的背、小而黑的脸、长头发和近视眼，这就是 W 了。以后我常常看他的文字，记起他这样一个人。有一回我拿一篇心理学的译文，托一个朋友请他看看。他逐一给我改正了好几十条，不曾放松一个字，永远的惭愧和感谢留在我心里。

我又想到杭州那一晚上，他突然来看我了。他说和 P 游了三日，明早就要到上海去。他原是山东人，这回来上海，是要上美国去的。我问起哥伦比亚大学的《心理学、哲学与科学方法》杂志，我知道那是有名的杂志。但他说里面往往一年没有一篇好文章，没有什么意思。他说近来各心理学家在英国开了一个会，有几个人的话有味。他又用铅笔随便地在桌上一本簿子的后面，写了《哲学的科学》一个书名与其出版处，说是新书，可以看看。他说要走了，我送他到旅馆里，见他床上摊着一本《人生与地理》，随便拿过来翻着。他说这本小书很著名，很好的。我们在晕黄的电灯光下，默然相对了一会，又问答了几句简单的话，我就走了。直到现在，还不曾见过他。

他到美国去后，初时还写了些文字，后来就没有了。他的名字，在一般人心里，已如远处的云烟了，我倒还记着他。两三年以后，才又在《文学日报》上见到他一篇诗，是写一种情趣的，我只念过他这一篇诗。他的小说我却念过不少，最使我不能忘记的是那篇《雨夜》，是写北京人力车夫的生活。W 是学科学的人，应该很冷静，但他的小说却又很热很热的。

这就是 W 了。

P 也上美国去，但不久就回来了。他在波定谟住了些日子，W 是常常见着的。他回国后，有一个热天，和我在南京清凉山上谈起 W 的事，他说 W 在研究行为派的心理学。他几乎终日在实验室里，他解剖过许多老鼠，研究它们的行为。P 说自己本来也愿意学心理学的，但看了老鼠临终的颤动，他执刀的手便战战地放不下去了，因此只好改行。而 W 是"奏刀𬴂然"，"踌躇满志"，P 觉得那是不可及的。P 又说 W 研究动物行为既久，看明它们所有的生活，只是那几种生理的欲望，如食欲、性欲，所玩的把戏，毫无什么大道理存乎其间，因而推想人的生活，也未必别有何种高贵的动机。我们第一要承认我们是动物，这便是真人，W 的确是如此做人的。P 说他也相信 W 的话，真的，P 回国后的态度是大大的不同了。W 只管做他自己的人，却得着 P 这样一个信徒，他自己也未必料得着的。

P 又告诉我 W 恋爱的故事。是的，恋爱的故事！P 说这是一个日本人，和 W 一同研究的，但后来走了，这件事也就完了。P 说得如此冷淡，毫不像我们所想的恋爱的故事！P 又曾指出《来日》上 W 的一篇《月光》给我看。这是一篇小说，叙述一对男女趁着月光在河边一只空船里密谈。那女的是个有夫之妇，这时四无人迹，他俩谈得亲热极了。但 P 说 W 的胆子太小了，所以这一回密谈之后，便撒了手。这篇文字是 W 自己写的，虽没有如火如荼的热闹，但却别有一种意思。科学与文学，科学与恋爱，这就是 W 了。

"'疯子'！"我这时忽然似乎彻悟了说，"也许是的吧？我想。一个人冷而又热，是会变疯子的。"

"唔。"P点头。

"他其实大可以不必管什么中国不中国了，偏偏又恋恋不舍的！"

"是啰。W这回真不高兴，K在美国借了他的钱，这回他到北京，特地老远地跑去和K要钱。K没钱，他也知道，他也并不指望这笔钱用，只想借此去骂他一顿罢了，据说拍了桌子大骂呢！"

"这与他的写小说一样的道理呀！唉，这就是W了。"

P无语，我却想起一件事：

"W到美国后有信来么？"

"长远了，没有信。"

我们于是都又默然。

阅读札记

无论是作者还是飘零的W君，经过"五四"革命风暴的洗礼，在"平等、自由、博爱"的时代氛围中，面对自身的状况，都会感到格外的痛楚，作者更加敏感地注意到了这种忧虑，因此在文章中所表现出的忧患意识是可以推而广之升华为个人之于民族的深沉的爱国主义。

哭　佩　弦

郑振铎

从抗战以来，接连的有好几位少年时候的朋友去世了。哭地山、哭六逸、哭济之，想不到如今又哭佩弦了。在朋友们中，佩弦的身体算是很结实的。矮矮的个子，方而微圆的脸，不怎么肥胖，但也决不瘦。一眼望过去，便是结结实实的一位学者。说话的声音，徐缓而有力，不多说废话，从不开玩笑，纯然是忠厚而笃实的君子。写信也往往是寥寥的几句，意尽而止，但遇到讨论什么问题的时候，却滔滔不绝。他的文章，也是那么的不蔓不枝，恰到好处，增加不了一句，也删节不掉一句。

他做什么事都负责到底。他的《背影》，就可作为他自己的一个描写。他的家庭负担不轻，但他全力地负担着，不叹一句苦。他教了三十多年的书，在南方各地教，在北平教；在中学里教，在大学里教。他从来不肯马马虎虎地教过去，每上一堂课，在他是一件大事。尽管教得很熟的教材，但他在上课之前，还须仔细地预备着。一边走上课堂，一边还是十分的紧张。记得在清华大学的时候，有一次我在他办公室里坐着，见他紧张地在翻书。我问道：

"下一点钟有课么？"

"有的！"他说道，"总得要看看。"

像这样负责的教员，恐怕是不多见的。他写文章时，也是以这样的态度来写。写得很慢，改了又改，决不肯草率地拿出去发表。我上半年为《文艺复兴》的《中国文学研究》号向他要稿子，他寄了一篇《好与巧》来，这是一篇结实而用力之作。但过了几天，他又来了一封快信，说，还要修改一下，要我把原稿寄回给他。我寄了回去。不久，修改的稿子来了，增加了不少有力的例证。他就是那么不肯马马虎虎地过下去的！

他的主张，向来是老成持重的。

将近二十年了，我们同在北平。有一天，在燕京大学南大地一位友人处晚餐，我们热烈地辩论着"中国字"是不是艺术的问题。向来总是"书画"同称，我却反对这个传统的观念。大家提出了许多意见，有的说，艺术是有个性的，中国字有个性，所以是艺术。又有的说，中国字有组织、有变化，极富于美术的标准。我却极力地反对着他们的主张。我说，中国字有个性，难道别国的字便表现不出个性了么？要说写得美，那么，梵文和蒙古文写得也是十分匀美的。这样的辩论，当然不会有结果的。

临走的时候，有一位朋友还说，他要编一部《中国艺术史》，一定要把中国书法的内容放进去。我说，如果把"书"也和"画"同样的并列在艺术史里，那么，这部艺术史一定不成其为艺术史的。

当时，有十二个人在座。九个人都反对我的意见，只有冯芝生和我意见全同，佩弦一声也不言语。我问道："佩弦，你的主张怎样呢！"

他郑重地说道："我算是半个赞成的吧。说起来，字的确是不应该成为美术。不过，中国的书法，也有它长久的传统的历史。所以，我只赞成一半。"

这场辩论，我至今还鲜明地在眼前。但老成持重，一半和我同调的佩弦却已不在人间,不能再参加那么热烈的争论了。

这样的一位结结实实的人,怎么会刚过五十便去世了呢?我说"结结实实",这是我十多年前的印象。在抗战中,我们便没有见过。在抗战中,他从北平随了学校撤退到后方。他跟着学生徒步跑,跑到长沙,又跑到昆明,还照料着学校图书馆里搬出来的几千箱的书籍。这一次的长征,也许使他结结实实的身体开始受了伤。

在昆明联大的时候,他的生活很苦。他的夫人和孩子们都不能在身边,为了经济的拮据,只能让他们住在成都。听说,食米的恶劣,使他开始有了胃病。他是一位有名的衣履不周的教授之一,冬天,没有大衣,把毡子裹在身上,就作为大衣;而在夜里,这一条毡子便又作为棉被用。

有人来说,佩弦瘦了,头上也有了白发。我没有想象到佩弦瘦到什么样子,我的印象中,他始终是一位结结实实的矮个子。

胜利以后,大家都复员了,应该可以见到。但他为了经济的关系,径从内地到北平去,并没有经过南方。我始终没有见到瘦了后的佩弦。在北平,他还是过得很苦,他并没有松下一口气来。

暑假后,是他应该休假的一年。我们都盼望他能够到南边来游一趟,谁知道在假期里他便一瞑不视了呢?我永远不会再有机会见到瘦了后的佩弦了!

佩弦虽然在胜利三年后去世,其实他是为抗战而牺牲者之一。那么结结实实的身体,如果不经过抗战的这一个阶段的至窘极苦的生活,他怎么会瘦弱了下去而死了呢?他的致死的病是胃溃疡与肾脏炎,积年的吃了多沙粒和稗子的配给米,是主要的原因。积年的缺乏营养与过度的工作,使他一病便不起。尽管有许多人发了国难财、胜利财,乃至汉奸们也发了财而逍遥法外,许多瘦子都变成了肥头大脸的胖子,但像佩弦那样的文人、学者与教授,却只是天天地瘦下去,以至于病倒而死。就在胜利后,他们过的还是那么苦难的日子与可悲愤的生活。

在这个悲愤苦难的时代,连老成持重的佩弦,也会是充满了悲愤的。在报纸上,见到有佩弦签名的有意义的宣言不少。他曾经对他的学生们说:"给我以时间,我要慢慢地学。"他在走上一条新的路上来了。可惜的是,他正在走着,他的旧伤痕却使他倒了下去。

他花了整整一年工夫,编成《闻一多全集》。他既担任着这一个工作,他便勤勤恳恳地专心一志地负责到底地做着。《闻一多全集》能够出版,他的力量是最大的,他所费的时间也最多。我们读到他的《闻一多全集》的序,对于他的"不负死友"的精神，该怎样的感动！

地山刚刚走上一条新的路，便死了，如今佩弦又是这样。过了中年的人要蜕变是不容易的，而过了中年的人经过了这十多年的折磨之后，又是多么脆弱啊！佩弦的死，不仅是朋友们该失声痛哭，哭这位忠厚笃实的好友的损失，而且也是中国的一个重大的损失，损失了那么一位认真而诚恳的教师、学者与文人！

阅读札记

佩弦，即朱自清。本文写于1948年，是郑振铎追忆朱自清的感伤之作。在作者笔下，朱自清的形象是如此鲜明，让人不由得感叹，他的死，无疑是中国的一个重大的损失。

悼夏丏尊先生

郑振铎

夏丏尊先生死了，我们再也听不到他的叹息、他的悲愤的语声了，但静静地想着时，我们仿佛还都听见他的叹息、他的悲愤的语声。

他住在沦陷区里，生活紧张而困苦，没有一天不在愁叹着，是悲天？是悯人？

胜利到来的时候，他曾经很天真地高兴了几天。我们相见时，大家都说道："好了，好了。"个个人的脸上似乎都泯没了愁闷，耀着一层光彩。他也同样地说道："好了，好了！"

然而很快地便又陷入愁闷之中，他比我们敏感，他似乎失望，愁闷得更迅快些。

他曾经很高兴地写过几篇文章，很提出些正面的主张出来。但过了一会，便又沉默下去，一半是为了身体逐渐衰弱的关系。

他是一个自由主义者，反对一切的压迫和统治。他最富于正义感，看不惯一切的腐败、贪污的现象。他自己曾经说道："自恨自己怯弱，没有直视苦难的能力，却又具有着对于苦难的敏感。"又道："记得自己幼时，逢大雷雨躲入床内；得知家里要杀鸡就立刻逃避；看戏时遇到《翠屏山》《杀嫂》等戏，要当场出彩，预先俯下头去；以及妻每次产时，不敢走入产房，只在别室中闷闷地听着妻的呻吟声，默祷她安全的光景。"（均见《平屋杂文》）

这便是他的性格。他表面上很恬淡，其实心是热的，他仿佛无所褒贬，其实心里是泾渭分得极清的。在他淡淡的谈话里，往往包含着深刻的意义。他反对中国人传统的调和与折中的心理。他常常说，自己是一个早衰者，不仅在身体上，在精神上也是如此。他有一篇《中年人的寂寞》：

我已是一个中年的人。一到中年，就有许多不愉快的现象，眼睛昏花了，记忆力减退了，头发开始秃脱而且变白了，意兴、体力甚么都不如年轻的时候，常不禁会感觉得难以名言的寂寞的情味。尤其觉得难堪的是知友的逐渐减少和疏远，缺乏交际上的温暖的慰藉。

在《早老者的忏悔》里，他又说道：

我今年五十，在朋友中原比较老大。可是自己觉得体力减退，已好多年了。三十五六岁以后，我就感到身体一年不如一年，工作起来不得劲，只得是恹恹地勉强挨，几乎无时不觉得疲劳，甚么都觉得厌倦，这情形一直到如今。十年以前，我还只四十岁，不知道我年龄的，都以为我是五十岁光景的人，近来居然有许多人叫我"老先生"。论年龄，五十岁的人应该还大有可为，古今中外，尽有活到了七十八十，元气很盛的。可是我却已经老了，而且早已老了。

这是他的悲哀，但他的并不因此而消极，正和他的不因寂寞而厌世一样。他常常愤慨，常常叹息，常常悲愁。他的愤慨、叹息、悲愁，正是他的人世处。他爱世、爱人，尤爱"执著"的有所为的人和狷介的有所不为的人。他爱年轻人，他讨厌权威，讨厌做作、虚伪的人。他没有机心，表里如一。他藏不住话，有什么便说什么，所以大家都称他"老孩子"。他的天真无邪之处，的确够得上称为一个"孩子"的。

他从来不提防什么人。他爱护一切的朋友，常常担心他们的安全与困苦。我在抗战时逃避在外，他见了面，便问道："没有什么么？"我在卖书过活，他又异常关切地问道："不太穷困么？卖掉了可以过一个时期吧。"

185

"又要卖书了么?"他见我在抄书目时问道。

我点点头,向来不做乞怜相,装作满不在乎的神气,有点倔强,也有点傲然。但见到他的皱着眉头、同情的叹气时,我几乎也要叹出气来。

他很远地挤上了电车到办公的地方来,从来不肯坐头等,总是挤在拖车里。我告诉他,拖车太颠太挤,何妨坐头等,他总是不改变态度,天天挤,挤不上,再等下一部,有时等了好几部还挤不上。到了办公的地方,总是叹了一口气后才坐下。

"丏翁老了!"朋友们在背后都这么说。我们有点替他发愁,看他显著地一天天地衰老下去。他的营养是那么坏,家里的饭菜不好,吃米饭的时候很少;到了办公的地方时,也只是以一块面包当作午餐。那时候,我们也都吃着烘山芋、面包、小馒头或羌饼之类做午餐,但总想有点牛肉、鸡蛋之类伴着吃,他却从来没有过;偶然是涂些果酱上去,已经算是很奢侈了。我们有时高兴上小酒馆去喝酒,去邀他,他总是不去。

在沦陷时代,他曾经被敌人的宪兵捉去过。据说,有他的照相,也有关于他的记录。他在宪兵队里,虽没有被打、上电刑或灌水之类,但睡在水门汀上,吃着冷饭,他的身体因此益发坏下去。敌人们大概也为他的天真而恳挚的态度所感动吧,后来,对待他很不坏。比别人自由些,只有半个月便被放了出来。

他说,日本宪兵曾经问起了我:"你有见到郑某某吗?"他撒了谎,说道:"好久好久不见到他了。"其实,在那时期,我们差不多天天见的。他是那么爱护着他的朋友!

他回家后,显得更憔悴了,不久,便病倒。我们见到他,他也只是叹气,慢吞吞地说着经过,并不因自己的不幸的遭遇而特别觉得愤怒。他永远是悲天悯人的,连他自己也在内。在晚年,他有时觉得很起劲,为开明书店计划着出版辞典,同时发愿要译《南藏》。他担任的是《佛本生经》(Jataka)的翻译,已经译成了若干,有一本仿佛已经出版了。我有一部英译本的 Jataka,他要借去做参考,我答应他,可惜我不能回家,托人去找,遍找不到。等到我能够回家,而且找到 Jataka 时,他已经用不到这部书。我见到它,心里便觉得很难过,仿佛做了一件不可补偿的事。

他很耿直,虽然表面上是很随和。他所厌恨的事,隔了多少年,也还不曾忘记。有一次,在一个宴会上遇到了一个他在杭州第一师范学校教书时代的浙江教育厅长,他便有点不耐烦,叨叨地说着从前的故事;我们都觉得窘,但他却一点也不觉得。

他是爱憎分明的!

他从事教育很久,多半在中学里教书。他的对待学生们从来不采取严肃的督责的态度，他只是恳挚地诱导着他们。

  ……我入学之后，常听到同学们谈起夏先生的故事，其中有一则我记得最牢、感动得最深的，是说夏先生最初在一师兼任舍监的时候，有些不好的同学，晚上熄灯、点名之后，偷出校门，在外面荒唐到深夜才回来。夏先生查到之后，并不加任何责罚，只是恳切地劝导，如果一次两次仍不见效，于是夏先生第三次就守候着他，无论怎样夜深都守候着他，守候着了，夏先生对他仍旧不加任何责罚，只是苦口婆心，更加恳切地劝导他，一次不成，二次；二次不成，三次……总要使得犯过者真心悔过，彻底觉悟而后已。

许志行《不堪回首悼先生》

  他是上海立达学园的创办人之一，立达的几位教师对于学生们所应用的也全是这种恳挚的感化的态度。他在国立暨南大学做过国文系主任，因为不能和学校当局意见相同，不久，便辞职不干。此后，便一直过着编译的生活，有时也教教中学。学生们对于他，印象都非常深刻，都敬爱着他。

  他对于语文教学有湛深的研究。他和刘薰宇合编过一本《文章作法》，和叶绍钧合编过《文章讲话》《阅读与写作》及《文心》，也像做国文教师时的样子，细心而恳切地谈着作文的心诀。他自己作文很小心，一字不肯苟且；阅读别人的文章时，也很小心，很慎重，一字不肯放过。从前，《中学生》杂志有过《文章病院》一栏，批评着时人的文章，有发必中，便是他在那里主持着的，他自己也动笔写了几篇东西。

  古人说："文如其人"。我们读他的文章，确有此感。我很喜欢他的散文，每每劝他编成集子。《平屋杂文》一本，便是他的第一个散文集子。他毫不做作，只是淡淡地写来，但是骨子里很丰腴。虽然是很短的一篇文章，不署名的，读了后，也猜得出是他写的。在那里，言之有物，是那么深切地混和着他自己的思想和态度。

  他的风格是朴素的，正和他为人的朴素一样。他并不堆砌，只是平平地说着他自己所要说的话。然而，没有一句多余的话、不诚实的话，字斟句酌，决不急就。在文章上讲，是"盛水不漏"、无懈可击的。

  他的身体是病态的胖肥，但到了最后的半年，显得瘦了，气色很灰暗。营养不良，恐怕是他致病的最大原因。心境的忧郁，也有一部分的因素在内。友人们都说他"一肚皮不合时宜"。在这样一团糟的情形之下，"合时宜"的都是些何等人物，可想而知。

怎能怪丏尊的牢骚太多呢!

想到这里,便仿佛还听见他的叹息、他的悲愤的语声在耳边响着。他的忧郁的脸、病态的身体,仿佛还在我们的眼前出现。然而他是去了! 永远地去了! 那悲天悯人的语调是再也听不到了!

如今是那么需要由叹息、悲愤里站起来干的人,他如不死,可能会站起来干的。这是超出于友情以外的一个更大的损失。

阅读札记

夏丏尊是一个爱憎分明的人,他对统治者、对黑暗的社会现实,抱有悲愤之心;对自己的朋友、对人民,抱有强烈的爱护。他为人朴素,献身教育事业,孜孜不倦。他虽走了,但他的精神不能泯灭,我们应该让它传承下去。

第五辑／游历天下的乐趣

徒步旅行者

朱湘

　　往常看见报纸上登载着某人某人徒步旅行的新闻，我总在心上泛起一种辽远的感觉，觉得这些徒步旅行者是属于另一个世界——一个浪漫的世界。他们与我——一个刻板式的家居者，是完全道不同不相为谋的。我思忖着，每人与生俱来得都带有一点冒险性，即使他是中国人，一个最缺乏冒险性的民族……希腊人不也是一个习于家居、不愿轻易地离开乡土的民族么？然而几千年来的文学中，那个最浪漫的冒险故事——《奥德赛》，它正是希腊民族的产品。这一点冒险性既是内在的，它必然就要去自寻外发的途径，大规模的或是小规模的，顾及实益的或是超乎实益的。林德白的横渡大西洋飞航，李尔得的南极探险，这些都是大规模的，因之也不得不是顾及实益的——虽然不一定是顾虑到个人的实益——唯有小规模的徒步旅行，它是超乎实益的，它并不曾存着一种目的，任是扩大国家的版图，或是准备将来军事上的需要，或是采集科学上的文献；徒步旅行如其有目的，我们最多也不过能说它是一种虚荣心的满足，这也是人情，不能加以非议——那一张沿途上行政人物的签名单也算不了什么宝贝，我们这些安逸的家居者倒不必去眼红，尽管由它去落在徒步旅行者的手中，作一个纪念品好了。这一种的虚荣心倒远强似那种两个人骂街，都要占最后一句话的上风的虚荣心。所以，就一方面说来，徒步旅行也能算得是艺术的。

　　史蒂文生作过一篇《徒步旅行》，说得津津有味；往常我读它，也只是用了文学的眼光，就好像读他的《骑驴旅行》那样。一直到后来，在文学传记中知道了史氏自己是曾经尝过徒步旅行的苦楚的，是曾经在美国西部——这地方离开他的故乡苏格兰，是多么远！步行了多时，终于倒在地上，累得还是饿得呢，我记不清楚了，幸亏有人走过，将他救了转来的，到了这时候，我回想起来他的那篇《徒步旅行》，那篇文笔如彼轻灵的小品文，我便十分亲切地感觉到，好的文学确是痛苦的结晶品；我又肃敬地感觉到，史氏身受到人生的痛苦而不容许这种丑恶的痛苦侵入他的文字之中，实在不愧为一个伟大的客观的艺术家，那"为艺术而艺术"的一句话，史氏确是可以当之而无愧。

史氏又有一篇短篇小说——Providence and the Guitar，里面描写一个富有波希米亚性的歌者的浪游，那篇短篇小说的性质又与上引的《徒步旅行》不同，那是《吉诃德先生》的一幅缩影，与孟代（Catulle Mendés）的 Je m'en vais par les chemins，li—re—lin 一首歌词的境地倒是类似。孟氏的这首歌词说一个诗人浪游于原野之上，布袋里有一块白面包，口袋里有三个铜钱——心坎里有他的爱友——等到白面包与铜钱都被屠手给捞去了的时候，他邀请这个屠手把他的口袋也一齐捞去，因为他在心坎里依然存得有他的爱友。这是中古时代行吟诗人 Troubadour 的派头；没有中古时代，便容不了这些行吟诗人，连危用（Villon）都嫌生迟了时代，何况孟氏。这个，我们只能认它作孟氏的取其快意的寄寓之词罢了。

就那个由浪游者改行作了诗人的岱维士（W. H. Davies）说来，徒步旅行实在是他的拿手——虽说能以偷车的时候，他也乐得偷车。据他的《自传》所说，徒步旅行有两种苦处：狗与雨。他的《自传》那篇诚实的毫不浮夸的记载，只是很简单的一笔便将狗这一层苦处带过去了；不知道他是怕狗的呢，还是他做过对不住狗这一族的事，至少，我们可以想象得出，狗的多事未尝不是为了主人，这个，就一个同情心最开阔的诗人说来，岱氏是应当已经宽恕了的；不过，在当时，肚里空着、身上冻着、腿上酸着，羞辱在他的心上、脸上，再还要加上那一阵吠声，紧迫在背后提醒着他，如今是处在怎样的一种景况之内，这个，便无论一个人的容量有多么大，岱氏想必也是不能不介然于怀的。关于雨这一层苦处，岱氏说得很详尽；这个雨并非润物细无声的那种毛毛雨，（其实说来，并不一定要它有声，只要它润了一天一夜，徒步旅行者便要在身上，心上沉重许多斤了。）这个雨也并非花落知多少的那种隔岸观火的家居者的闲情逸致的雨；它不是一幅画中的风景，它是一种宇宙中的实体，濡湿的、寒冷的、泥泞的。那连三接四的梅雨，就家居者看来，都是十分烦闷、惹厌，要耽误他们的许多事务，败兴他们的各种娱乐；何况是在没遮拦的荒野中，那雨向你的身上，向你的没穿着雨衣的身上洒来、浸入，路旁虽说有漾出火光的房屋，但是那两扇门向了你紧闭着，好像一张方口哑笑地向了你在张大，深刻化你的孤单、寒冷的感觉，这时候的雨是怎么一种滋味，你总也可以想象得出。不然，你可以去读岱氏的《自传》，去咀嚼杜甫的"布衾多年冷似铁，娇儿恶卧踏里裂，长夜沾湿何由彻"那三句诗；再不然，你可以牺牲了安逸的家居，去做一个毫无准备的徒步旅行者。

杜甫也是一个迫于无奈的徒步旅行者；只要看他的"芒鞋见天子，脱袖露两肘。"

这寥寥十个字，我们便可以想象得出，他是步行了多少的时日，在途中与多少的困苦摩肩而过，以致两只衣袖都烂脱了；我们更可以想象开去，他穿着一双草鞋，多半是破的，去朝见皇帝于宫庭之上，在许多衣冠整肃的官吏当中，那是，就他自己说来，够多么惨的一种境况；那是，就俗人说来，够多么叫人齿冷的一种境况……至所谓"相见惊老丑"，他还只曾说到他的"所亲"呢。

我记得有一次坐火车经过黄河铁桥，正在一座一座地数计着铁栏的时候，看见一个老年的徒步旅行者站在桥的边沿，穿着破旧的还没有脱袖的短袄，背着一把雨伞，伞柄上吊着一个包袱。我当时心上所泛起的只是一种辽远的感觉，以及一种自己增加了坐火车的舒适的感觉……人类的囿于自我的根性呀！像我这样一个从事于文学的人尚且如此，旁人还能加以责备么？现在我所唯一引以自慰的，便是我还不曾堕落到那种嘲笑他们那般徒步旅行者的田地。杜甫的诗的沉痛，我当时虽是不能体味到，至少，我还没有嘲笑，我还没有自绝于这种体味。淡漠还算得是人之常情，敌视便是鄙俗了。

西方的徒步旅行者，我是说的那种迫于无奈的，我不知道他们是怎么一种行头，虽说吉卜西的描写与他们的插图我是看见过的，大概就是那般在街上卖毯子的俄国人的装束，就那般瑟缩在轮船的甲板上的外国人的装束想象开去，我们也可以捉摸到一二了……这许多漂泊的异乡人内，不知道也有多少《哀王孙》的诗料呢。

这卖毯子的人叫我联想到危用——那个被驱出巴黎的徒步旅行者。他因为与同党窃售教堂中的物件，下了监牢，在牢里作成了那篇传诵到今的《吊死曲》，他是准备着上绞台的了；遇到皇帝登位，怜惜他的诗才，将他大赦，流徒出京城，这个"巴黎大学"的硕士，驰名于全巴黎的诗人便卢梭式地维持着生活，向南方步行而去；在奥类昂公爵（Charles d'Orl'eans 也是一个驰名的诗人）的堡邸中，他逗留了一时，与公爵以及公爵的侍臣唱和了一篇题为"在泉水的边沿我渴得要死"的 ballade（巴俚曲），大概也借了几个钱；接着，他又开始了他的浪游，一直到了一个叫保兜的地方，他才停歇了下来，因为又犯了事，被逼得停歇在一个地窖里，这又是教堂中人干的事。那个定罪名的主教治得他真厉害，不给他水喝——忘记了耶稣曾经感化过一个妓女——只给他面包吃，还不是新鲜的，他睡去了的时候，还要让地窖里的老鼠来分食这已经是少量的陈面包。徒步旅行者的生活到了这种田地，也算得无以复加了。

阅读札记

本文所要讲的，是人类的理想与现实之间的矛盾。只不过各人理想不同，因此沿途风景也迥然各异。但无论是为艺术还是为生活，只要最终坚持了下来，便可称得上是一种悲壮的胜利。徒步旅行者的路注定是孤独而又艰辛的，作者本人就属于为艺术而漂泊不定的人，但他注定会不畏孤独和艰辛而前行。

白 马 湖

朱自清

今天是个下雨的日子，这使我想起了白马湖；因为我第一回到白马湖，正是微风飘萧的春日。

白马湖在甬绍铁道的驿亭站，是个极小极小的乡下地方。在北方说起这个名字，管保一百个人里有一百个人不知道，但那却是一个不坏的地方。这名字先就是一个不坏的名字，据说从前（宋时？）有个姓周的骑白马入湖仙去，所以有这个名字。这个故事也是一个不坏的故事，假使你乐意搜集，或也可编成一本小书，交北新书局印去。

白马湖并非圆圆的或方方的一个湖，如你所想到的，这是曲曲折折大大小小许多湖的总名。湖水清极了，如你所能想到的，一点儿不含糊像镜子。沿铁路的水，再没有比这里清的，这是公论。遇到旱年的夏季，别处湖里都长了草，这里却还是一清如故。白马湖最大的，也是最好的一个，便是我们住过的屋的门前那一个。那个湖不算小，但湖口让两面的山包抄住了。外面只见微微的碧波而已，想不到有那么大的一片。湖的尽里头，有一个三四十户人家的村落，叫作西徐岙，因为姓徐的多。这村落与外面本是不相通的，村里人要出来得撑船。后来春晖中学在湖边造了房子，这才造了两座玲珑的小木桥，筑起一道煤屑路，直通到驿亭车站。那是窄窄的一条人行路，蜿蜒曲折的，路上虽常不见人，走起来却不见寂寞。尤其在微雨的春天，一个初到的来客，他左顾右盼，是只有觉得热闹的。

春晖中学在湖的最胜处，我们住过的屋也相去不远，是半西式。湖光山色从门里从墙头进来，到我们窗前、桌上。我们几家接连着，丏翁的家最讲究。屋里有名人字画，有古瓷，有铜佛，院子里满种着花。屋子里的陈设又常常变换，给人新鲜的受用。他有这样好的屋子，又是好客如命，我们便不时地上他家里喝老酒。丏翁夫人的烹调也极好，每回总是满满的盘碗拿出来，空空地收回去。白马湖最好的时候是黄昏。湖上的山笼着一层青色的薄雾，在水里映着参差的模糊的影子。水光微微地暗淡，像是一面古铜镜。轻风吹来，有一两缕波纹，但随即平静了。天上偶见几只归鸟，我们看着它们越飞越远，直到不见为止，这个时候便是我们喝酒的时候。我们说话很少，上了灯话才多些，但大家都已微有醉意。是该回家的时候了，若有月光也许还得徘徊一会；若是黑夜，便在暗里摸索醉着回去。

白马湖的春日自然最好。山是青得要滴下来，水是满满的、软软的。小马路的两边，一株接一株地种着小桃与杨柳。小桃上各缀着几朵重瓣的红花，像夜空的疏星。杨柳在暖风里不住地摇曳。在这路上走着，时而听见锐而长的火车的笛声是别有风味的。在春天，不论是晴是雨，是月夜是黑夜，白马湖都好。雨中田里菜花的颜色最早鲜艳；黑夜虽什么不见，但可静静地受用春天的力量。夏夜也有好处，有月时可以在湖里划小船，四面满是青霭。船上望别的村庄，像是蜃楼海市，浮在水上，迷离恍惚的；有时听见人声或犬吠，大有世外之感。若没有月呢，便在田野里看萤火。那萤火不是一星半点的，如你们在城中所见，那是成千成百的萤火。一片儿飞出来，像金线网似的，又像耍着许多火绳似的。只有一件事使我愤恨，那里水田多，蚊子太多，而且几乎全闪闪烁烁是疟蚊子。我们一家都染了疟疾，至今三四年了，还有未断根的。蚊子多足以减少露坐夜谈或划船夜游的兴致，这未免是美中不足了。

离开白马湖是三年前的一个冬日。前一晚"别筵"上，有丏翁与云君，我不能忘记丏翁，那是一个真挚豪爽的朋友。但我也不能忘记云君，我应该这样说，那是一个可爱的孩子。

阅读札记

文章通篇弥漫着一种深沉的、撩人遐思的情愫，这情思像风一样，是无形的，却无所不在，将你紧紧裹挟住。作者并没有刻意为文，却用舒徐自如的笔自然创造出一种清幽、遐远的境界。

春晖的一月

朱自清

去年在温州，常常看到本刊，觉得很是欢喜。本刊印刷的形式，也颇别致，更使我有一种美感。今年到宁波时，听许多朋友说，白马湖的风景怎样怎样好，更加向往。虽然于什么艺术都是门外汉，我却怀抱着爱"美"的热诚，三月二日，我到这儿上课来了。在车上看见"春晖中学校"的路牌，白地黑字的，小秋千架似的路牌，我便高兴。出了车站，山光水色，扑面而来，若许我抄前人的话，我真是"应接不暇"了。于是我便开始了春晖的第一日。

走向春晖，有一条狭狭的煤屑路。那黑黑的细小的颗粒，脚踏上去，便发出一种摩擦的噪音，给我多少轻新的趣味。而最系我心的，是那小小的木桥。桥黑色，由这边慢慢地隆起，到那边又慢慢地低下去，故看去似乎很长。我最爱桥上的栏干，那变形的纹的栏干；我在车站门口早就看见了，我爱它的玲珑！桥之所以可爱，或者便因为这栏干哩，我在桥上逗留了好些时。这是一个阴天，山的容光，被云雾遮了一半，仿佛淡妆的姑娘。但三面映照起来，也就青得可以了，映在湖里，接着水光，却另有一番妙景。我右手是个小湖，左手是个大湖。湖有这样大，使我自己觉得小了。湖水有这样满，仿佛要漫到我的脚下。湖在山的趾边，山在湖的唇边，他俩这样亲密，湖将山全吞下去了。吞的是青的，吐的是绿的，那软软的绿呀，绿的是一片，绿的却不安于一片，它无端地皱起来了。如絮的微痕，界出无数片的绿，闪闪闪闪的，像好看的眼睛。湖边系着一只小船，四面却没有一个人，我听见自己的呼吸。想起"野渡无人舟自横"的诗，真觉物我双忘了。

好了，我也该下桥去了；春晖中学校还没有看见呢。弯了两个弯儿，又过了一重桥。当面有山挡住去路，山旁只留着极狭极狭的小径。挨着小径，抹过山角，豁然开朗，春晖的校舍和历落的几处人家，都已在望了。远远看去，房屋的布置颇疏散有致，决无拥挤、局促之感。我缓缓走到校前，白马湖的水也跟我缓缓地流着。我碰着丐尊先生，他引我过了一座水门汀的桥，便到了校里。校里最多的是湖，三面潺潺地流着；其次是草地，看过去芊芊的一片。我是常住城市的人，到了这种空旷的地方，有莫名的喜悦！乡下人初进城，往往有许多的惊异，供给笑话的材料；我这城里人下乡，却也有许多的惊异——我的可笑，或者竟不下于初进城的乡下人。闲言少叙，且说校里的房屋、格式、布置固然疏落有味，便是里面的用具，也无一不显出巧妙的匠意，决无笨拙之感。晚上我到几位同事家去看，壁上有书有画，布置井井，令人耐坐。这种情形正与学校的布置、自然界的布置是一致的。美的一致，一致的美，是春晖给我的第一件礼物。

有话即长，无话即短，我到春晖教书，不觉已一个月了。在这一个月里，我虽然只在春晖登了十五日（我在宁波四中兼课），但觉甚是亲密。因为在这里，真能够无町畦。我看不出什么界线，因而也用不着什么防备、什么顾忌；我只照我所喜欢的做就是了，这就是自由了。从前我到别处教书时，总要做几个月的"生客"，然后才能坦然。对于"生客"的猜疑，本是原始社会的遗形物，其故在于不相知，这在现代社会也不能免的。但在这里，因为没有层迭的历史，又结合得比较单纯，故没有这种习染。这是我所深愿的！这里的教师与学生，也没有什么界限。在一般学校里，师生之间往往隔开一无形界限，这是最足减少教育效力的事！学生对于教师，"敬鬼神而远之"；教师对于学生，尔为尔，我为我，休戚不关，理乱不闻！这样的形势，如何说得到人格感化？如何说得到"造成健全人格"？这里的师生却没有这样情形。无论何时，都可自由说话；一切事务，常常通力合作。校里只有协治会而没有自治会。感情既无隔阂，事务自然都开诚布公，无所用其躲闪。学生因无须矫情饰伪，故甚活泼有意思。又因能顺全天性，不遭压抑，加以自然界的陶冶，故趣味比较纯正。也有太随便的地方，如有几个人上课时喜欢谈闲天，有几个人喜欢吐痰在地板上，但这些总容易矫正的。春晖给我的第二件礼物是真诚，一致的真诚。

春晖是在极幽静的乡村地方，往往终日看不见一个外人！寂寞是小事；在学生的修养上却有了问题。现在的生活中心，是城市而非乡村。乡村生活的修养能否适应城市的生活，这是一个问题。此地所说适应，只指两种意思：一是抵抗诱惑，二是应付环境——明白些说，就是应付人、应付物。乡村诱惑少，不能养成定力；在乡村是好人的，将来一入城市做事，或者竟抵挡不住。从前某禅师在山中修道，道行甚高；一旦入闹市，"看见粉白黛绿，心便动了"。这话看来有理，但我以为其实无妨。就一般人而论，抵抗诱惑的力量大抵和性格、年龄、学识、经济力等有"相当"的关系。除经济力与年龄外，性格、学识，都可用教育的力量提高它，这样增加抵抗诱惑的力量。提高的意思，说得明白些，便是以高等的趣味替代低等的趣味，养成优良的习惯，使不良的动机不容易有效。用了这种方法，学生达到高中毕业的年龄，也总该有相当的抵抗力了，入城市生活又何妨？（不及初中毕业时者，因初中毕业，仍须续入高中，不必自己挣扎，故不成问题。）有了这种抵抗力，虽还有经济力可以作祟，但也不能有大效。前面那禅师所以不行，一因他过的是孤独的生活，故反动力甚大，一因他只知克制，不知替代，故外力一强，便"虎咒出于神"了！这岂可与现在这里学生的乡村生活相提并论呢？至于应付环境，我以为应付物是小问题，可以随时指导；而且这与乡村，城市无大关系。我是城市的人，但初到上海，也曾因不会乘电车而跌了一跤，跌得皮破血流，这与乡下诸公又差得几何呢？若说应付人，无非是机心！什么"逢人只说三分话，未可全抛一片心"，便是代表的教训。教育有改善人心的使命，这种机心，有无养成的必要，是一个问题。姑不论这个，要养成这种机心，也非到上海这种地方去不成；普通城市正和乡村一样，是没有什么帮助的。凡以上所说，无非要使大家相信，这里的乡村生活的修养，并不一定不能适应将来城市的生活。况且我们还可以举行旅行，以资调剂呢。况且城市生活的修养，虽自有它的好处，但也有流弊。如诱惑太多，年龄太小或性格未佳的学生，或者转易陷溺，那就不但不能磨练定力，反早早地将定力丧失了！所以城市生活的修养不一定比乡村生活的修养有效。——只有一层，乡村生活足以减少少年人的进取心，这却是真的！

说到我自己，却甚喜欢乡村的生活，更喜欢这里的乡村的生活。我是在狭的笼的城市里生长的人，我要补救这个单调的生活，我现在住在繁嚣的都市里，我要以闲适的境界调和它。我爱春晖的闲适！闲适的生活可说是春晖给我的第三件礼物！

我已说了我的"春晖的一月"，我说的都是我要说的话。或者有人说，赞美多而劝勉少，近乎"戏台里喝彩"！假使这句话是真的，我要切实声明：我的多赞美，必是情不自禁之故，我的少劝勉，或是观察时期太短之故。

阅读札记

这篇散文写作者到春晖中学一个月的感受。作者毫无虚饰，如实写来，写得诚朴恳挚，真切感人。读这篇散文，人们最大的感受就是真：情真词真。这种真，一方面来自作者主观上的真诚，一方面也来自由这种真诚所决定的作者独特的观察视角。

半日的游程

郁达夫

去年有一天秋晴的午后，我因为天气实在好不过，所以就搁下了当时正在赶着写的一篇短篇的笔，从湖上坐汽车驰上了江干。在儿时习熟的海月桥、花牌楼等处闲走了一阵，看看青天，看看江岸，觉得一个人有点寂寞起来了，索性就朝西直上，一口气便走到了二十几年前曾在那里度过半年学生生活的之江大学的山中。二十年的时间的印迹，居然处处都显示了新貌：从前的一片荒山、几条泥路，与乱石幽溪、草房藩溷，现在都看不见了。尤其要使人感觉到我老何堪的，是在山道两旁的那一排青青的不凋冬树；当时只同豆苗似的几根小小的树秧，现在竟长成了可以遮蔽风雨，可以掩障烈日的长林。不消说，山腰的平处，这里那里，一所所的轻巧而经济的住宅，也添造了许多；像在画里似的附近山川，虽仍依阳，但校址的周围，变化却不少。第一，从前在大礼堂前的那一块空地，本来是下临绝谷的半边山道，现在却已将面前的深谷填平，变成了一大球场。大礼堂西北的略高之处，本来是有几枝被朔风摧折得弯腰屈背的老树孤立在那里的，现在却建筑起了三层的图书文库了。二十年的岁月！三千六百日的两倍的七千二百的日子！以这一短短的时节，来比起天地的悠长来，原不过是像白驹的过隙，但是时间的威力，究竟是绝对的暴君，曾日月之几何，我这一个本在这些荒山野径里驰骋过的毛头小子，现在也竟垂垂老了。

一路上走着看着，又微微地叹着，自山的脚下，走上中腰，我竟费去了三十来分钟的时刻。半山里是一排教员的住宅，我的此来，原因为在湖上在江干孤独得怕了，想来找一位既是同乡，又是同学，而自美国回来之后就在这母校里服务的胡君，和他来谈谈过去、赏赏清秋，并且也可以由他这里来探到一点故乡的消息的。

两个人本来是上下年纪的小学校的同学，虽然在这二十几年中见面的机会不多，但或当暑假，或在异乡，却也有一段不能自已的柔情，油然会生起在各个的胸中。我的这一回的突然的袭击，原也不过是想使他惊骇一下，用以加增加增亲热的效力的企图；升堂一见，他果然是被我骇倒了。

"哦！真难得！你是几时上杭州来的？"他惊笑着问我。

"来了已经多日了，我因为想静静地写一点东西，所以朋友们都还没有去看过。今天实在天气太好了，在家里坐不住，因而一口气就跑到了这里。"

"好极！好极！我也正在打算出去走走，就同你一道上溪口去吃茶去罢，沿钱塘江到溪口去的一路的风景，实在是不错！"

沿溪入谷，在风和日暖，山近天高的田塍道上，二人慢慢地走着、谈着，走到九溪十八涧的口上的时候，太阳已经斜到了去山不过丈来高的地位了。在溪房的石条上坐落，等茶庄里的老翁去起茶煮水的中间，向青翠还像初春似的四山一看，我的心坎里不知怎么，竟充满了一股说不出的飒爽的清气。两人在路上，说话原已经说得很多了，所以一到茶庄，都不想再说下去，只瞪目坐着，在看四周的山和脚下的水，忽而嘘嘘朔朔地一声，在半天里，晴空中一只飞鹰，像霹雳似的叫过了，两山的回音，更缭绕地震动了许多时。我们两人头也不仰起来，只竖起耳朵，在静听着这鹰声的响过。回响过后，两人不期而遇地将视线凑集了拢来，更同时破颜发了一脸微笑，也同时不谋而合地叫了出来说："真静啊！真静啊！"

等老翁将一壶茶搬来，也在我们边上的石条上坐下，和我们攀谈了几句之后，我才开始问他说："久住在这样寂静的山中，山前山后，一个人也没有得看见，你们倒也不觉得怕的么？"

"怕啥东西？我们又没有龙连（钱），强盗绑匪，难道肯到孤老院里来讨饭吃的么？并且每到春季，这里的游客一天也有好几千。冷清的，就只不过这几个月。"

我们一面喝着清茶，一面只在贪味着这阴森得同太古似的山中的寂静，不知不觉，竟把摆在桌上的四碟糕点都吃完了，老翁看了我们的食欲的旺盛，就又推荐着他们自造的西湖藕粉和桂花糖说："我们的出品，非但在本省口碑载道，就是外省，也常有信来邮购的，两位先生冲一碗尝尝看如何？"

大约是山中的清气和十几里路的步行的结果罢，那一碗看起来似鼻涕，吃起来似泥沙的藕粉，竟使我们嚼出了一种意外的鲜味。等那壶龙井芽茶，冲得已无茶味，而我身边带着的一封绞盘牌也只剩了两枝的时节，觉得今天行得特别快的那轮秋日，早就在西面的峰旁躲去了。谷里虽掩下了一天阴影，而对面东首的山头，还映得金黄浅碧，似乎是山灵在预备去赴夜宴而铺陈着浓妆的样子。我昂起了头，正在赏玩着这一幅以青天为背景的夕照的秋山，忽所见耳旁的老翁以富有抑扬的杭州土音计算着账说：

"一茶四碟，二粉五千文！"

我真觉得这一串话是有诗意极了，就回头来叫了一声说：

"老先生！你是在对课呢？还是在做诗？"

他倒惊了起来，张圆了两眼呆视着问我：

"先生你说啥话语？"

"我说，你不是在对课么？三竺六桥，九溪十八涧，你不是对上了'一茶四碟，二粉五千文'了么？"

说到了这里，他才摇动着胡子，哈哈地大笑了起来，我们也一道笑了。付账起身，向右走上了去理安寺的那条石砌小路，我们俩在山嘴将转弯的时候，三人的呵呵呵呵的大笑的余音，似乎还在那寂静的山腰，寂静的溪口，作不绝如缕的回响。

阅读札记

作者重游二十几年前曾在那里度过半年学生生涯的之江大学的山中，在"我老何堪"感情的感染下，一草一木就别有系人之处；与二十多年未见的旧友胡君，一起领略山谷的幽静，更觉含蓄含情。作者以自身体验乃至个性、气质去咀嚼、漱涤万物，似乎可以与大自然产生情感交流，清逸隽永，余味不尽，景与人都浓厚地染上作者的情趣和个性色彩。

北 游 漫 笔

叶灵凤

北国的相思，几年以来不时在我心中掀动。立在海上这银灯万盏的层楼下，摩托声中，我每会想起那前门的杂沓，北海的清幽，和在虎虎的秋风中听纸窗外那枣树上簌簌落叶的滋味。有人说，北国的严冬，荒凉干肃的程度，较之江南的浓春还甚，这句话或许过癖，然而至少是有一部分的理由。尤其是在上海住久了的人，谁不渴望去一见那沉睡中的故都？

柔媚的南国，好像灯红酒绿间不时可以纵身到你怀中来的迷人的少妇；北地的冰霜，却是一位使你一见倾心而又无辞可通的拘谨的姑娘。你沉醉时你当然迷恋那妖娆的少妇，然而在幻影消灭后酒醒的明朝，你却又会圣洁地去瘈寐你那倾心的姑娘了。

这样，我这缠绵了多年的相思，总未得到宽慰，一直到今年的初夏，我才借故去遨游了一次。虽是在那酷热的炎天中，几十日的逗留，不足以体验到北方的真味；然而昙花一瞥，已足够我回想时的陶醉了。

最初在天津的一月，除了船进大沽口时两旁见了几个红裤的小孩和几间土堆的茅屋以外，简直不很感觉北国的意味。我身住在租界，街上路牌写的也不是中文，我走在水门泥的旁道上，两旁尽是红砖的层楼，我简直找不见一个嚼馍馍大葱的汉子，我几疑惑此身还是在上海。白昼既无闲出去，而夜晚后天津的所谓"中国地"又因戒严阻隔了不能通行，于是每晚我所消磨时间的地方，我现在想起了还觉得好笑。每晚，在福绿林或国民饭店的跳舞厅中，在碧眼儿和寥寥几位洋行的写字之中，总有我一个江南的惨绿少年，面前放了一杯苏打，口里含着纸烟，抱了手倚在椅上，默视场中那肉与色的颤动，一直到夜深一二时才又独自回去。有时我想起我以不远千里之身，从充满了异国意味的上海跑来这里，不料到了这里所尝的还是这异国的情调，我真有点嘲笑我自己的矛盾。

离开天津乘上京奉车去吸着了北京的灰土以后，我才觉得我真是到了北方。那一下正阳门车站后，在烈日高涨的前门道上，人力车夫和行人车马的混乱，那立在灰沙中几乎被隐住了的巡士，和四面似乎都蒙上了一层灰荡的高低的建筑，甚至道旁那几株油绿的街树，几乎无一处使我望去不感到它的色调是苍黄。睁立着的干涩的前门，衬了它背后那六月的蔚蓝的天空，没有掩映。下面是灰黄混乱，上面是光秃的高空，我见了这一些，我才遽然揉醒了我惺忪的睡眼。啊啊，这不是委婉多情的南国了。

近年北方夏季天气的炎热，实是故老们所感喟的世道人心都剧变了的一个铁证。在京华歇足的二十九日中，所遭的天气几乎无日不在九十度以上。偶尔走出门来，松软的土道上，受了烈日所蒸发出的那种干燥的热气，嗅着了真疑心自己是已置身在沙漠。不幸的我，自离开天津后，两只脚上的湿气已有点痒痒；抵北京后在旅馆中的第一夜更发现脚底添了两处破洞，此后日渐加剧，不能行动，一直在海甸燕京大学友人的床上养息了两整星期后才算痊愈。在那两星期中，我每日只是僵卧；天气的闷热、苍蝇的骚扰、长睡的无聊和想出去游览的意念的热切，每日在我心中循环地交战。我竭力想用书籍来镇压我自己，然而得到的效果很少，我几乎是又尝了一度牢狱的滋味，这样一直到我的脚能勉强走动了才止。我记得在近二十日的长睡后，我第一次披了外衣倚在宿舍走廊朱红漆的大柱下去眺望那对山时的情形，我的心真像小鸟一样的在欣慰活跃。

长卧的无聊中，每日药膏纱布之余，睁目乱想，思的能力便较平日加倍地灵敏。燕大的校舍是处在京西的海甸，辟置未久，许多建筑还在荒榛中未曾完竣。我所住的朋友这间宿舍，窗外越过一沼清水，对岸正有一座宝塔式的水亭在兴工建筑。我支枕倚在床上，可以看见木架参差的倒影，工人的铁杆和锤声自上飞下，仿佛来自云端。入夜后那塔顶上的一盏电灯，更给了我不少启示。我睡在床上望了那悬在空际荧荧的一点光明，我好像巡圣者在黑夜遥瞻那远方山上尼庵中的圣火一般，好几次镇定了我彷徨的心情。这黑夜的明灯，我仿佛看见一只少女的眼睛在晶晶地注视着我。

据说这一块地基，是一个王府的旧址；所以窗外那一沼清水，虽不甚广阔，然已足够几只小艇的泛游。每到热气清消的傍晚，岸上和水中便逐渐地热闹起来，我坐在床上，从窗里望着他们的逸兴，我真觉得自己已是一只囚在笼中的孤鸟。从水草中送上来的桨声和歌声，好像都在嘲笑我这两只脚的命运。窗外北面一带都是宫殿式的大楼，飞檐画角，朱红的圆柱掩护着白圣的排窗，在这荒山野草间，真像是前朝的遗物。那倚在窗口的闲眺者，仿佛又都是白头宫女，在日暮苍茫，思量她们未流露过的春情。

啊啊，这无限的埋葬了的春情！

这样，在眼望着壁上的日历撕去了十四五页以后，我才能从床上起来，我才能健快地踏着北京的街道。

离去海甸搬到城内朋友的住处后，我才住着了纯粹北方式的房屋。环抱了院子矮矮的三槛、纸糊的窗格、竹的门帘、花纸的内壁和墙上自庙会时买来的几幅赝造的古画，都完全洗清了我南方的旧眼。天气虽热，然而你只要躲在屋内便也不觉怎样。在屋内隔了竹帘看院中烈日下的几盆夹竹桃和几只瓦雀往返在地上争食的情形，实在是我那几日中最心赏的一件乐事。入晚后在群星密布的天幕下，大家踞在藤椅上信口闲谈，听夜风掠过院中槐树枝的声音，我真咒诅这上海几年所度的市井的生活。

有一夜大雷雨，我半夜醒来，在屋瓦的急溜和风声雨声的交响乐中，静看那每一道闪电来时，纸窗上映出的被风摇曳着的窗外的树影，那时的心境，那时的情调，真是永值得回忆。

到北京下车后在旅舍中的第一晚，就由朋友引导去了中央公园一次。去时已是夜十一时了，忍着痛足，匆匆地在园中走了一遭，在柏树下喝了一瓶苦甜的万寿山汽水后，便走了出来。园中很黑，然而在参天的柏树下，倚了栏杆，遥望对岸那模糊中的宫墙，我觉倒很有趣味，以后白天虽又去过几次，但总觉不如第一夜的好。在一望去几百张藤椅的嘈杂人声中，去夹在里面吃瓜子，去品评来往的女人，实在太乏味了。

北海公园便比中央好了，而我觉得它的好处不在有九龙壁的胜迹，有高耸的白塔可以登临；它的好处是在沿海能有那一带杂树蜿蜒的堤岸可以供你闲眺。去倚在柳树的荫下，静看海中双桨徐起的划艇女郎和游廊上品茶的博士。趣味至少要较自己置身其中为甚。这还是夏天，我想象着假若到了愁人的深秋，在斜阳映着衰柳的余晖中，去看将涸的水中的残荷和败叶披离的倒影，当更有深趣。假若再有一两只踽步的白鹭在这凄凉的景象中点缀着，那即使自己不是诗人，也尽够你出神遐想了。

我爱红灯影下男女杂沓酒精香烟的疯狂混乱的欢乐，我也爱一人黄昏中独坐在就圮的城墙上默看万古苍凉的落日烟景，然而我终不爱那市场中或茶棚下嘈杂的闲谈和奔走。

在北方的两月中，除了电影场外，没有看过一次中国的旧戏。去北京而不听京戏，有人说这是入了宝山空手归来，实在太傻了。然而我只好由人奚笑。在幼时虽也曾欢喜过三花大脸和真刀真枪，可惜天真久丧，这个梦早已破了；现在纵使我们的梅兰芳再名驰环球中外倾倒，我去看京剧的兴致也终不能引起。我觉得假如要听绕梁三日的歌喉不如往上海石路叫卖衣服的伙计口中去寻求，要看漂亮的脸儿不如回到房中拿起镜子看看自己。

这既非写实又非象征的京剧，对它，我真只好叹我自己浅薄了。

北京茶馆酒楼和公园中"莫谈国事"的红纸帖儿，实在是一件值得大书特书的怪事。

不过，同一的不准谈国事，在北方却明示在墙上，在南方则任着你谈，以待你自讨苦吃，两相比较，北方人的忠厚在这里显出了。

去西山的一次是在阴天。西山虽没有江南山气的明秀，虽没有北派诸山的雄壮，然而它高低掩映，峰脉环抱，实在是北京一切风景中的重心和根源。我去的一次，在走到半山中便遇着了雨。雨中看山，山中看雨，看雨前白云自山腰涌出封锁山尖的情形，看雨后山色的润湿和苍翠，实在抵得住了多日。

走上西山道上，回过头来便可望见万寿山的颐和园了，这一座庞然的前朝繁华的遗迹，里面尽有它巧妙的布置、伟大的建筑，可是因为主管的太不注意修理了，便处处望去都是死气沉沉。排云殿的颓败、后面佛阁的颠危，我终恐怕它们有一天会像西湖雷峰塔的骤然崩溃。知命者不立于岩墙之下，我想着这些我便止不住缓缓地避开了。我更不敢到昆明湖中去，这大约是我还没有像王国维一样找着我可以尽忠的圣主吧。

对于北京前朝的宫殿和园囿，我要欣赏它的局部而弃掉它的全体。一带玉陛的整齐，不如去鉴赏它雕了蟠龙的白石柱子的一个。三殿的雄伟，哪里抵得上金黄的琉璃瓦的一片可爱呢？我不愿去看故宫的博物馆，我只愿看大元帅府前的汽车和卫兵。

这或许是我的渺小，这或许也就是它们的伟大。

北京"三一八"惨案放枪的地点我也总算去看过了。马号中依旧养着马，地上也长着青草。血呢？

玻璃厂中去买旧书，北京饭店去买西书，实在是我在北京中最高兴的事儿，比夜间乘了雪亮的洋车去逛胡同还要可恋。可是，有一次雨天，当我从东交民巷光泽平坦的柏油大道上走回了我们泥深三尺的中国地时，我又不知道哪一个是该咒诅的了。

泥虽是那样的深，然而汽车却可以闭了眼睛不顾一切地绝驰而过。在北京，黄牌的汽车，比上海租界内的 S. M. C. 三字还要有威风哩！我只好揩去我身上的泥，我还是回上海去尝 S. M. C. 的滋味罢。

在七年以前，曾经由津浦线北上，过黄河，在天津附近的一个小县里住了半年。这一次的北行，往返却都是由海道。回来的一遭，在船中我每日裹了一件毛绒衫躺在甲板上看海。船舷旁飞溅的浪沫、远远缓缓送来的波涛、黄昏时天际的苍茫、新月上升后海上那一派的银雾和月光下海水的晶莹、日落时晚霞的奇幻与波光的金碧错乱，实在使我见了许多意外的奇遇。虽是回来后我额上和手臂都被海风吹得褪了一层皮，我仍是一点也不懊悔。

因了事务的不容缓和朋友的催促，我终于回来了。在回来后一月余的今天，我回想起在京时朋友们待我的盛情和所得的印象，都觉得还是如在目前。

耗去两月的光阴，实际上虽未得到什么，然而一个颠倒了多年的北国的相思梦却终于是实现了，虽是这个梦的实现对于我也与一切恋爱的美梦一般，所得的结果总是不满。

阅读札记

作者把南国比喻成迷人的少妇，把北方比喻拘谨的姑娘，仿佛对北方有着相思梦。终于，在炎热的夏天，作者从天津至北京，领略了北国古都的风景情调。北京街道上的所见所闻都给作者留下了深刻印象，都永值得回忆。

中山陵所见

叶灵凤

去年秋天，路过故乡南京，我去了中山陵一次，同行的有许多是海外归国观光的华侨，人数相当多，扶老携幼，拖男带女，有不少都是不远万里，全家从非洲和加拿大回国来观光的。

海外华侨提到孙中山先生，总是感到十分亲切的，因此对于南京中山陵的现状特别关怀，尤其因为近年海外有人散播谣言，说中山陵因为没有人理会，早已荒凉破败不堪了，他们都想看看究竟已经荒凉破败到怎样程度了。哪知到了陵下一看，正如在国内任何一个地方所见到的名胜古迹一样，都收拾一新，打扫得干净整齐。仅是沿途所见的那一条由法国梧桐构成的，枝柯交加，浓荫蔽日的长长的林荫路，一尘不染，恬静整洁的情形，就知道是有人在怎样细心打理着了。走到陵下向上一望，远在半山腰的中山陵，琉璃瓦和大理石在晴朗的秋空下熠熠生辉，恰像我们在照片上见惯的那样，一点没有什么荒凉破坏的痕迹。

南京虽然是我的故乡，但是我还是第一次见到中山陵。同行之中有许多都是几十年未回过国的老华侨，我相信他们的情形一定也是同我一样。我不知道在国民党的党棍和官僚们气焰熏天的时代，这里的情形是怎样，但是我敢断说一定没有现在这么清静肃穆。我想若是不免有什么改变，这也许就是最重大的改变。至于其他一草一木，根本就不会有人要加以改变过。

尤其是享堂正中天花板上那个青天白日大党徽，以及四壁所嵌的自蒋介石以至当时其他那些"党国要人"的题字刻石，都保存得好好的。这情形简直太出于那些海外归侨的意料之外了。若不是亲眼所见，谁肯相信这样的事情？我见到有些老华侨在感慨万分地点头赞叹，这才知道流传在海外的那些谣言的无稽。

不仅如此，沿石级两旁陈列的许多铜鼎铜香炉，读了上面那些捐献机关和个人的名字，更使得有些人忍不住诧异地说："怎么，连这个也仍旧放在这里！"

我想，不仅是这些东西仍放在原处未动，就是现在寄身在台湾的那些"党国要人"，他们若是忽然动念要想回南京去谒陵一次，只要他们在台湾能够出境，国家一定也是乐意协助他们完成这个愿望的。日前曾读到于右任怀念中山陵的感慨苍凉的绝句，是的，中山陵的陵树长得比以前更郁茂蓬勃了，白头的于郎也确是应该回去看看了。

作者游中山陵，以亲身经历击破海外谣言。现在的中山陵，不仅没有什么荒凉破坏的痕迹，反而草木青葱蓬勃，一切都保护得很好，足可慰国父在天之灵。

塔山公园

郑振铎

由滴翠轩到了对面网球场，立在上头的山脊上，才可以看到塔山；远远地，远远地，见到一个亭子立在一个最高峰上，那就是所谓塔山公园了。到山的第三天的清早，我问大家道："到塔山去好吗？"

朝阳柔黄地满山照着，鸟声细碎地啁啾着，正是温凉适宜的时候，正是游山最好的时候。

大家都高兴去走走，但梦旦先生说，不一定要走到塔山，恐怕太远，也许要走不动。

缓缓地由林径中上了山；仿佛只有几步可以到顶上了，走到那处，上面却还有不少路，再走了一段，以为这次是到了，却还有不少路。如此地，"希望"在前引导着，我们终于到山脊。然后，缓缓地沿山脊而走去。这山脊是全个避暑区域中最好的地方。两旁都是建造得式样不同的石屋或木屋，中间一条平坦的石路，随了山势而高起或低下。空地不少，却不像山下的一样，粗粗地种了几百株竹，它们却是以绿绿的细草铺盖在地上，这里那里地置了几块大石当作椅子，还有不少挺秀的美花奇草，杂植于平铺的绿草毡上。

一家一家的楼房构造不同，一家一家的鲜花庭草亦布置得不同。在这山脊上走着，简直是参观了不少的名园。时时地，可于屋角的空隙见到远远的山峦，见到远远的白云与绿野。

走到这山脊的终点，又要爬高了，但梦旦先生有些疲倦了，便坐在一块界石上休息，没有再向前走的意思。

大家围着这个中途的界石而立着，有的坐在石阶上。静悄悄地还没有一个别的人，只有早起的乡民，满头是汗地挑了赶早市的东西经过这里，送牛奶面包的人也有几个经过。

大家极高兴地在那里谈天说地，浑忘了到塔山去的目的。太阳渐渐地高了、热了，心南看了手表道：

"已经9点多了。快回去吃早餐吧。"

大家都立了起来，拍拍背后的衣服，拍去坐在石上所沾着的尘土，而上了归途。

下午，我的工作完了，便向大家道："现在到塔山去不去呢？"

"好的。"蔡黄道，"只怕高先生不能走远道。"

高先生道："我不去，你们去好了。我要在房里微睡一下。"

于是我和心南、擘黄同去了。

到塔山去的路是很平坦的。由山后的一条很宽的泥路走去，后面的一带风景全可看到。山石时时有人在丁丁地伐采，可见近来建造别墅的人一天天地多了，连山后也已有了几家住户。

塔山公园的区域，并不很广大，都是童山，杂植着极小极小的竹材，只有膝盖的一半高。还有不少杂草，大树木却一株也没有。将到亭时，山势很高峭，两面石碑，立在大门的左右，是叙这个公园的缘起，碑字已为风雨所侵而模糊不清，后面所署的年月，却是宣统二年（1910）。据说，近几年来，亭已全圮，最近才有一个什么督办，来山避暑，提倡重修。现在正在动工。到了亭上，果有不少工匠在那里工作，木料灰石，堆置得凌乱不堪。亭是很小的，四周的空地也不大，却放了四组的水门汀建造的椅桌，每组二椅一桌，以备游人野餐之用。亭的中央，突然地隆起了一块水门汀建的高丘，活像西湖西冷桥畔重建的小青墓。也许这也是当桌子用的，因为四周也是水门汀建的亭栏，可以给人坐。

再没有比这个亭更粗陋而不谐和的建筑物了，一点式样也没有，不知是什么东西，亭不像亭，塔不像塔，中不是中，西不是西，又不是中西的合璧，单直可以说是一无美感，一无知识者所设计的亭子。如果给工匠们自己随意去设计，也许比这样的式子更会好些。

所谓公园者，所谓亭子者不过如此！然而这是我们中国人在莫干山所建筑的唯一的公共场所。

亏得地势占得还不坏。立在亭畔，四面可眺望得很远。莫干山的诸峰，在此一一可以指点得出来，山下一畦一畦的田，如绿的绣毡一样，一层一层，由高而低，非常有秩序。足下的岗峦，或起或伏，或趋或耸，历历可指，有如在看一幅地势实型图。

太阳已经渐渐地向西沉下，我们当风而立，略略地有些寒意。那边有乌云起了，山与田都为一层阴影所蔽，隐隐地似闻见一阵一阵的细密的雨声。

"雨也许要移到这边来了，我们走吧。"

这是第一次到塔山。

第二次去是在一个绝早的早晨，人是独自一个。

在山上，我们几乎天天看太阳由东方来。倚在滴翠轩廊前的红栏杆上，向东望着，我们便可以看到一道强光四射的金线，四面都是斑斓的彩云托着，在那最远的东方。渐渐地，云渐融消了，血红血红的太阳露出了一角，而楼前便有了太阳光。不到一刻，而朝阳已全个地出现于地平线上了，比平常大，比平常红，却是柔和的，新鲜的，不刺目的。对着了这个朝阳而深深地呼吸着，真要觉得生命是在进展，真要觉得活力是已重生。满腔的朝气，满腔的希望，满腔的愉意，满腔的跃跃欲试的工作力！

怪不得晨鸟是要那样地对着朝阳婉转地歌唱着。

常常地在廊前这样地看日出。常常地移了椅子在阳光中，全个身子都浸没在它的新光中。

也许到塔山那个最高峰去看日出，更要好呢。泰山之观日出不是一个最动人的景色么？

一天，绝早，天色还黑着，我便起身，胡乱地洗漱了一下，立刻起程到塔山。天刚刚有些亮，可以看见路，半个行人也没有遇见。一路上急急地走着，屡次地回头看，看太阳已否升起，山后却是阴沉沉的。到了登上了塔山公园的长而多级的石阶时，才看见山头已有金黄色，东方是已经亮晶晶的了。

风呼呼地吹着，似乎要从背后把你推送上山去。愈走得高风愈大，真有些觉得冷栗，虽然是在 6 月，且穿上了夹衣。

飞快地飞快地上山，到了绝顶时，立刻转身向东望着，太阳却已经出来了，圆圆的红血的一个，与在廊前所见的一模一样，眼界并不见得因更高而有所不同。

在金黄的柔光中浸溶了许久许久才回去，到家还不过 8 时。

第三次，又到了塔山，是和心南先生全家去的，居然用到了水门汀的椅桌，举行了一次野餐会。离第一次到时，只有半个月，这里仿佛因工程已竣之故，到的人突多起来。空地上垃圾很不少，也无人去扫除。每个人下山时都带了不少只苍蝇在衣上帽上回去，沿路费了不少驱逐的工夫。

阅读札记

本文记述了作者三次游览塔山公园的经历和感受。虽然公园的建筑和设计差强人意，但游园总也能开阔视野，丰富阅历，陶冶情操。

大 佛 寺

郑振铎

祝福那些自由思想者！

挂了黄布袋去朝山，瘦弱的老妇、娇嫩的少女、诚朴的村农，一个个都虔诚的一步一换地，甚至于一步一拜地登上了山；口里不息地念着佛，见蒲团就跪下去磕头，见佛便点香点烛。自由思想者站在那里看着笑着，"呵，呵，那一班愚笨的迷信者"。一个蓝布衣衫、拖着长辫的农人，一进门便猛拜下去，几乎是朝了他拜着，这使他吓了一跳，便打断了他的思想。

几个教徒，立在小教堂门外唱着《赞美诗》，唱完后便有一个在宣讲"道理"，四周围上了许多人听着，大多数是好事的小孩子们，自由思想者经过了那里，不禁嗤了一声，连站也不一站地走过了。

几个教徒陪他进了一座大礼拜堂。礼拜堂门口放了两个大石盆，盛着圣水，教徒们用手蘸了些圣水，在胸前画了一个"十"字，便走进了。大殿的四周都是一方一方的小方格，立着圣像，各有一张奇形的椅子，预备牧师们听忏悔者自白时用的，那里是很庄严的，然而自由思想者是漠然淡然地置之。

祝福那些自由思想者！

然而自由思想者果真漠然淡然么？

他嗤笑那些专诚的朝山者、传道者、烧香者、忏悔者，真的是！然而他果真漠然淡然么？

不，不！

黄色的围墙，庄严的庙门，四个极大的金刚神分站左右。一二人合抱不来的好多根大柱，支持着高难见顶的大殿，香烟缭绕着，红烛熊熊地点在三尊金色的大佛之前，签筒滴答滴答地作响，时有几声低微的宣扬佛号之声飘过你的耳边。你是被围抱在神秘的伟大的空气中了。你将觉得你自己的空虚、你自己的渺小、你自己的无能力；在那里你是与不可知的运命、大自然、宇宙相见了。你将茫然自失，你将不再嗤笑了。

尖耸天空的高大建筑，华丽而整洁的窗户、地板，雄伟的大殿，十字架上是又苦楚、又慈悲的耶稣，一对对的纯洁无比的白烛燃着。殿前是一个空棺，披罩着绣着白"十"字的黑布，许多教徒的尸体是将移停于此的。静悄悄地一点声响也没有，连苍蝇展翼飞过之声也会使你听见。假使你有意地高喊一声，那你将听见你的呼声凄楚地自灭于空虚中。这里，你又被围抱在另一个伟大的神秘的气氛中了，你受到一种不可知的由无限之中而来的压迫，你又觉得你自己是空虚、渺小、无能力。你将茫然自失，你将不再嗤笑了。于是，接连几缕随风飘荡的星期日的由礼拜堂传出的风琴声、赞歌声以及几声断续的由寺观传到湖上的薄暮的钟声、鼓声，也将使你感到一种压迫、一种神秘、一种空虚。

那些信仰者是有福了。

呵，我们那些无信仰者，终将如浪子似的，如秋叶似的萎落在漂流之中，对此我不敢想，我不愿想。

我再也不敢嗤笑那些专诚的信仰者。

我怎敢踏进那些"庄严的佛地"呢？然而，好奇心使我们战胜了这些空想，而去访问科仑布的大佛寺。

无涯的天，无涯的海，同样的甲板、餐厅、卧房，同样的人物，同样的起、餐、散步、谈话、睡，真使我们厌倦了。我们渴望变换一下沉闷的空气，于是我们要求新奇的可激动的事物。

到了科仑布，我们便去访问那久已闻名的大佛寺。我们预备着领受那由无限的主者、由庄严的佛地送来的压迫。压迫，毕竟是比平淡无奇好些的。

呵，呵，我们预备着怎样的心情去瞻仰这古佛、这伟佛，这只有我们自己知道。

到了！一所半西式的殿宇，灰白色的墙，并不庄严地立在南方的晚霞中。到了！我有些不信。那不是我们所想象的"佛地"，没有黄墙，没有高殿，没有一切一切，一进门是一所小园，迎面便是大卧佛所在的地方。我们很不满意，如预备去看一场大决斗的人，只见得了平淡的和解之结局一样的不满意。我们直闯进殿门，刚要揭开那白色嵌花的门帘时，一个穿黄色的和尚来阻止了。"不！"他说，"请先脱了鞋子。"于是我们都坐到长凳上脱下了皮鞋，用袜走进光滑可鉴的石板地。微微的由足底沁进阴凉的感触。大佛就在面前了。他慈和地倚卧着，高可一二丈，长可四五丈，似是新塑造的，油漆光亮亮的。四周有许多小佛，高鼻大脸，与中国所塑的罗汉之类面貌很不相同。"那都是新的呢。"同行的魏君说。殿的四周都是壁画，也似乎是新画上去的，佛前有好些大理石的供桌，桌上写着某人献上，也显然是新的。

那不是我们所想象的大佛寺里的大卧佛！

不必说了，我们是错走入一个新的佛寺里来了！

然而，光洁无比的供桌，堆着许多许多"佛花"，神秘的花香，一阵阵扑到鼻上来时，有几个土人，带了几朵花来，放在桌上合掌向佛，低微地念念有词；风吹动门帘，那帘上所系的小钢铃，便丁零作声。我呆呆地立住，不忍立时走开。即此小小的殿宇，也给我以所预想的满足。

我并不懊悔！那便是大佛寺，那便是那古旧的大卧佛！

出门临上车时，车夫指着庭中一个大围栏说："那是一株圣树。"圣树枝叶披离，已是很古老了。树下是一个佛龛，龛前一个黑衣妇人，伏在地上默默地祷告着。

呵，怕吃辣的人，尝到一点辣味已经足够了。

阅读札记

一想到佛庙圣地，总是浮现出庄严、雄伟的字样，纠结于虔诚信仰还是自由思想的斗争。但是作者来到大佛寺，这座半西式的寺庙，一切简洁、平淡、安静、祥和，给了作者完全不同的观感。

百 灵 庙

郑振铎

一

十一日清早，便起床，天色刚刚发白。汽车说定了五点钟由公医院开行，但枉自等了许久，等到六点钟车才到。有一位沈君，是班禅的无线电台长，他也要和我们同到百灵庙去。

同车的还有一位翻译，是绥远省政府派来招呼一切的。这次要没有傅作义氏的殷勤的招待，百灵庙之行是不会成功的。车辆是他借给的，还有卫士五人，也是他派来保卫途中安全的。

车经绥远旧城，迎向大青山驶去。不久，便进入大青山脉，沿着山涧而走，这是一条干的河床，乱石细砂，随地梗道。砂下细流四伏，车辙一过，即成一道小河，涓涓清流，溢出辙迹之外。我们高坐在大汽车上，兴致很好，觉得什么都是新鲜的。朝阳的光线是那么柔和地晒着。那长长的路，充满了奇异的未知的事物，继续地展开于我们的面前。

走了两小时，仍顺了山涧，爬上了蜈蚣坝。这坝是绥远到蒙古高原的必经的大道口。路很宽阔，且也不甚峻峭，数车可以并行。但为减轻车载及预防危险，我们都下车步行。到了山顶，汽车也来了。再上了车，下山而走。下山的路途较短，更没有什么危险。据翻译者说，这条山道上，从前是常出危险的。往来车马拥挤在山道上，在冬日，常有冻死的、摔死的。西北军驻此时，才由李鸣钟的队伍打开山岩，把道路放宽，方才化险为夷，不曾出过事。这几年来，此道久未修治，也便渐渐地崎岖不平了。但规模犹在，修理自易。本来山口有路捐局，征收往来车捐。最近因废除苛捐杂税的关系，把这捐也免除了。

下了坝，仍是顺了山涧走。好久好久，才出了这条无水的涧，也便是把大青山抛在背后了。我们现在是走在山后。顾颉刚说苏谚有"阴山背后"一语，意即为：某事可

213

以不再做理会了，可见前人对于这条阴山山脉是被视作畏途，很少人肯来的。

但当我们坐了载重汽车，横越过这条山脉的时候，一点也不觉得这是一个荒芜的地方。也许比较南方的丛山之间还显得热闹，有生气，时时有农人们的屋舍可见，但有人说，到了冬天，他们便向南移动。不怎么高峻的山坡和山头，平铺着嫩绿的不知名的小草，无穷无尽地展开着、展开着，很像极大的一幅绿色地毡，缀以不知名的红、黄、紫、白色的野花，显得那样的娇艳，露不出半块骨突的酱色岩来。有时，一大片的紫花盛开着，望着像地毡上的一条阔的镶边。

在山坡上有不少已开垦的耕地，种植着荞麦、莜麦、小麦以及罂粟。荞麦青青，小麦已黄，莜麦是开着淡白色的小花，罂粟是一片的红或白，远远地望着，一方块青，一方块黄，一方块白，整齐地间隔地排列着，大似一幅极宏丽的图案画。

十一时，到武川县。我们借着县署吃午饭，县长席君很殷勤地招待着。所谓县署，只是土屋数进，尚系向当地商人租来的。据说，每月的署中开支仅六百元，但每年的收入却至少在十万元以上，其中烟税占了七万元左右。

赵巨渊君忽觉头晕腹痛，吐泻不止。我们疑心他得了霍乱，异常地着急，想把他先送回绥远，又请驻军的医官来诊断。等到断定不是霍乱而只是急性肠炎时，我们方才放心。这时，大雨忽倾盆而下，数小时不止，我们自幸不曾在中途遇到。天色渐渐地暗了下来，这天的行程是决不能继续的了。席县长让出他自己的那间住房，给我们住。但我们人太多，任怎样也拥挤不开。我和文藻、其田到附近去找住所，上了平顶山，夕阳还未全下。进了一个小学校，闲房不少，却没有一个人，门户也都洞开，窗纸破碎地拖挂着，临风簌簌作响。这里是不能住，附近有县党部，那边却收拾得很干净，又是这一县最好的瓦房。我们找到委员们，说明借宿之意时，他们毫不犹豫地答应了，且是那样的殷殷地招呼着。冰心、洁琼、文藻、宣泽和我五个人便都搬到党部来住，烹着苦茶，一匙匙地加了糖，在喝着、闲谈着，一点也不觉得是在异乡。这所房子是由娘娘庙改造的，故地方很宽敞。据县长说，每年党部的费用，约在一万元左右。但他们的工作，似很紧张，且有条理，几个委员都是很年轻、很精明的。

这一夜睡得很好。第二天清早，便听见门外的军号声。仿佛党部的人员们都已经起来，这天（12日）是星期日，不知道他们为什么这样的早起。等到我们起床时，他们都已经由门外归来。原来是赴北门外的"朝会"的，天天都得赴会，县长、驻军的团长以及地方办事人员们都得去。这是实行新生活运动的条规之一。

九时半，我们上了汽车，出县城北门，继续地向百灵庙走。沿途所经俱为草原。

我们是开始领略到蒙古高原的景色了，风劲草平，牛羊成群地在漫行着，地上有许多的不知名的黄花、紫花、红花，又有雉鸡草，一簇簇地傲慢地高出于蒿莱及牧草之群中。据说，凡雉鸡草所生的地方，便适宜于耕种。

不时地有黄斑色的鸟类在草丛里，啪啪地飞了起来。翻译说，那小的是叫天子，大的是百灵鸟。在天空里飞着时，鸣声清婉而脆爽，异常的悦耳。北平市上所见的百灵鸟，便产在这些地方。大草虫为车声所惊，也展开红色网翼而飞过，双翼嗤嗤嗤地作声，那响声也是我们初次听闻到的。又有灰黄色的小动物，在草地上极快地窜逃着过去，不像是山兔，翻译说，那是山鼠。一切都是塞外的风光，我们如孔子入周庙，每事必问一样，充满了新崭崭的见与闻。虽是长途的旅行，却一点也不觉得疲倦。

十一时，到保商团本部，颉刚、洁琼他们，下去参观了一会。这保商团是商民们组织的，大半都是骑兵，招募蒙人来充当，很精悍。这一途的商货，都由他们负责保护安全。

十二时，过召河，到了段履庄。这里只有一家大宅院，是一个大百货商店，名鸿记，白造油、酒、粉、面，交易做得极大，有伙计二百余人。掌柜人的住宅，极为清洁。在那里略进饼干，喝了些热水，便是草草地一顿午餐。

由鸿记上车，走了两点多钟，所见无异于前。但牛群羊群渐渐地多了，又见到些马群和骆驼群，这是召河之东的草原上所未遇的。最有趣的是，居然遇见了成群的黄羊（野羊），总共有三四百只，在山坡上立着。为车的摩托声所惊，立在最近的几只，没命地奔逃着去，那迅奔的姿态，伶俐的四只细腿的起落，极为美丽。翻译说，野羊是很难遇到的，遇者多主吉祥。三时，阴云突在车的前后升起。"快有雨来了。"翻译说。果然，大滴的雨点，由疏而密地落下。扯好了盖篷，大家都蛰伏在篷下，怪闷气的。车子闯过了那堆黑云，太阳光又明亮亮地晒着。而这时，远远地已见前面群山起伏，拥在车前。翻译指道：那一带便是乱七八糟山——这怪名字是他自己杜撰的，他后来说，这山的缺口，便是九龙口。我们由南口进去，在这四山的包围之中的，便是百灵庙。我们登时都兴奋起来，眼巴巴地望着前面。前面还只是乱山堆拥着，望不见什么。

三时半，进了山口，有穿着满服的几个骑士们见了汽车来，立刻策马随车奔驰了一会，仿佛在侦察车中究竟载的何等人物似的。那骋驰的利落、自如，是我们第一次见到的好景。跟了一会，便勒住马，回到山口去。

而这时，翻译忽然叫道："百灵庙能望见了！"一簇的白屋，间以土红色的墙堵；

屋顶上有许多美丽的金色的瓶形饰物，在太阳底下，闪闪发亮。

我们的车，在一个"包"前停下。这"包"装饰得很讲究，地毡都是很豪华的。原来是客厅，其组成，系先用许多交叉着的木棒，围成穹圆形，然后，外裹以白毡，也有裹上好几层的，内部悬以花布或红色毡，地上都铺垫了几层的毡。上为主座，中置矮案，案下为沙土一方，预备随时把垃圾倾在其中，隔若干日打扫一次。居者坐卧皆在地毡上。每一包，大者可住十余人，我们自己带有行军床，铺设了起来，又另成一式样。占了两包，每包住四人或五人，很觉得舒畅，比局促在河东商店的厢屋里好得多了。大家都充溢着新奇的趣味。

七时，天色忽暗，一阵很大的雹雨突然的袭来。小小的雹粒，在草地上迸跳着，如珠走玉盘似的利落，但包内却绝不进水。

雨后夕阳如新浴似的，格外鲜洁的照在绿山上，光色娇艳之至！天空是那么蔚蓝。两条虹霓，在东方的天空，打了两个大半圈，色彩可分别得很清晰。那彩圈，没有一点含糊，没有一点断裂。这是我们在雨后的北平和南方所罕见的；根本上，我们便不曾置身于那么广阔无垠的平原上过。

天色渐渐地黑了，黑得什么都看不见，仅包内一灯荧光而已。

不久便去睡。包外，不时地有马匹嘶鸣的声音传入。犬声连续不断地在此呼彼应的吠着，真有点像豹的呼叫。听说，牧犬是很狞恶的，确比中原的犬看来壮硕得多。但在车上颠簸了大半天，觉得倦极，一会儿便酣酣地睡着。

半夜醒来，犬声犹在狂吠不已。啊，这草原上的第一夜，被包裹于这大自然的黑裳里，静聆着这汪汪的咆叫，那情怀确有点异样的凄清。今天五点多钟便起，还是为犬吠声所扰醒。趁着大家都还在睡，便急急地写这信给你。

写毕时，太阳光已经晒遍地上。预备要吃早餐，不多说了。

二

昨天，早餐后，一个人出去散步。在北面的一带山地上漫游着。山势都不高峻，山坡平衡之至，看不见一点岩石。足下是软滑滑的，一点履声都没有。那草原上的绿草简直便是一床极细厚的地毡，踏在上面，温适极了，太阳光一点都不热，山底下便是矮伯格河环之而流。

中途遇见保安处的军事教官刘建华君，随走随谈，谈得很久。他参加过好几次的抗日战，这伤心的往事，不能不令人想起来便悲愤交集。

上午往游百灵庙。百灵庙，汉名广福寺，占地极广，凡有大小佛殿及"经堂"十一座，大小的喇嘛住所一百数十处，共有六百余间屋，可容得下三千余众。但现在住着的，不过数百人。

庙为康熙时所建，圣祖西征，曾在这里住得很久。民国三年（1914）时，张治曾驻此，曾经过一次大战，庙全被焚毁，现在的庙，是民国十年（1922）后重建的，规模遂远逊于前。

正殿及白塔，正对着庙前的突出的一峰，这峰名女儿山。相传，康熙怕女儿山要产生真命天子，便特建此庙以镇压之。

殿门上有梵符、符傍，注着汉字云："凡在此符下经过一次者，得消除千百世之罪孽。"前殿之"经堂"，正中为班禅驻此时诵经处。四周皆壁画，气韵还好，当出于大同、张家口的画人手笔。画皆释迦故事，唯有数尊欢喜佛较异于他处。后殿为供佛之所。如来像的下方，别有头戴黄尖帽，身披黄袍的大小坐像数尊。其面貌和一般的佛像大异，鼻扁、额平、颧骨凸出，极肖蒙人。初以为蒙佛，问了翻译，才知道是黄教祖师的真容。这位宗教改革家，在西藏史上是占着很重要的地位的。殿的东隅，置一金色的柱形物，分三层，为宇宙的象征。下层为地，做圆形；中层为水，亦圆形而有波浪纹；上层为天，做楼阁层叠状。水的四面，有二伞形及日、月二形，此亦藏物。

出正殿，又进几个佛殿去参观，规模有大小，而结构无殊。

出庙，在山坡上散步。太阳光渐渐地猛烈起来，有点夏天的气候了。山顶有一白色石堆，插有木杆无数，成为斗形。木杆上悬挂着许多彩色的绸布，上有经文。此种石堆，名为"鄂博"，本为各旗分界之用，同时也成了祀神之所。我们坐在这"鄂博"的阴影下闲谈着，赵君说起蒙古所以定阴历三月二十一日为大祭成吉思汗日者，非为他的生忌死忌，而是他的一个特殊的战胜纪念日，是日为黑道日，本不利于出兵。但他每在黄道日出兵必败，特选这个黑道日出兵，遂获大胜。后人遂定这个奇特的日子为大祭日。

不觉地，太阳已经在天的正中了。我们赶快地向"包"走回。饭后，午睡了一会。"包"内闷热甚，大有住在沙漠上的意味。

夜间，赵君请了两个奏乐的人来。因为只有两个人，故只能奏两种乐器。一吹笛，一拉胡琴。奏的音调，极似《梅花三弄》，但他们说，是古调，名《阿四六》。这种音调，我疑心确是由蒙古高原传到内地来的。次换用胡琴和马头琴合奏，马头琴是件很奇特的乐器，蒙名"胡尔"或"尚尔"，弦以马尾制成，饰以马首形，相传系成吉思汗西征时所制的。每一弹之，马群皆静立而听。马头琴声宏浊悲壮，间以胡琴的尖烈的咿哑声，很觉得音韵旋徊动人，虽然不知道奏的是什么曲。最后，是马头琴的独奏。极慷慨激昂、抑扬顿挫之至，没有一个人不为之感动的。奏毕，争问曲名，并求重奏一次。他们说，这曲名《托伦托》，为成吉思汗西征时制。奏乐者去后，余兴未尽，又由韩君他们唱《托伦托》曲及情歌《美的花》，歌唱出来的《托伦托》曲较在乐器上奏的尤为壮烈，确具骑士在大草原上仰天长歌的情怀。《美的花》则若泣若诉、郁而不伸。反复地悲叹其情人的被夺他嫁，但叹息声里，也带着慷慨的气概，不那么靡靡自卑。

"包"内客人们散去时，已经午夜。盘膝坐得腰酸，走出"包"外，全身舒直了一下。夜仍是黑漆漆的，伸手不见掌，但天空却灿灿烂烂地缀着满空的星斗。银河横亘于半天，成一半圆形，恰与地平线相接。此奇景，不到此，不能见到。

十二时睡。相约明早到康熙营子去，又要去考察一般蒙人所住的"包"。明日午后，尚约定看赛马会和"摔跤"。

三

前昨二日由百灵庙寄上一信。此二信皆系由邮差骑马递送，每两天一班，每班需走三天才到绥远。故此二信也许较这封信还要迟到几天呢！

百灵庙地方，很可留恋。昨日（14日）上午，七时方才起床，夜间睡得很熟，九时左右，乘汽车到康熙营子。相传该处为康熙征准噶尔时的驻所。今尚留有遗迹，且有宝座，但通觅宝座不见。四周大石重叠，果似营门。疑为附会之辞；因大石皆是天生，不大像人工所堆成。营子内，山势平衍，香草之味极烈，大约皆是蒿艾之属。草虫唧唧而鸣，声较低于北平之"叫哥哥"，其翼膀也较短。红翼的蚱蜢不断地嗤嗤地飞付。蒙古鹰成群地在山顶的蓝天上打旋。后山下有孤树二三株，挺立于水边。一个人独坐于最高的山上，实在舍不得便走开。可惜大家都在远处催促着，只得走了，香草之味尚浓浓地留在鼻中。

离开康熙营子，循汽车路去找蒙人住的蒙古包。走了好久，方才看见几个包，大约总是两个包成为一家。有山西老头儿，骑骡到各包索账，态度极迂缓从容。我们去访问一家，这家有二包，男人已经出外，仅有老母及妻在家，尚有一个汉人的孩子，是雇来看牛的。这家不过是中下之家，但有牛三十余匹、羊百余只，包内也甚整洁。锅内有牛奶一大锅，食物架上堆满了奶皮、奶豆腐。火炉旁有一小火，长明不熄。由译人传语，知其老母为七十五岁，妻为二十五六岁，男人为三十余岁，已结婚二三年，尚未有子女。被雇之幼童年约九、十龄，每日工资一角。老妇人背已驼，但精神尚健壮。其媳颇好静，语声甚低，手中正在做活计，闻为其婆所穿之衣。说话时，含羞低头，且仅简单地回答着，大约都是说"不知道"之类。有问，往往由其婆代答。我们要为他们摄影，但坚持不肯出包，等到我们出包上车时，他们又立在包前看。

下午，到河东商家去访问，河东有买卖十余家，主伙皆山西大同人，又有无线电台及邮局等机关。最老的商店有一二百年者，最大的一家集义公也有四五十年的历史，每年可赚纯利四五千元，其资本则仅千元。这里的贸易，向不用钱，皆以货易货。商人以布匹、茶、糖等必需品卖给他们。到了第二年秋天，他们则以牛羊马匹偿还之，商人们可以获得往返的两重的利息，故获利颇丰，然近年竞争亦甚烈。有商号十余家，二三人、四五人一组的行商，也有一百余组，来往各包做买卖。每组所做，有多至数百十个包者。因地面辽阔之故，他们多以骆驼、马匹、骡子等代步及运货。亦有蒙人上商号去做买卖的。我们在河东，即见二蒙人执一狐皮来兜销，要价八元，然无人问津。

无线电台为政委会的，新由北平军分会运去，可通南京、北平、绥远及德王府等处，台长关君为东北大学毕业生。

二时，沿了百灵河，向山后走去，择一僻地，洗足擦身。水极清冽，沙更细软。跣足步行水中，很觉舒适。游鱼极多，见人皆乱窜而去。鱼极小，水中也无人钓鱼，故生殖至多，也有蛙，形体较小于内地。三时回。

十五日上午五时，即起床，天色尚未大亮。早餐后，太阳始出。六时半，开车。来送行的人仍不少，各有依依不舍之情意。车将出九龙口，回望百灵庙，犹觉恋恋。庙顶的金色，照耀在初阳里，和庙墙的白色相映，分外地显得可爱，其美丽远胜于近睹。

有一喇嘛着红色衣，牵一白马，在绿色草原上走着，颜色是那样的鲜明。

途中遇见灰鹤成群，这和黄羊同为罕见的动物。张君取出手枪，放了一回，灰鹤纷纷惊飞，飞态很美。其他马群、牛羊群及成群之骆驼则所遇不止一次。有一次，总有百来匹马见了车来，在车前飞奔而去，是那样的脱羁而逃，较赛马尤为天然可爱。

汽车道旁，有二蒙古包，是一家，有羊圈，已稍见汉化。此家有二女，皆未嫁，少女极姣美，头戴银圈，镶以红绿色的宝石珊瑚等，双辫悬前，璎珞满缀于上，面色红白相融，是内地所罕见之健美的女子。我们徘徊了一会，即复上车。十一时，经过召河，绕道到普会寺，即绥远锡拉图召大喇嘛的避暑地。寺额为乾隆所写，寺凡三层，皆藏式，仅屋檐参以汉式。寺内结构和大召、小召等相同，也是经堂在前，佛殿在后。寺旁有二院落，极整洁，一院有高树二株。窗户皆用蓝色及绿色，而间以金色的圆圈及卍字等为饰。很别致。一旁厅悬有画马二幅，很古，似为郎世宁笔。惜门已锁上，不能进去参观。下午二时，过武川路，和县长及县党部诸君周旋了一会，即别。四时左右，过蜈蚣坝，车颠簸甚。五时半始到达公医院。计坐了十一小时的汽车，殆为生平最长途的汽车旅行，尚不觉甚倦。饭后，到旧城春华池沐浴，身体大为舒适，今夜当可有一觉好睡。

现已十二时，不再写了，明天还要早起到昭君墓。

阅读札记

百灵庙，草原蒙古情调十足。作者写游历经过，对于历史背景广征博引，沿途的风土人情，描写得极为细致，读起来不仅饶有趣味，还让人增长了见识。

云 冈

郑振铎

云冈石窟的庄严伟大是我们所不能想象得出的，必须到了那个地方，流连徘徊了几天几月，才能够给你以一个大略的、美丽的轮廓。你不能草草地、浮光掠影地、跑着、走着地看。你得仔细地去欣赏。猪八戒吃人参果似的一口吞下去，永远不会得到云冈的真相。云冈决不会在你一次两次的过访之时，便会把整个的面目对你显示出来的。每一个石窟、每一尊石像、每一个头部、每一个姿态，甚至每一条衣襞，每一部火轮或图饰，都值得你仔细地流连观赏、仔细地远观近察，仔细地分析研究。七十呎、六十呎的大佛，固然给你以宏伟的感觉，即小至一呎二呎、二吋三吋的人物，也并不给你以藐小不足观的缺憾。全部分的结构，固然可称是最大的一个雕刻的博物院，仅就一洞、一方、一隅的气氛而研究之，也足以得着温腻柔和、慈祥秀丽之感。它们各有一个完整的布局，合之固极繁赜富丽，分之亦能自成一个局面。

假若你能够了解，赞美希腊的雕刻，欣赏雅典处女庙的浮雕，假若你会在 Venus de Milo 像下流连徘徊，不忍即去，看两次、三次、数十次而还不知满足者，我知道你一定能够在云冈徘徊个十天八天、一月两月的。

见到了云冈，你就觉得对于下华严寺的那些美丽的塑像的赞叹，是少见多怪。到过云冈，再去看那些塑像，便会有些不足之感——虽然并不会以它们为变得丑陋。

说来不信，云冈是离今一千五百年前的遗物呢，有一部分还完好如新，虽然有一部分已被风和水所侵蚀而失去原形，还有一部分是被斫下去盗卖了。

那么被自然力或奸人们所破坏的完整部分，还够得你赞叹欣赏的，且仍还使你有应接不暇之慨。入了一个佛洞，你便犹如走入宝山、犹如走到山阴，珍异之多、山川之秀，竟使你不知先拾哪件好，先看哪一方面好。

曾走入一个大些的佛洞，刚在那里看大佛的坐姿和面相，忽然有一个声音叫道：

“你看，那高壁上的侍佛是如何的美！”

刚刚回过头去，又有一个声音在叫道：

“那门柱上的金刚，有五个头的如何的显得力和威！还有那无名的鸟，躯体是这样的显得有劲！”

“快看，这边的小佛是那么恬美，座前的一匹马，没有头的，一双前腿跪在地上，那姿态是不曾在任何画上和雕刻上见到呢。”

“啊，啊，一个奇迹，那高高的壁上的一个女像，手执了水瓶的，还不活像是阿述利亚风的浮雕么？那扁圆的脸部简直是阿述帝国的浮雕的重现。”

这样的此赞彼叹，我怎样能应付得来呢！赵君执着摄影机更是忙碌不堪。

但贪婪的眼和贪婪的心是一点不知疲倦的；看了一处还要再看一处，看了一次，还要再看一次。

云冈石窟的开始雕刻，在公元 453 年（魏兴安二年）。那时，对于佛教的大迫害方才除去，主张灭佛法的崔浩已被族诛。僧侣们又纷纷在北朝主政者的保护下活动着。这一年有高僧昙曜，来到这武周山的地方，开始掘洞雕像。昙曜所开的窟洞，只有五所。后来成了风气，便陆续地扩大地域，增多窟洞。佛像也愈雕愈多，愈雕愈细致。

《魏书·释老志》云：“太安初，有师子国胡沙门邪奢遗多、浮陀难提等五人，奉佛像三，到京师，皆云备历西域诸国，见佛影迹及肉髻，外国诸王相承，成遣工匠摹写其容，莫能及难提所造者。去十余步，视之炳然，转近转微。又沙勒胡沙门赴京师致佛钵及画像迹。初昙曜以复佛法之明年，自中山被命赴京。帝后奉以师礼。昙曜白帝，于京城西武周塞凿山石壁，开窟五所，镌建佛像各一，高者七十呎，次六十呎，雕饰奇伟，冠于一世。"又云："皇兴中，又构三级石佛图，榱栋楣楹，上下重结，大小皆石。高十丈，镇固巧密，为京华壮观。"（均见卷一百十四）

又《续高僧传》云："元魏北台恒北石窟通乐寺沙门解昙曜传：释昙曜，未详何些人也。少出家，摄行坚贞，风鉴闲约。以元魏和平年，任北台昭元统，绥辑僧众，妙得其心。住恒安石窟通乐寺，即魏帝之所造也。去恒安西北三十里，武周山谷，北面石崖，就而镌之，建立佛寺，名曰灵岩。龛之大者，举高二十余丈，可受三千许人，面别镌像，穷诸巧丽，龛别异状，骇动人神。栉比相连，三十余里。东头僧守恒供千人，碑碣见存，未卒陈委。先是太武皇帝太平贞君七年，司徒崔浩，令帝崇重道士寇谦之，拜为天师，珍敬老氏，虔刘释种，焚毁寺塔。至庚寅年，太武感致疠疾，方始开始。帝既心悔，诛夷崔氏。至壬辰年，太武云崩，子文成立，即起塔寺，搜访经典。毁法七载，三宝还兴。曜慨前陵废，欣今重复（以和平三年壬寅）。故于北台石窟，集诸德僧，对天竺沙门译《付法藏传》，并《净土经》，流通后贤，意存无绝。"（卷一）

然这二书之所述，已可见开窟雕像的经过情形，不必更引他书。唯《续高僧传》所云"栉比相连，三十余里"，未免邻于夸大。武周山根本便没有绵延到三十余里之长，至多不过五六里长。还是《魏书·释老志》所述"开窟五所"的话，最可靠。但昙曜开辟了此山不久，此山便成了皇家崇佛的圣地。在元魏迁都之前，《魏书》屡记皇帝临幸武周山石窟寺之事。

《魏书·显祖记》："皇兴元年八月丁酉，行幸武周山石窟寺。"以后又有七八次。

又《魏书·高祖记》："太和四年八月戊申，幸武周山石窟寺。"

以后又有三次。但也不仅皇家在那里开窟雕像，民间富人们和外国使者们也凑热闹地在那里你开一窟、我雕一像地相竞争。就连日所得的碑刻看来，西头的好几个洞，都是民间集资雕成的。这消息，足证各洞窟的雕刻所以作风不甚相同之故。因此，不久之后，武周山便成了极热闹的大佛场。

《水经注》"漯水"条下注云："其水又东北流注武周川水，武周川水又东南流。水侧有石祇洹舍，并诸窟室，比邱尼所居也。其水又东转迳灵岩，凿石开山，因岩结构，真容巨壮，世法所希。山堂水殿，烟寺相望，林渊锦镜，缀目新眺。川水又东南流出山。《魏上地记》曰：平城西三十里，武周塞口者也。"

按《水经注》撰于后魏太和，去寺之建，不过四五十年，而已繁盛至此。所谓

"山堂水殿，烟寺相望，林渊锦镜，缀目新眺"，决不是瞎赞。

《大清一统志》引《山西通志》："石窟十寺，在大同府治两三十里，元魏建，始神瑞，终正光，历百年而工始完。其寺，一同升，二灵光，三镇国，四护国，五崇福，六童子，七能十二，八华严，九天宫，十兜率。内有元载所修石佛十二龛。"那十寺不知是哪一代的建筑。所谓元载云云，到底指的是元代呢，还是指的唐时宰相元载？或为"元魏"二字之误吧？云冈石刻的作风，完全是元魏的，并没有后代的作品掺杂在内。则所谓元载一定是元魏之误。十寺云云，也不会是虚无之谈。正可和《水经注》的"山堂烟寺相望"的话相证。今日所见，石窟之下，是一片的平原，武周山的山上也是一片的平原，很像是人工所开辟的；则"十寺"的存在，无可怀疑。今所存者，仅一石窟寺，乃是清初所修的，石窟寺的最高处，和山顶相通的，另有一个古寺的遗构。惜通道已被堵塞，不能进去。又云冈别墅之东，破坏最甚的那所大窟，其窟壁上有石孔累累，都是明显的架梁支柱的遗迹。此窟结构最为宏伟，难道便是《魏书·释老志》所称"皇兴中又构三级石佛图"的故址所在么？这是很有可能的。今尚见有极精美的两个石柱耸立在洞前。

经我们三日（11日到13日）的奔走游览，全部武周山石窟的形势，大略可知。武周山因其山脉的自然起讫，天然的分为三个部分，每一部分都可自成一局面，中有山涧将它们隔绝开。如站在武周河的对岸望过去，那脉络的起讫是极为分明的。今人所游者大抵为中部，西部也间有游者，东部则问津者最少。所谓东部，指的是自云冈别墅以东的全部。东部包括的地域最广，惜破坏最甚，洞窟也较为零落。中部包括今日的云冈别墅、石窟寺、五佛洞，一直到碧霞宫为止。碧霞宫以西便算是西部了。中部自然是精华所在，西部虽也被古董贩者糟蹋得不堪，却仍有极精美的雕刻物存在。

我们十一日下午一时二十分由大同车站动身，坐的仍是载重汽车。沿途道路，因为被水冲坏的太多，刚刚修好，仍多崎岖不平处。高坐在车上，被颠簸得头晕心跳。有时，猛然一跳，连座椅都跳了起来。双手紧握着车上的铁条或边栏，不敢放松一下，弄得双臂酸痛不堪。沿武周河而行，中途憩观音堂。堂前有三龙壁，也是明代物。驻扎在堂内的一位营长，指点给我们看道："对山最高处便是马武塞，中有水井，相传是汉时马武做强盗时所占据的地方。惜中隔一水，山又太高，不能上去一游。"

三十华里的路，足足走了一个半钟头。渡过武周河两次，因汽车道是就河边而造的。第一次渡过河后，颉刚便叫道：

"云冈看见了！那山边有许多洞窟的就是。"

大家都很兴奋，但我只顾着紧握铁条，不遑探身外望；什么也没有见到，一半也因坐的地方不大好。

"看见佛字峪了，过了寒泉石窟了。"颉刚继续地指点道，他在三个月之前刚来过一次。

啊，啊，现在我也看见了，云冈全景展布我们之前。几个大佛的头和肩也可远远地见到。我的心是怦怦地急跳着，向往着许久的一千五百年前的艺术的宝窟，现在是要与它相见了！

三时到云冈，车停于石窟寺东邻的云冈别墅。这别墅是骑兵司令赵承绶氏建的。这时，他正在那里避暑。因为我们去，他今天便要回大同，让给我们住几天。这里，一切的新式设备俱全——除了电灯外。这一天只是草草地一游，只到石窟寺（一作大佛寺）及五佛洞走走，别的地方都没有去。

登上了大佛寺的三层高楼，才和这寺内的一尊大佛的头部相对。四周都是黄的红的蓝的色彩，都是细致的小佛像及佛饰。有点过于绚丽失真。这都是后人用泥彩修补的，修得很不好，特别是头部，没有一点是仿得像原形的。看来总觉得又稚弱又猥琐，毫没有原刻的高华生动的气势。这洞内几乎全部是彩画过的，有的原来未毁坏的，其真容也被掩却。想来装修不止一次，最后的一次是光绪十七年兴和工氏所修的。他"购买民院地点，装彩五佛洞，并修饰东西两楼，金装大佛全身"。不能不说与云冈有功，特别是购民地、保存石窟的一事。向西到五佛洞，也因被装修彩绘而大失原形，反是几个未被"装彩"过的小洞，还保全着高华古朴的态度。

游五佛洞时，有巡警跟随着，这个区域是属于他们管辖的，大佛寺的几个窟，便是属于寺僧管辖的。五佛洞西的几个窟，有居民，可负保管之责；再西的无人居的地方，便索性用泥土封闭了洞口，在洞外写道"内有手榴弹，游者小心"一类的话，其实没有。被封闭的无人看管的若干洞，也尽有好东西在那里。据巡长说，他们每夜都派人在外巡察。此地现已属于古物保管会管辖，故比较地不像从前那样容易被毁坏。

五佛洞西，有几尊大佛的头部，远远地可望见。很想立刻便去一游。但暮色渐渐地笼罩上来，像在这古代宝窟之前，挂上了一层纱帘。我们只好打断了游兴，回到云冈别墅。

武周山下，靠近西部，为云冈堡，一名下堡，堡门上有迎薰、怀远二额，为万历十四年所立。云冈山上还有一座土城屹立于上，那便是云冈堡的上堡。明代以大同为重镇，此二堡皆为边防兵的驻所。

晚餐后，在别墅的小亭上闲谈。东部的大佛窟，全在眼前，那两个立柱还朦朦胧胧的可见到。忽听到山下人家有击筑奏筝及吹笛的声音，乐声呜呜、托托的，时断时续。我和颉刚及巨渊寻声而往，听说是娶亲。正在一个古洞的前面，庭际搭了一个小棚，有三个音乐家在吹打。贺客不少，新娘盘膝地坐在炕上。

在这古窟宝洞之前，在这天黑星稀的时候，在当前便是一千五百年前雕刻的大佛，便是经历了不知多少次的人世浩劫的佛室，听得了这一声声的呜呜托托的乐调，这情怀是怎样可以分析呢？凄婉？眷恋？舒畅？忧郁？沉闷？啊，这飘荡着的轻纱似的无端的薄愁呀！啊，在罗马斗兽场见到黑衫党聚会，在埃及的金字塔下听到土人们作乐，在雅典处女庙的古址上见旅客们乘汽车而过，是矛盾？是调和？这永古不能分析的轻纱似的薄愁的情怀！

归来即睡。入睡了许久，中夜醒来，还听见那梆子的托托和笛声的呜呜。他们是彻夜地在奏乐。

十二日一早，我性急，便最先起身，迎着朝阳，独自向东部去游览各窟。沿着大道（这是骡车的道）向东直走，走过石窟寒泉，走过一道山涧，走过佛字峪。愈向东走，石窟愈少愈小，零零落落地简直无可称道。山涧边、半山上有几个古窟，攀登了上去一看，那些窟里是一无所有。直走到尽头处，然后再回头向西来，一窟一窟地细看。

最东的可称道的一窟，当从"左云交界处"的一个碑记的东边算起。这一窟并不大，仅存一坐佛，面西，一手上举，姿态尚好，但面部极模糊，盖为风霜雨露所侵剥的结果。

窟的前壁，向内的一部分，照例是保存得最好的，这个所在，非风势雨力所能侵及，但也一无所有，刀斧斫削之痕，宛然犹在。大约是古董贩子的窃盗的成绩。

由此向西，中隔一山涧，地势较低，即"左云交界处"。道旁零零落落的，小佛窟不少，雕刻的小佛随处可见。一窟内有较大的立佛二，但极模糊。窟西，有一小窟，沙土满中，一破棺埋在那里，尸身的破蓝衣已被狗拖出棺外，很可怕。然此窟小佛像也有不少，窟外壁上有明人朱廷翰的题诗，字很大。由此往西，明人的题刻不少，但半皆字迹剥落，不堪卒读。在明代，此处或有一大庙，为云冈的头门，故题壁皆萃集于此。

西首有二洞，上下相连，皆被泥土所堵塞，想其中必有较完好的佛像。一大窟，在其西邻，也已被堵塞，但从洞外罅隙处，可见其中彩色黝红，极为古艳，一望而知，是元魏时代所特有的鲜红色及绿色，经过了一千五百余年的风尘所侵所曝的结果，决不是后代的新的彩饰所能冒充得来的。徒在门外徘徊，不能入内，这里便是所谓"石窟寒泉"。有一道清泉，由被堵塞的窟旁涓涓地流出，流量极微。窟上有"云深处"及"山水清音"二石刻，大约也是明人的手笔。

西边有一洞，可入。洞中有一方形的立柱，高约八尺。一佛东向，一佛西向，又一佛西南向，皆模糊不清。西南向者且为泥土所修补的，形态全非。所雕立的、坐的、盘膝的小佛像甚多，但不是模糊，便是头部或连身部俱被盗去。

再西为碧霞洞（并非原名，疑亦明人所题），窟门有六，规模不小。窟内一物无存，多斧凿痕，当然也是被盗的结果。自此以西，便没有石窟可见。颇疑自"左云交界处"向西到碧霞洞，原是以"石窟寒泉"那个大窟的中心的一组的石洞。在明代，大约这里是士人们来往最为繁密的地方，或窟下的平原上，本有一所大庙，可供士大夫往来住宿的，然今则成为云冈最寥落、最残破的一部分了。

碧霞洞以西，是另成一个局面的结构。那结构的规模的宏伟，在云冈诸窟中，当为第一。数十丈的山壁上，凿有三层的佛像，每层的中间，皆有石孔，当然是支架梁木的所在。故这里，在从前至少是一所高在三层以上的大梵刹。颉刚说："这里便是刘孝标的译经台。"正中是一个大佛窟，窟前有二方形立柱，虽柱上雕刻皆已模糊不可辨识，那希腊风的人形雕柱的格局却是一看便知的。大窟的两旁，各有一窟，规模也殊不小。和这东西二窟相连的，更有数不清的小窟小龛。惜高处无法攀缘而上，只能周览最下层的一部分。

一进了正中的那个大窟，霉土之气便触鼻而来；还夹着不少鸽粪的特有的臭味，脱落的鸽翎，满地都是。有什么动物，咕咕咕地在低鸣着。啪啪地一扑着翼，成群地飞了出来，那都是野鸽。地上很潮湿，积满了古尘、泥屑和石屑。阴阴的，温度很低冷，如入了地下的古墓室，但一抬起头来，却见的是耀眼的伟大的雕刻物。正中是一尊大佛，总有六十多呎高，是坐像，旁有二尊菩萨的大像，侍立着。诸像腰部以下皆剥落不堪，连形态都不存，但上半身却仍是完好如新。那头部美妙庄严，赞之不尽，反较大佛寺、五佛洞诸大佛之曾经修补者为更真朴可爱。这是东部唯一的一尊大佛。但除此三大佛外，这大窟中是空无所有，后壁及东西壁皆被风势及水力或人工所削平，连半点模糊的雕像的形状都看不到。壁上湿漉漉的，一抹便是一手指的湿的细尘。窟口的向内的壁上，也平平地不存一物，唯一条条的极整齐的斧凿痕还很清显地在那里，一定是近十余年来的人工破坏的遗迹。

东边的一窟，其中也被破坏得无一物存在。地上堆积了不少的由壁上脱落下来的石块，被古尘沾满，和泥土成了同色，大约不是近数十年来之所为的。

西边的一窟，虽也破败不堪，却还有些浮雕可见到。副窟小龛里，遗物还不少。这西窟的东壁为泥土所堵塞，西壁及南壁，浮雕尚有规模可见。窟顶上刻有"飞天"不少，那半裸体的在空中飞舞着的姿态，是除了希腊浮雕外，他处少见的，肉体的丰满柔和，手足腰肢的曲线的圆融生动，都不是东方诸国的古石刻上所有的。我抬了头，站在那里，好久没有移开，有时，换了一个方向看去。但无论在哪个方向看去，那美妙、圆融的姿态总是令人满意、赞赏的。

由此窟向西，可通另一窟，也是一个相连的副窟。我们可称它为西窟第二洞。洞中有三尊坐佛，皆盘膝而坐。这个布置，在诸窟中不多见。东壁的浮雕皆比较的完整。后壁及西壁则皆模糊不堪。

如果把这以大佛窟为中心的一组洞窟恢复起来，其宏伟是有过于其西邻的大佛寺的。可惜过于残破，要恢复也不可能。我疑心《魏书·释老志》上所说，皇兴中构的三级石佛图，其遗址便在此处。此地曾经住人，近代建的窨式的穹形洞尚存数所。

由此向西，不多数步，便是一道山涧，或小山峡，隔开了云冈别墅和这大佛窟的相连。

从云冈别墅开始向西走，便是中部。

中部又可分为五个部分来说。

我依旧是独自一个人由云冈别墅继续地向西走，他们都已出发到西头去逛了。

第一部分是云冈别墅。别墅的原址是否为一大洞窟，抑系由平地填高了的，今已不能查考。但别墅之后，今尚有好几个石窟，窟内有一佛的，有二佛对坐的，俱被风霜侵蚀得不成形体，小雕像也几乎无存。但在那些洞窟中，还堆着不少烧泥的屋瓦和檐饰。显然是这别墅的原址，本是一座小庙，或竟是连合在大佛寺中的一个东偏院。惜不及详问大佛寺的住持以究竟。那些佛窟，决不能独立成为一组，也当是大佛寺的大佛窟的东边的几个副窟。但为方便计，姑算它做中部的第一部分。

第二部分包括大佛寺内的两个大窟。这两窟的前面，各有一楼，高各三层，第三层上有游廊可相通达。三楼之上，更有最高的一层，仿佛另有梯级可通，却寻不到。前面已经说过，大约是较此楼更古的一个建筑物。

第一窟通称为大佛殿；殿前有咸丰辛酉重修碑，有不知年月的满文碑，有同治十二年及光绪二年的满文碑，又有明万历间吴氏的一个刻石，更无古者。

入殿后，冷气飕飕由窟中出。和尚手执一把香燃点起来，为照看雕像之用。楼下一层很黑暗，非用火光，看不到什么。正中是一尊大佛，高约六十呎，身上都装了金，四壁浮雕，都被涂饰上新的色彩。且几原像模糊不清，或已失去之处，皆以彩泥为之补塑，怪不调和的。第二层楼上，光线较好，壁上也多半都是彩泥的塑像。站在这楼，正对大佛的胸部，到了三层楼上，方才和大佛的头部相对。大佛究竟还完好，故虽装了金，还不失其美妙慈祥的面姿。

第二窟俗称如来殿。窟中也极黑暗，结构和大佛殿大不相同。正中是一个方形立柱，每一面有一立佛，像支柱似的站着，柱上雕得极细。但有一佛，已毁，为彩泥所补塑。北壁为泉水所侵害，仅模糊可辨人形。东西壁尚完好，修补较少，较大佛殿稍存原形。登上了三楼，有一木桥可通那四方柱的第二层。这一层雕刻的是四尊坐像，四边浮雕极多，皆是侍像及花饰，有极美者。这立方柱当是云冈最完好的最精致的一个。

第三部分包括所谓"弥勒殿"及佛籁洞的二窟，这二窟介于大佛寺和五佛洞之间，几成了瓯脱之地，无人经管，弥勒殿前有额曰"西来第一山"，为顺治四年马国柱所题。那结构又自不同。正壁有二佛对坐着，像在谈经。其上层则为三尊佛像，其东西二壁各有八佛龛，每龛的帏饰，各有不同，都极生动可爱。有的是圆帏半悬，有的是绣带轻飘，无不柔软圆和，一点石刻的生硬之感也没有。顶壁的飞天及莲花最为完整。六朵莲花，以雕柱隔为六部。每一朵莲花，四周皆绕以正在飞行的半裸体的飞天，隔柱上也都雕刻着飞天。总有四十位飞天，那姿态却没有一个相同的；处处都是美，都是最圆融的曲线，那设计和雕工是世界上所不多见的。更好的是这窟中的雕像，全为原形，未经后人涂饰。佛籁洞在其西，破坏已甚。观其结构的形势，当和弥勒殿完全相同，唯无后殿，规模较小。正中的一佛，为后人用彩泥补塑的。原来，照其佛龛的布置及大小，当也是二佛对坐谈经的姿态。

此殿前面，本来有楼，已塌毁。窟门左右，一边有五头佛，一边有三头佛，都显出有威力和严肃的样子，似是把守门口的神道们，同时用来做支柱。窟外壁上，有浮雕的痕迹甚多，惜剥落殆甚，极为模糊。以上二窟，似也为大佛洞的西酋的副窟。

第四部分就是俗称的五佛洞，不知为什么这五佛洞保护得格外周密。有巡警室在其口外，游人入内，必有一警士随之而入。其实，这一部分被装修涂改得最厉害，远不及弥勒殿和如来殿天然秀丽。

说是五佛洞，其实却有六个大窟。最东的第一窟，分隔为三进。结构甚类大佛殿。

正中有大佛一，高亦有五十余呎，尚完好。后壁低而潮湿，雕像毁败已甚，前窟的许多浮雕都被涂饰得不成形状，但也有尚存原形的。

西为第二窟，结构略同前窟，大佛已毁去。到处都是新修新饰的色彩，唯高处的飞天及立佛尚有北魏的典型。

再西为第三窟，内部较小，结构同如来殿，中为一方形立柱，一方各雕着一佛，四壁皆新修新饰者，原有浮雕皆披彩泥填平，几乎是整个重画过。

再西为第四窟，较大，有两进，外进有四支塔形的支柱，极挺秀，尚未失原形。第二进则完全被涂饰改造过。疑其结构本同弥勒殿，正中的佛龛，原分上下二层，上层为三佛，下层为二坐佛。但今则上下二龛都仅坐着泥塑的二佛。以三佛及二佛的宽敞的地位，安置了一佛，自然要显得大而无当。再西为第五窟，结构同大佛殿。大佛高约五十呎，盘膝而坐，四壁多为新修饰的彩色泥像。

又西为第六窟。此窟内部已全毁，空无所有，故后人修补，亦不及之。仅窟门的内部，浮雕尚完好。西边即为一道泥墙，和寺外相隔绝。但此窟的外壁，小佛龛颇多，有几尊尚完整的佛像，那坐态的秀美，面姿的清俊，是诸窟内所罕见的，惜头部失去的太多。

再往西走，要出大佛寺。绕过五佛洞的外墙，才是中部的第五部分。这一部分的雕像我认为最美好，最崇高，却没有人加以保护，任其曝露于天空，任其夷为民居，任其给农民们作为存放稻草及农具之处所。其尚得保存到现在的样子，实在是侥幸之至。到这几个佛窟去，我们都得叩了农民们的大门进去。有时，主人不在家，便要费了本事。有一次，遇到一个病人，躺在床上起不来，没法开门，只好不进去，直等到第二次去，方才看到。

这一部分的第一大窟亦为一大佛洞，洞中有大佛一，高在六十呎以上，远远地便可望见其肩部及头部，壁上的浮雕也有一部分可见到。洞门却被泥墙所堵塞，没法进去。此窟东边，有二小窟；最东一窟有二坐佛，对坐谈经，却败坏已甚。较近的一窟也被堵塞，隐隐约约地看见其中彩色古艳的许多浮雕，心怦怦动，极力要设法进去一看而不可能。窗外数十丈的高壁上满雕着小佛像，不知其几千几百，功力之伟大，叹观止矣！

向西为第二大窟。这一窟，也在民居的屋后，保存得甚好。正中为一大坐佛，高亦在六十呎左右。两壁有二佛像，一立一坐，此二像的顶上，其"宝盖"却是雕成像戏院包厢似的，三壁的浮雕，也皆完好。再西也为一大窟（第三窟）。正中一大佛为立像，高约七十呎，体貌庄严之至。袈裟半披在身上，而袈裟上却刻了无数的小佛像，像虽小而姿态却无粗率草陋者。两旁有四立佛。东壁的二立佛间，诸雕像都极隽好。特别是一个被袈裟而手执水瓶的一像，面貌极似阿述利亚人，袈裟上的红色，至今尚新艳无比。这一像似最可注意。

窟门口的西壁上，有刻石一方，题云："大茹茹……可登□□斯□□□鼓之□尝□□以资征福。谷浑□方妙□。"每行约十字，共约二十余行，今可辨者不到二十字耳，然极重要。大茹茹即蠕蠕国，这在北魏的历史上是极重要的一个发现。茹茹国竟到云冈来雕像求福，这可见此地在不久时候，便已成了东亚的一个圣地了。

再西为第四大窟，破坏最甚。一大佛盘膝而坐，曝露在天日中，左右有二大佛龛，尚有一二壁的浮雕还完好。因为此处光线较好，故游人们都在此大佛之下摄影。据说，此像最高，从顶至通，有七十呎以上。再西为第五大窟，亦有一大坐佛，高约六十呎，东西壁各有一立佛。西边的一佛已被毁去。

由此再往西走，便都是些小像小龛了；在那些小龛小像里，却不时地可发现极美丽的雕像。各像坐的姿态，最为不同，有盘膝而坐者，有交膝而坐者，有一膝支于他膝上，而一手支颐而坐者，处处都是最好的雕像的陈列所。惜头部被窃者甚多，甚至有连整个小龛都被凿下的。

到了碧霞宫止，中部便告了段落。碧霞宫为嘉庆十年所修，两壁有壁画，是水墨的，画得很生动。颇疑中部的第五部分的相连续的五个大窟，便是昙曜最初所开辟的五窟。五尊大佛像是昙曜时所雕刻的，其壁上及前后左右的浮雕及侍像，也许是当地官民及外国人所捐助的，也未必是一时所能立即完全雕刻好。每一个大窟，其经营必定是很费工夫的。无力的或力量小些的人民，便在窟外雕个小龛，或开辟一小窟，以求消灾获福。

西部是从碧霞宫以西直到武周山的尽西头处。山势渐渐地向西平衍下去，最西处，恰为武周河的一曲所拥抱着。

这一路向西走，共有二十多个洞窟，规模都不甚大。愈向西走，愈见龛小，且也愈见其零落，正和东部的东首相同。故以中部的第三部分，假设为昙曜最初所选择而开辟的五窟，是很有可能的，那地位恰在正中。

西部的二十余窟，被古董贩子斫去佛头不少。几个较好的佛窟，又都被堵塞住了，而以"内有手榴弹"来吓唬你。那些佛像，有原来的色彩尚完整存在者。坐佛的姿势，隽好者不少。立像的衣襞，有翩翩欲活的。在中段的地方，一连四个洞，俱被堵塞，而标曰"内有手榴弹"。西部从罅中望进去，那顶壁的色彩是那样的古艳可喜！

西邻为一大窟，土人说，内为一石塔。由外望之，顶壁的色彩也极隽美。再西有一佛龛，佛像已为风雨所侵剥，而龛上的悬帱却是细腻轻软若可以手揽取。

再西的各小窟及各龛则大都破败模糊，无足多述。

这样的匆匆地巡览了一遍，已经是过了一整天，连吃午饭的时间都忘记了。

把云冈诸石窟的大势综览了一下，如以中部的第五部分为中心，则今日的大佛寺、五佛洞和东部的大佛图的遗址，都是极宏大的另成段落的一部分。

高到五十呎至七十呎的大佛，或坐或立的，计东部有一尊，中部的大佛寺有一尊、五佛洞现存二尊（或当有三尊，一尊已毁）。连同中部的第五部分五尊，共只有九尊或十尊。《山西通志》所谓十二龛及一说的所谓的二十尊，都是不可靠的。

这一夜终夜的憧憬于被堵塞的那几个大窟的内容。恰好，第二天，赵司令来到了别墅。我们和他商议打开洞门的事，他说："那很容易，吩咐他们打开就是了。"不料和看守的巡长一商量，却有许多的麻烦。非会同大同县的代表、古物保管会的代表及本地的村长村副眼同打开、眼同封上不可。说了许久，巡长方允召集了村长村副去打开洞门，先打东部"石窟寒泉"的一洞。他们取了长梯，只拆去最高的墙头的一段。高高地站在梯头向下望，实在看不清楚。跳又跳不下去，这洞内是一座石塔，塔的背后有佛像。因为忙乱了半天，还只开了一个洞，便只好放弃了打开西部各洞的计划，而且也因为打开了，负责任太大。

十三日的下午，一吃过饭，便到武周山的山顶上去闲逛。从云冈别墅的东首山路走上去，不一会便到了"云同东冈龙王庙斗母宫"，其中空无人居。过此，走入山顶的大平原。这平原约有数十顷大小，上有和尚的坟塔三座，一为万历时的，一为康熙时的，其一的铭志看不清了。有农人在那里种麦种菜，我们又向西走，进入云冈堡的上堡，堡里连一间破屋也没有，都夷为菜圃麦田，有一人裸了全身在耙地。望见远山上烽火台好几座绵延不断，前后相望，大概都是明代所建的。

再向西走，到了玉皇阁，那也是一个小庙，空无人居。由此庙向下走，下了山头，便是武周河边。"断岸千尺，江流有声"，正足以形容这个地方的景色。

下午四时，动身回大同，仍坐的载重汽车。大雨点已经开始落下，但不久便放晴。下了不过十多分钟的雨，不料沿途从山上奔流下来的雨水却成了滔滔的洪流，冲坏了好几处的大道。汽车勉强地冒险而过。到了一个桥边，山洪都从桥面上冲下去，激水奔腾，气势极盛，成了一道浊流的大瀑布，轰轰隆隆之声，震撼得人心跳。被阻在那里，二十多分钟，这道瀑布才势缓声低，汽车才得驶过。

有没经过这种情形的，简直想不到所谓"山洪暴发"的情形是如何的可怕。

过了观音堂，汽车本来是在干的河床上走的，这次却要在急水中走着了。

阅读札记

云冈石窟，庄严伟大，是中华文明艺术的瑰宝。作者以生动细致的笔墨，带我们仔细欣赏，仿佛一座座佛像、一幅幅壁画，如在眼前。

第六辑／亲历海外的所见所闻

文 人 宅

朱自清

　　杜甫《最能行》云："若道士无英俊才，何得山有屈原宅？"《水经注》，秭归"县北一百六十里有屈原故宅，累石为屋基。"看来只是一堆烂石头，杜甫不过说得嘴响罢了。但代远年湮，渺茫也是当然。往近里说，《孽海花》上的"李纯客"就是李慈铭，书里记着他自撰的楹联，上句云，"保安寺街藏书一万卷"；但现在走过北平保安寺街的人，谁知道那一所屋子是他住过的？更不用提屋子里怎么个情形，他住着时怎么个情形了。要凭吊，要流连，只好在街上站一会儿出出神而已。

　　西方人崇拜英雄可真当回事儿，名人故宅往往保存得好。譬如莎士比亚吧，老宅子、新宅子、太太老太太宅子，都好好的，连家具什物都存着。莎士比亚也许特别些，就是别人，若有故宅可认的话，至少也在墙上用木牌标明，让访古者有低徊之处，无论宅里住着人或已经改了铺子。这回在伦敦所见的四文人宅，时代近，宅内情形比莎士比亚的还好，四所宅子大概都由私人捐款收买，布置起来，再交给公家的。约翰生博士（Samuel Johnson，1709—1784）宅，在旧城，是三层楼房，在一个小方场的一角上，静静地。他一七四八年进宅，直住了十一年，他太太死在这里，他的助手就在三层楼上小屋里编成了他那部大字典。那部寓言小说（allegorical novel）《剌塞拉斯》（《Rasselas》）大概也在这屋子里写成；是晚上写的，只写了一礼拜，为的要付母亲下葬的费用。屋里各处，如门堂、复壁板、楼梯、碗橱、厨房等，无不古气盎然。那著名的大字典陈列在楼下客室里，是第三版，厚厚的两大册。他编著这部字典，意在保全英语的纯粹，并确定字义，因为当时作家采用法国字的实在太多了。字典中所定字义有些很幽默：如"女诗人，母诗人也"（she - poet，盖准 she - goat——母山羊——字例），又如"燕麦，谷之一种，英格兰以饲马，而苏格兰则以为民食也"，都够损的。

　　伦敦约翰生社便用这宅子作会所。

　　济慈（John Keats，1795—1821）宅，在市北汉姆司台德区（Hampstead）。他生卒

虽然都不在这屋子里，可是在这儿住，在这儿恋爱，在这儿受人攻击，在这儿写下不朽的诗歌。那时汉姆司台德区还是乡下，以风景著名，不像现时人烟稠密。济兹和他的朋友布朗（Charles Armitage Brown）同住。屋后是个大花园，绿草繁花，静如隔世；中间一棵老梅树，一九二一年干死了，干子还在。据布朗的追记，济兹《夜莺歌》似乎就在这棵树下写成。布朗说，"一八一九年春天，有只夜莺做窠在这屋子近处。济兹常静听它歌唱以自怡悦；一天早晨吃完早饭，他端起一张椅子坐到草地上梅树下，直坐了两三点钟。进屋子的时候，见他拿着几张纸片儿，塞向书后面去。问他，才知道是歌咏我们的夜莺之作。"这里说的梅树，也许就是花园里那一棵。但是屋前还有草地，地上也是一棵三百岁老桑树，枝叶扶疏，至今结桑椹；有人想《夜莺歌》也许在这棵树下写的。济兹的好诗在这宅子里写的最多。

他们隔壁住过一家姓布龙（Brawne）的。有位小姐叫凡耐（Fanny），让济兹爱上了，他俩订了婚，他的朋友颇有人不以为然，为的女的配不上；可是女家也大不乐意，为的济兹身体弱，又像疯疯癫癫的。济兹自己写小姐道："她个儿和我差不多——长长的脸蛋儿——多愁善感——头梳得好——鼻子不坏，就是有点小毛病——嘴有坏处有好处——脸侧面看好，正面看，又瘦又少血色，像没有骨头。身材苗条，姿态如之——胳膊好，手差点儿——脚还可以——她不止十七岁，可是天真烂漫——举动奇奇怪怪的，到处跳跳蹦蹦，给人编诨名，近来愣叫我'自美自的女孩子'——我想这并非生性坏，不过爱闹一点漂亮劲儿罢了。"

一八二〇年二月，济兹从外面回来，吐了一口血。他母亲和三弟都死在痨病上，他也是个痨病底子，从此便一天坏似一天。这一年九月，他的朋友赛焚（Joseph Severn）伴他上罗马去养病，次年二月就死在那里，葬新教坟场，才二十六岁。现在这屋子里陈列着一圈头发，大约是赛焚在他死后从他头上剪下来的。又次年，赛焚向人谈起，说他保存着可怜的济兹一点头发，等个朋友捎回英国去；他说他有个怪想头，想照他的希腊琴的样子作根别针，就用济兹头发当弦子，送给可怜的布龙小姐，只恨找不到这样的手艺人。济兹头发的颜色在各人眼里不大一样：有的说赤褐色，有的说棕色，有的说暖棕色，他二弟两口子说是金红色，赛焚通过追忆画他的像，却又画成深厚的棕黄色。布龙小姐的头发，这儿也有一并存着。

他俩订婚戒指也在这儿，镶着一块红宝石。还有一册仿四折本《莎士比亚》，是济兹常用的。他对于莎士比亚，下过一番苦功夫；书中页边行里都画着道儿，也有些精湛的评语。空白处亲笔写着他见密尔顿发和独坐重读《黎琊王》剧作两首诗；书名页上记着"给布龙凡耐，一八二○"，照年份看，准是上意大利去时送了作纪念的。珂罗版印的《夜莺歌》墨迹，有一份在这儿，另有哈代《汉姆司台德宅作》一诗手稿，是哈代夫人捐赠的，宅中出售影印本。济兹书法以秀丽胜，哈代的以苍老胜。

这屋子保存下来却并不易。一九二一年，业主想出售，由人翻盖招租，地段好，脱手一定快的；本区市长知道了，赶紧组织委员会募款一万镑。款还募得不多，投机的建筑公司已经争先向业主讲价钱。在这千钧一发的当儿，亏得市长和本区四委员迅速行动，用私人名义担保付款，才得挽回危局。后来共收到捐款四千六百五十镑（约合七八万元），多一半是美国人捐的；那时正当大战之后，为这件事在英国募款是不容易的。

加莱尔（Thomas Carlyle, 1795—1881）宅，在泰晤士河旁乞而西区（Chelsea）；这一区至今是文人艺士荟萃之处。加莱尔是维多利亚时代初期的散文家，当时号为"乞而西圣人"。一八三四年住到这宅子里，一直到死。书房在三层楼上，他最后一本书《弗来德力大帝传》就在这儿写的。这间房前面临街，后面是小园子；他让前后都砌上夹墙，为的怕那街上的嚣声、园中的鸡叫。他著书时坐的椅子还在，还有一件呢浴衣。据说他最爱穿浴衣，有不少件；苏格兰国家画院所藏他的画像，便穿着灰呢浴衣，坐在沙发上读书，自有一番宽舒的气象。画中读书用的架子还可看见。宅里存着他几封信，女司事愿意念给访问的人听，朗朗有味。二楼加莱尔夫人屋里放着架小屏，上面横的竖的斜的正的贴满了世界各处风景和人物的画片。

迭更斯（Charles Dickens, 1812—1870）宅，在"西头"，现在是热闹地方。迭更斯出身贫贱，熟悉下流社会情形；他小说里写这种情形，最是酣畅淋漓之至。这使他成为"本世纪最通俗的小说家，又，英国大幽默家之一"，如他的老友浮斯大（John Forster）给他作的传开端所说。他一八三六年动手写《比克维克秘记》（《Pickwick Papers》），在月刊上发表。起初是绅士比克维克等行猎故事，不甚为世所重；后来仆人山姆（Sam Weller）出现，诙谐嘲讽，百变不穷，那月刊顿时风行起来。迭更斯手头渐宽，这才迁入这宅子里，时在一八三七年。

他在这里写完了《比克维克秘记》，就是这一年印成单行本。他算是一举成名，从此直到他死时，三十四年间，总是蒸蒸日上。来这屋子不多日子，他借了一个饭店举行《秘记》发表周年纪念，又举行他夫妇结婚周年纪念。住了约莫两年，又写成《块肉余生述》，《滑稽外史》等。这其间生了两个女儿，房子挤不下了，一八三九年终，他便搬到别处去了。

屋子里最热闹的是画，画着他小说中的人物，墙上大大小小，满是的。所以一屋子春气。他的人物虽只是类型，不免奇幻荒唐之处，可是有真味，有人味，因此这么让人欢喜赞叹。屋子下层一间厨房，所谓"丁来谷厨房"，道地老式英国厨房，是特地布置起来的——"丁来谷"是比克维克一行下乡时寄住的地方。厨房架子上摆着带釉陶器，也都画着迭更斯的人物。这宅里还存着他的手杖，头发，是从他尸身上取下来的；一块小窗户，是他十一岁时住的楼顶小屋里的；一张书桌，他带到美洲去过，临死时给了二女儿，现时罩着紫色天鹅绒，蛮伶俐的。此外有他从这屋子寄出的两封信，算回了老家。

这四所宅子里的东西，多半是人家捐赠，有些是特地买了送来的，也有借得来陈列的。管事的人总是在留意搜寻着，颇为苦心热肠。经常用费大部靠基金和门票、指南等余利；但门票卖的并不多，指南照顾的更少，大约维持也不大容易。

格雷（Thomas Gray，1716—1771）以《挽歌辞》（《Elegy Written in a Country Churchyard》）著名。原题中所云"作于乡村教堂墓地中"，指司妥克波忌士（Stoke Poges）的教堂而言。诗作于一七四二年格雷二十五岁时，成于一七五〇年，当时诗人怀古之情、死生之感、亲近自然之意，诗中都委婉达出，而句律精妙，音节谐美，批评家以为最足代表英国诗，称为诗中之诗。诗出后，风靡一时，诵读模拟，遍于欧洲各国；历来引用极多，至今已成为英美文学教育的一部分。司妥克波忌士在伦敦西南，从那著名的温泽堡（Windsor Castle）去是很近的。四月一个下午，微雨之后，我们到了那里。一路幽静，似乎鸟声也不大听见。拐了一个小弯儿，眼前一片平铺的碧草，点缀着稀疏的墓碑；教堂木然孤立，像戏台上布景似的。小路旁一所小屋子，门口有小木牌写着格雷陈列室之类。出来一位白发老人，殷勤地引我们去看格雷墓，长方形，特别大，是和他母亲、姨母合葬的，紧挨着教堂墙下。又看水松树（yew tree），老人说格雷在那树下写《挽歌辞》来着；《挽歌辞》里提到水松树，倒是确实的。我们又兜了个大圈子，才回到小屋里，看《挽歌辞》真迹的影印本，还有几件和格雷关系很疏的旧东西。屋后有井，老人自己汲水灌园，让我们想起"灌园叟"来，临别他送我们每人一张教堂影片。

阅读札记

作者在伦敦探寻文豪的旧宅，那里诞生了很多传世之作，有着丰富的历史人文底蕴，而英国人对这些承载历史记忆的建筑也保护得很好，比较国内相关方面的意识，则显得很不足了。

博 物 院

朱自清

伦敦的博物院带画院，只拣大的说，足足有十个之多。在巴黎和柏林，并不"觉得"博物院有这么多似的。柏林的本来少些；巴黎的不但不少，还要多些，但除卢佛宫外，都不大。最要紧的，伦敦各院陈列得有条有理的，又疏朗，房屋又亮，得看；不像卢佛宫，东西那么挤，屋子那么黑，老教人喘不出气。可是，伦敦虽然得看，说起来也还是千头万绪，真只好拣大的说罢了。

先看西南角。维多利亚亚伯特院最为堂皇富丽，这是个美术博物院，所收藏的都是美术史材料，而装饰用的工艺品尤多，东方的西方的都有。漆器、瓷器、家具、织物、服装、书籍装订，遍地五光十色。这里颇有中国东西，漆器瓷器玉器不用说，壁画佛像，罗汉木像，还有乾隆宝座也都见于该院的"东方百珍图录"里。图录里还有明朝李麟（原作 Li Ling，疑系此人）画的《波罗球戏图》；波罗球骑着马打，是唐朝从西域传来的，中国现在似乎没存着这种画。院中卖石膏像，有些真大。

自然史院是从不列颠博物院分出来的。这里才真古色古香，也才真"巨大"。看了各种史前人的模型，只觉得远烟似的时代，无从凭吊，无从怀想——满够不上分儿。中生代大爬虫的骨架，昂然站在屋顶下，人还够不上它们一条腿那么长，不用提"项背"了。现代鲸鱼的标本虽然也够大的，但没腿，在陆居的我们眼中就差多了。这里有夜莺，自然是死的，那样子似乎也并不特别秀气；嗓子可真脆真圆，我在话匣片里听来着。

欧战院成立不过十来年。大战各方面，可以从这里略见一斑。这里有模型，有透视画（dioramas），有照相，有电影机，有枪炮等等，但最多的还是画。大战当年，英国情报部雇用一群少年画家，教他们搁下自己的工作，大规模地画战事画，以供宣传，并作为历史记录。后来少年画家不够用，连老画家也用上了。那时情报部常常给这些画家开展览会，个人的或合伙的，欧战院的画便是那些展览作品的一部分。少年画家大约都是些立体派，和老画家的浪漫作风迥乎不同。这些画家都透视了战争，但他们所成就的却只是历史记录，艺术是没有什么的。

现在该到西头来，看人所熟知的不列颠博物院了。考古学的收藏、名人文件、抄本和印本书籍，都数一数二；顾恺之《女史箴》卷子和敦煌卷子便在此院中。瓷器也不少，中国的、土耳其的、欧洲各国的都有；中国的不用说，土耳其的青花，浑厚朴拙，比欧洲金的蓝或刻镂的好。考古学方面，埃及王拉米塞斯第二（约公元前1250）巨大的花岗石像，几乎有自然史院大爬虫那么高，足为我们扬眉吐气；也有坐像，坐立像都僵直而四方，大有虽地动山摇不倒之势。这些像的石质尺寸和形状，表示统治者永久的超人的权力。还有贝叶的《死者的书》，用象形字和俗字两体写成。罗塞他石，用埃及两体字和希腊文刻着诏书一通（公元前195），一七九八年出土；从这块石头上，学者比对希腊文，才读通了埃及文字。

希腊巴昔农庙（Parthenon）各件雕刻，是该院最足以自豪的，这个庙在雅典，奉祀女神雅典巴昔奴；配利克里斯（Pericles）时代，教成千带万的艺术家，用最美的大理石，重建起来，总其事的是配氏的好友兼顾问，著名雕刻家费迪亚斯（Phidias）。那时物阜民丰，费了二十年工夫，到了公元前四三五年才造成。庙是长方形，有门无窗；或单行或双行的石柱围绕着，像女神的马队一般。短的两头，柱上承着三角形的楣，这上面都雕着像。庙墙外上部，是著名的刻壁。庙在一六八七年让威尼斯人炸毁了一部分；一八〇一年，爱而近伯爵从雅典人手里将三角楣上的像、刻壁和一些别的买回英国，费了七万镑，约合百多万元；后来转卖给这博物院，却只要一半价钱。院中特设了一间爱而近室陈列那些艺术品，并参考巴黎国家图书馆所藏的巴昔农庙诸图，做成庙的模型，巍巍然立在石山上。

希腊雕像与埃及大不相同，绝无僵直和紧张的样子。那些艺术家比较自由，得以研究人体的比例；骨架、肌理、皮肉、他们都懂得清楚，而且有本事表现出来。又能抓住要点，使全体和谐不乱。无论坐像立像，都自然、庄严，造成希腊艺术的特色：清明而有力。当时运动竞技极发达，艺术家雕神像，常以得奖的人为"模特儿"，赤裸裸的身体里充满了活动与力量。可是究竟是神像，所以不能是如实的人像而只是理想的人像。这时代所缺少的是热情、幻想，那要等后世人去发展了。庙的东楣上运命女神三姊妹像，头已经失去了，可是那衣褶如水的轻妙，衣褶下身体的充盈，也从繁复的光影中显现，几乎不相信是石人。那刻壁浮雕着女神节贵家少女献衣的行列。少女们穿着长袍，庄严的衣褶，和运命女神的又不一样，手里各自拿着些东西；后面跟着成队的老人、妇女、雄赳赳的骑士，还有带祭品的人，齐向诸神而进。诸神清明彻骨，在等待着这一行人众。这刻壁上那么多人，却不繁杂，不零散，打成一片，布局时必然煞费苦心。而细看诸少女诸骑士，也各有精神，绝不一律；其间刀锋或深或浅，光影大异。少壮的骑士更像生龙活虎，千载如见。

院中所藏名人的文件太多了。像莎士比亚押房契，密尔顿出卖《失乐园》合同（这合同是书记代签，不出密氏亲笔），巴格来夫（Palgrave）《金库集》稿，格雷《挽歌》稿，哈代《苔丝》稿，达文齐、密凯安杰罗的手册，还有维多利亚后四岁时铅笔签字，都亲切有味。至于荷马史诗的贝叶，公元一世纪所写，在埃及发现的，以及九世纪时希伯来文《旧约圣经》残页，据说也许是世界上最古《圣经》钞本的，却真令人悠然遐想。还有，二世纪时，罗马舰队一官员，向兵丁买了一个七岁的东方小儿为奴，立了一张贝叶契，上端盖着泥印七颗；和英国大宪章的原本，很可比着看。院里藏的中古钞本也不少，那时欧洲僧侣非常闲，日以抄书为事，字用峨特体，多棱角，精工是不用说的。他们最考究字头和插画，必然细心勾勒着上鲜丽的颜色，蓝和金用得多些，颜色也选得精，至今不变。某抄本有岁历图，二幅，画十二月风俗，细致风华，极为少见。每幅下另有一栏，画种种游戏，人物短小，却也滑稽可喜。画目如下：正月，析薪；二月，炬舞；三月，种花、伐木；四月，情人园会；五月，荡舟；六月，比武；七月，行猎、刈麦；八月，获稻；九月，酿酒；十月，耕种；十一月，猎归；十二月，屠豕。钞本和印本书籍之多，世界上只有巴黎国家图书馆可与这博物院相比；此处印本共三百二十万余册。有穹窿顶的大阅览室，圆形，室中桌子的安排，好像车轮的辐，可坐四百八十五人；管理员高踞在毂中。

次看画院。国家画院在西中区闹市口，匹对着特拉伐加方场一百八十四英尺高的纳尔逊石柱子。院中的画不算很多，可是足以代表欧洲画史上的各派，他们自诩，在这一方面，世界上哪儿也及不上这里。最完全的是意大利十五六世纪的作品，特别是佛罗伦司派，大约除了意大利本国，便得上这儿来了。画按派别排列，可也按着时代。但是要看英国美术，此地不成，得上南边儿泰特（Tate）画院去。那画院在泰晤士河边上；一九二八年水上了岸，给浸坏了特耐尔（Joseph Maldord William Turner, 1775—1851）好多画，最可惜。特耐尔是十九世纪英国最大的风景画家，也是印象派的先锋。他是个穷苦的孩子，小时候住在菜市旁的陋巷里，常只在泰晤士河的码头和驳船上玩儿。他对于泰晤士河太熟了，所以后来爱画船、画水、画太阳光。再后来他费了二十多年工夫专研究光影和色彩，轮廓与内容差不多全不管，这便做了印象派的前驱了。

他画过一幅《日出：湾头堡子》，那堡子淡得只见影儿，左手一行树，也只有树的意思罢了；可是，瞧，那金黄的朝阳的光，顺着树水似的流过去，你只觉着温暖，只觉着柔和，在你的身上，那光却又像一片海，满处都是的，可是闪闪烁烁，仪态万千，教你无从捉摸，有点儿着急。特耐尔以前，坚士波罗（Gainsborough，1727—1788）是第一个人脱离荷兰影响，用英国景物作风景画的题材，又以画像著名。何嘉士（Hogarth，1697—1764）画了一套《结婚式》，又生动又亲切，当时刻板流传，风行各处，现存在这画院中，美国大画家惠斯勒（Whistler）称他为英国仅有的大画家。雷诺尔兹（Reynolds，1723—1792）的画像，与坚士波罗并称。画像以性格与身份为主，第一当然要像。可是从看画者一面说，若是历史上的或当代的名人，他们的性格与身份，多少总知道些，看起来自然有味，也略能批评得失。若只是平凡的人，凭你怎样像，陈列到画院里，怕就少有去理会的。因此，画家为维持他们永久的生命计，有时候重视技巧，而将"像"放在第二。雷诺尔兹与坚士波罗似乎就是这样的人。他们画的像，色调鲜明而缥缈。庄严的男相、华贵的女相、优美活泼的孩子相，都算登峰造极；可就是不大"像"。坚氏的女像总太瘦；雷氏的不至于那么瘦，但是像主往往退回他的画，说太不像。国家画院旁有个国家画像院，专陈列英国历史上名人的像，文学家、艺术家、科学家、政治家、皇族，应有尽有，约共二千一百五十人。油画是大宗，排列依着时代。这儿也看见雷坚二氏的作品，但就全体而论，历史比艺术多得多。

泰特画院中还藏着诗人勃来克（William Blake，1757—1827）和罗塞蒂（Dante Gabriel Rossetti，1828—1882）的画。前一位是浪漫诗人的先驱，号称神秘派，自幼儿想象多，都表现在诗与画里。他的图案非常宏伟，色彩也如火焰，如一飞冲天的翅膀。所画的人体并不切实，只用作表现姿态，表现动的符号而已。后一位是先拉斐尔派的主角，这一派是诗与画双管齐下的。他们不相信"为艺术的艺术"，而以知识为重。画要叙事、要教训、要接触民众的心，让他们相信美的新观念；画笔要细腻，颜色却不必调和。罗氏作品有着清明的调子，强烈的感情；只是理想虽高，气韵却不够生动似的。当代英国名雕塑家爱勃斯坦（Jacob Epstein）也有几件东西陈列在这里，他是新派的浪漫雕塑家。这派人要在形体的部分中去找新的情感力量，那必是不寻常的部分，足以扩展他们自己情感或感觉的经验的。他们以为这是美，夸张地表现出来，可是俗人却觉得人不像人，物不像物，觉得丑，只认为滑稽画一类。爱氏雕石头，但是塑泥似乎更多：塑泥的表面，决不刮光，就让那么凸凸凹凹地堆着，要的是这股劲儿，塑完了再倒铜。他也卖素描，形体色调也是那股浪漫劲儿。

以上只有不列颠博物院的历史可以追溯到十八世纪，别的都是十九世纪建立的，但欧战院除外。这些院的建立，固然靠国家的力量，却也靠私人的捐助——捐钱盖房子或捐自己的收藏的都有。各院或全不要门票，像不列颠博物院就是的；或一礼拜中两天要门票，票价也极低。他们印的图片及专册，廉价出售，数量惊人。又差不多都有定期的讲演，一面讲一面领着看。虽然讲的未必怎样精，听讲的也未必怎样多，这种种全为了教育民众，用意是值得我们佩服的。

阅读札记

英国的博物馆众多，里面珍藏的物品也包罗万象，当然很多馆藏品带有殖民主义色彩。但不管怎样，英国建博物馆的宗旨在于教育民众，这种长远的用意和目的让人佩服。

西班牙的铁路

戴望舒

> 田野底青色小径上
> 铁的生客就要经过，
> 一只铁腕行将收尽
> 晨曦所播下的禾黍。

这是俄罗斯现代大诗人叶赛宁的诗句。当看见了俄罗斯的恬静的乡村一天天地被铁路所侵略，并被这个"铁的生客"所带来的近代文明所摧毁的时候，这位憧憬着古旧的、青色的俄罗斯，歌咏着猫、鸡、马、牛，以及整个梦境一般美丽的自然界的、俄罗斯的"最后的田园诗人"，便不禁发出这绝望的哀歌来，而终于和他的古旧的俄罗斯同归于尽。

和那吹着冰雪的风、飘着忧郁的云的俄罗斯比起来，西班牙的土地是更饶于诗情一点。在那里，一切都邀人入梦，催人怀古，一溪一石，一树一花，山头碉堡，风际牛羊……当你静静地观察着的时候，你的神思便会飞越到一个更迢遥更幽古的地方去，而感到自己走到了一种恍惚一般的状态之中去，走到了那些古诗人的诗境中去。

这种恍惚、这种清丽的或雄伟的诗境，是和近代文明绝缘的。让魏特曼或凡尔哈仑去歌颂机械和近代生活吧，我们呢，我们宁可让自己沉浸在往昔的梦里。你要看一看在"铁的生客"未来到以前的西班牙吗？在《大食故宫余载》（一八三二）中，华盛顿·欧文这样地记着他从塞维拉到格腊拿达途中的风景的一个片断：

……见旧堡，遂徘徊于堡中久之……堡踞小山，山跌瓜低拉河萦绕如带，河身非广，渐渐作声，绕堡而逝。山花覆水，红鲜欲滴。绿荫中间出石榴佛手之树，夜莺嘤鸣其间，柔婉动听。去堡不远，有小桥跨河而渡；激流触石，直犯水礁。礁房环以黄石，那当日堡人用以屑面者。渔縢巨网，晒堵黄石之墉；小舟横陈，即隐绿荫之下。村妇衣红衣过桥，倒影入水作绛色，渡过绿漪而没。等流连景光，恨不能画……（据林纾译文）

这是幽倩的风光，使人流连忘返的；而在乔治·鲍罗的《圣经在西班牙》（一八四三）中，我们又可以看到加斯谛尔平原的雄伟壮阔的姿态：

这天酷热异常，于是我们便缓缓地在旧加斯谛尔的平原上取道前进。说起西班牙，旷阔和宏壮是总要联想起的：它的山岳是雄伟的，而它的平原也雄伟不少逊；它舒展出去，广阔无垠，但却也并不坦坦荡荡，满目荒芜，像俄罗斯的草原那样。崎岖的土地触目皆是，这里是寒泉所冲泻成的深涧和幽壑，那里是一个嶙峋而荒蛮的山冈，而在它的顶上，显出了一个寂寥的孤村。欢欣快乐的成分很少，而忧郁的成分却很多。我们偶然可以看见有几个孤独的农夫，在田野间操作——那是没有分界的田野，不知橡树、榆树或槐树为何物，只有悒郁而悲凉的松树，在里炫耀着它的金字塔一般的形式，而绿草也是找不到的。这些地域中的旅人是谁呢？大部分是驴夫，以及他们的一长列一长列系着单调地响着的铃子的驴子……

在这样的背景上，你想吧，近代文明会呈显着怎样的丑陋和不调和，而"铁的生客"的出现，又会怎样地破坏了那古旧的山川天地之间相互的默契和熟稔，怎样地破坏了人和自然界之间的融和的氛围！那爱着古旧的西班牙，带着一种深深的怅惘数说着它的一切往昔的事物的阿索林，在他的那本百读不厌的小书《加斯谛拉》中，把西班牙的历史缩成了三幅动人的画图——十六世纪的、十九世纪的和现代的，现在，我们展开这最后一幅画图来吧：

　　……那边，在地平线的尽头，那些映现在澄澈的天宇上的山冈，好像已经被一把刀所砍断了。一道深深的挺直的罅隙穿过了它们；从这罅隙间，在地上，两条又长又光亮的平行的铁条穿了出来，节节地越过了整个原野。立刻，在那些山冈的断处，显现出了一个小黑点，它动着，急骤地前进，一边在天上遗留下一长条的烟。它已来到平原上了，现在，我们看见一个奇特的铁车和它的喷出一道浓烟来的烟突，而在它的后面，我们看见了一列开着小窗的黑色的箱子，从那些小窗间，我们可以辨出许多男子的和妇女的脸儿来，每天早晨，这个铁车和它的那些黑色的箱子在远方现出来；它散播着一道道的烟，发着尖锐的啸声，急骤得使人目眩地奔跑着而进城市的一个近郊去……

　　铁路是在哪一种姿态之下在那古旧的西班牙出现，我们已可以在这幅画图中清楚地看到了。

　　的确，看见机车的浓烟染黑了他们的光辉的和朦朦的风景，喧嚣的车声打破了他们的恬静，单调的铁轨毁坏了他们的山川的柔和或刚强的线条，西班牙人是怀着深深的遗憾的。西班牙的一切，从峻峭的比雷奈山起一直到那伽尔陀思（Galedòs）所谓"逐出外国的侵犯"的那种发着辛烈的臭味的煎油为止，都是抵抗着那现代文明的闯入的。所以，那"铁的生客"的出现，比在欧美各国都要迟一点，西班牙最早的几条铁路，从巴塞洛拿（Barcelona）到马达罗（Mataro）那条是在一八四八年建立的，从马德里到阿朗胡爱斯（Aranjuez）的那条更迟四年，是在一八五一年才筑成。而在建筑铁路之前，又是经过多少的困难和周折啊。

　　在一八三〇年，西班牙人已知道什么是铁路了。马尔赛里诺·加莱罗（Marcelino Calero）在一八三〇年出版了他的那本在英国印刷的，建筑一个从边境的海雷斯到圣玛丽港的铁路的计划书。在这本计划书后面，还附着一张地图和一幅插绘，是出自"拉蒙·赛沙·德·龚谛手笔"的。插绘上画着一列火车，喷着黑烟，驰行在海滨，而在海上，却航行着一只有着又高又细的烟筒的汽船。这插绘是有点幼稚的，然而它却至少带了一些火车的概念来给当时的西班牙人。加莱罗的这个计划没有实现，那是当然的事，然而在那些喜欢新的事物的人们间，火车便常被提到了。

七年之后，在一八三七年，季崖尔莫·罗佩（Guillermo Lobe）作了一次旅行，从古巴到美国，从美国又到欧洲。而在一八三九年，他在纽约出版了他的那部《在美国、法国和英国的旅行中给我的孩子们的书》。罗佩曾在美国和欧洲研究铁路，而在他的信上，铁路是常常讲到的。他希望西班牙全国都布满了铁路，然而他的愿望也没有很快地实现。以后，文人学士的关于铁路的记载渐渐地多起来了。在一八四一年美索奈罗·洛马诺思（Mesonero Romanos）发表了他的《法比旅行回忆记》；次年，莫代思多·拉福安德（Modesto Lauyente）发表了他的《修士海龙第奥的旅行记》第二卷。这两部游记中对于铁路都有详细的叙述，而尤以后者为更精密而有系统。这两位游记的作者都一致地公认火车旅行的诗意（这是我们所难以领略的）。美索奈罗在他的记游文中描写着铁路的诗意的各方面，在白昼的或在黑夜的。而拉福安德也沉醉于车行中所见的光景。他写着："这是一幅绝世的惊人的画图，而在暗黑的深夜中看起来，那便千倍地格外有趣味，格外有诗意。"

然而，就在这一八四二年的三月十四日，当元老院开会议论开筑一条从邦泊洛拿经巴斯当谷通到法兰西去的普通官路的时候，那元老议员却说："我的意见是，我们永远无论如何也不应该弄平了比雷奈山；反之，我们应该在原来的比雷奈山上，再加上一重比雷奈山。"多少的西班牙人会同意于这个意见啊！

在一八四四年，西班牙著名的数学家玛里阿诺·伐烈何（Mriano Vallei。）出版了一本题名为《铁路的新建筑》的书。这位数学家是一位折中主义者。他愿望旅行运输的便利，但他也好像不大愿意机车的黑烟污了西班牙的青天，不大愿意它的尖锐的汽笛声冲破了西班牙的原野的平静。我们的这位伐烈何主张仍旧用牲口去牵车子，只不过那车子是在铁轨上滑行着罢了。可是，这个计划也还是没有被采用。

从一八四五年起，西班牙筑铁路的计划渐次地具体化了。报纸上继续地论着铁路的利益，资本家踊跃地想投资，而一批一批的铁路专家技师，又被从国外聘请来。一八四五年五月三十日，马德里的《传声报》记载着阿维拉、莱洪、马德里铁路企业公司的主持者之一华尔麦思来（Sir J. Walmsley）抵京进行开筑铁路的消息；六月二十二日，马德里的《日报》上载着五位英国技师经过伐拉道里兹，测量从比尔鲍到马德里的铁路路线的消息；七月三日，《传声报》又公布了筑造法兰西西班牙铁路的计划，并说一个英国工程师的委员会，也已制成了路线的草案并把关于筑路的一切都筹划好了；而在九月十八日的《日报》上，我们又可以看到工程师勃鲁麦尔（Brumell）和西班牙北方皇家铁路公司的一行技师的到来。以后，这一类的消息还是不绝如缕，然而这些计划的实现却还需要许多岁月，还要经过十年、十五年、二十年。一八四八年巴塞洛拿和马达罗之间的铁路，一八五一年马德里和阿朗胡爱斯之间的铁路，只能算是一种好奇心的满足而已。

从这些看来，我们可以见到这"铁的生客"在西班牙是遇到了多么冷漠的款待，多么顽强的抵抗。那些生野的西班牙人宁可让自己深闭在他们的家园里（真的，西班牙是一个大园林），亲切地、沉默地看着那些熟稔的花开出来又凋谢，看着那些祖先所抚摩过的遗物渐渐地涂上了岁月的色泽；而对于一切不速之客，他们都怀着一种隐隐的憎恨。

现在，在我面前的这条从法兰西西班牙的边境到马德里去的铁路，是什么时候完成的呢？这个文献我一时找不到。我所知道的是，一直到一八六〇年为止，这条路线还没有完工。一八五九年，阿尔都罗·马尔高阿尔都（Arturo Marcoartú）在他替《一八六〇闰年"伊倍里亚"政治文艺年鉴》所写的那篇关于铁路的文章中，这样地告诉我们：在一八五九年终，北方铁路公司已有六百五十基罗米突的铁路正在筑造中；没有动工的尚有七十三基罗米突。

在我前面，两条平行的铁轨在清晨的太阳下闪着光，一直延伸出去，然后在天涯消隐了。现在，西班牙已不再拒绝这"铁的生客"了。它翻过了西班牙的重重的山峦，驰过了它的广阔的平原，跨过它的潺潺的溪涧、湛湛的江河，披拂着它的晓雾暮霭，掠过它的松树的针、白杨的叶、橙树的花，喷着浓厚的黑烟，发着刺耳的汽笛声、隆隆的车轮声，每日地在整个西班牙骤急地驰骋着了。沉在梦想中的西班牙人，你们感到有点轻微的怅惘吗？你们感到有点轻微的惋惜吗？

而我，一个东方古国的梦想者，我就要跟着这"铁的生客"，怀着进香者一般虔诚的心，到这梦想的国土中来巡礼了。生野的西班牙人、生野的西班牙土地，不要对我有什么顾虑吧。我只不过来谦卑地、小心地、静默地分一点你们的太阳、你们的梦、你们的怅惘和你们的惋惜而已。

阅读札记

在近代西班牙的历史上，也有过诸多抵制修建铁路的事实。但是工业化的浪潮席卷而来，终于也阻挡不了。不过阅读本文很有现实意义，它会让我们在审视社会工业化发展的同时，应知平衡和保护自然环境的重要性。